Album

Cuentos del mundo hispánico

Rebecca M. Valette

Boston College

Joy Renjilian-Burgy

Wellesley College

D. C. Heath and Company

Lexington, Massachusetts   Toronto

ACKNOWLEDGMENTS

Cover: *Le Potager à l'âne* (*Kitchen Garden with Donkey*), 1918, by Joan Miró. Photograph from The National Swedish Art Museums.

Text Credits

p. 9:   Enrique Anderson Imbert, "Sala de espera" (Buenos Aires, 1965). Reprinted by permission of the author.

p. 19:   Jorge Luis Borges, "Leyenda" from *Elogio de la sombra* © Emecé Editores, S.A. (Buenos Aires, 1969).

p. 25:   Sabine R. Ulibarrí, "Un oso y un amor." Reprinted by permission of the Bilingual Review / Press, Eastern Michigan University (1982).

p. 39:   Francisco Jiménez, "Cajas de cartón." Reprinted by permission of the Bilingual Review / Press, Eastern Michigan University (1977).

p. 53:   Humberto Padró, "Una sortija para mi novia" (San Juan, Puerto Rico, 1929). Reprinted by permission of Carmen Ma. Ramos Vda. Padró.

p. 77:   Ana María Matute, "La conciencia." Reprinted by permission of Ediciones Destino, S.L. (Barcelona, 1961).

p. 91:   Antonio Benítez Rojo, "El nieto" (Havana, 1979). Reprinted by permission of the author.

p. 99:   Gabriel García Márquez, "Un día de estos." © Gabriel García Márquez, 1962.

p. 107:   Juan Rulfo, "No oyes ladrar los perros." Reprinted by permission of Fondo de Cultura Económica (Mexico, D.F., 1953).

p. 125:   Amalia Rendic, "Un perro, un niño, la noche" (Santiago, Chile, 1981). Reprinted by permission of the author.

p. 135:   Julio Cortázar, From "Continuidad de los parques" in *Ceremonias* (Barcelona: Editorial Seix Barral, 1968). Reprinted by permission.

International Standard Book Number: 0-669-06782-2

Library of Congress Catalog Card Number: 83-81506

Preface

Album: Cuentos del mundo hispánico is a Spanish reader designed to help intermediate students make the transition from highly controlled materials used at the elementary levels of language instruction to the appreciation of authentic literary works. It contains seventeen short stories written primarily in the twentieth century. The authors of these stories represent peninsular Spain and Latin America, as well as the Hispanic presence in the United States.

The aims of *Album* are fourfold:

1. to increase the reading power of intermediate students and to bring them one step closer to the goal of "liberated reading," that is, to the point where they can understand and appreciate unedited Spanish texts;
2. to expand the students' vocabulary through a greater awareness of cognate patterns and word families;
3. to improve the students' ability to express themselves in written Spanish by providing review and practice of verb forms and tense usage and by offering ample opportunity for both guided and free self-expression; and
4. to encourage the further development of the students' oral skills through extensive and varied oral activities.

Main Features

These goals can only be attained when students find the course material stimulating and accessible. The following features contribute to the realization of this objective.

High plot interest. The primary criterion for inclusion of selections was a good story line. Students whose interest is aroused and maintained will be more likely to continue reading the narrative.

Graded order of presentation. The selections, presented in lessons that contain from 200 to 2,000 words of text, are sequenced in increasing order of difficulty. The first piece by López y Fuentes, with its direct narrative style and succinct letters and monologs, provides an easy transition from conversational Spanish to literary Spanish.

The short pieces by Anderson Imbert, Borges, and Rubén Darío use rather simple constructions to create a specific literary effect. These are interspersed between the more traditional stories of de Viana, Ulibarrí, and Jiménez, who present three distinct pictures of rural life in Latin America and the United States.

The stories by Padró and Palma describe two different approaches to marriage and contribute to expanding students' vocabulary. Campobello's brief childhood memories of the Mexican Revolution require reader interpretation and are consequently more challenging. The next three stories by Matute, Benítez Rojo, and García Márquez, are conventional third-person narratives and contain both descriptive passages and dialog. Rulfo's "No oyes ladrar los perros" reads more like a movie scenario: students are provided with the dialog, but must recreate for themselves the relationship between the characters. The two stories by Pardo Bazán and Rendic contain a rich vocabulary and convey an optimistic view of human nature. The final story, by Cortázar, introduces students to the more complex structure of a circular story within a story.

Side glosses.   Any word or phrase that might present a comprehension problem to students has been glossed in Spanish or English, whichever seemed more expedient, to allow for a fluid reading of the text.

Cultural and historical footnotes.   Textual references to geographic locations, historical events, and cultural phenomena have been explained so that students can read the stories with fuller comprehension. Unfamiliar terms and idiomatic expressions may also receive clarification in the footnotes.

Reading helps.   Each selection is accompanied by an **Observación** section, which draws student attention to one or more verb forms used in the reading. In **Fuente de palabras** students learn to recognize cognates and word families, thus increasing their reading vocabulary.

Reference appendices.   The Spanish-English end vocabulary contains all the words and expressions in the stories (with the exception of common function words). Irregular forms, which might cause a comprehension problem, are also listed. In addition, the verb tables in the Appendix provide complete charts of both regular and irregular verb forms.

Classroom Suggestions

Each lesson is built around a selection that students can prepare in one evening. The exercises, which provide sufficient follow-up material for the next class period, further the basic aims of the reader.

¿Qué pasó? allows for the necessary transition from the carefully structured drills of the elementary textbook to free oral expression. The questions are short enough so that intermediate students can answer them easily with books closed. The questions elicit a retelling of the story and thus bring the students' reading comprehension vocabulary into their speaking vocabulary.

Once students have demonstrated their comprehension of the story line, the **Interpretación** questions encourage them to think about the author's style and the underlying themes of the reading. These guided activities initiate students to some of the aspects of literary criticism that they may encounter in more advanced courses.

The **Observación** and **Otra vez** sections focus student attention on Spanish verb forms and tense usage, a key concern of language acquisition at this level. After considering examples drawn from the text, students rework a simple résumé of the story by providing the necessary verb forms.

Fuente de palabras builds vocabulary recognition skills, which are then practiced in the **Transformaciones,** or cognate drills.

Having demonstrated their understanding of the story, and having strengthened their command of certain aspects of grammar and vocabulary, students can apply this knowledge in the short writing activities. The **Composiciones dirigidas** provide students with a simple topic followed by suggested key words. The **Composiciones libres** impose no lexical constraints. In the course of the lessons, students gain experience in writing descriptions and interpretations and in making simple stylistic analyses.

Finally the **Otros temas** section suggests additional topics for analysis and discussion that may have been evoked by the story. These optional themes allow the teacher to go beyond the literary aspects of the selections and introduce related cultural topics.

During the class period, the teacher might begin by rapidly asking the ¿**Qué pasó?** questions. Once the teacher is satisfied that the class has understood the plot of the story, students in groups of three or four can be asked to quickly prepare responses to selected items in the **Interpretación** section. Next, the teacher might review some of the examples in the **Observación** and **Fuente de palabras** sections and quickly run through the **Otra vez** and **Transformaciones** activities. The final part of the period could be devoted to the composition topics. In the early lessons, the teacher might elicit sentences using the cue words provided in the **Composiciones dirigidas.** Students might dictate the sentences to classmates who are at the board. Other students could then be asked to make corrections (in Spanish), if corrections are needed, and to suggest alternate sentences that would also incorporate the key words. For homework, students could prepare their own version of the composition discussed in class or try their hand at the **Composición libre.** The **Otros temas** may also be assigned as written essays or may form the basis of follow-up classroom discussion. Thus *Album* makes it possible to use the homework assignments to develop the skills of reading and writing Spanish, while devoting class time to the use of spoken Spanish as a medium of communication.

The authors wish to express their special appreciation to Teresa Carrera-Hanley for her excellent pedagogical suggestions and to Elena Gascón Vera for her critical reading of the manuscript. They also wish to extend their thanks to the Modern Language staff of D.C. Heath and Company for their fine editorial assistance.

Rebecca M. Valette

Joy Renjilian-Burgy

Contents

1 · **Gregorio López y Fuentes** (Mexico)
Una carta a Dios

1

2 · **Enrique Anderson Imbert** (Argentina)
Sala de espera

9

3 · **Javier de Viana** (Uruguay)
El tiempo borra

13

4 · **Jorge Luis Borges** (Argentina)
Leyenda

19

5 · **Sabine R. Ulibarrí** (U.S.: Chicano)
Un oso y un amor

25

6 · **Rubén Darío** (Nicaragua)
El nacimiento de la col

33

7 · **Francisco Jiménez** (U.S.: Chicano)
Cajas de cartón

39

Primera parte 40   Segunda parte 47

8 · **Humberto Padró** (Puerto Rico)

Una sortija para mi novia

53

9 · **Ricardo Palma** (Peru)

La camisa de Margarita

63

10 · **Nellie Campobello** (Mexico)

El general Rueda

71

11 · **Ana María Matute** (Spain)

La conciencia

77

Primera parte   78   Segunda parte   85

12 · **Antonio Benítez Rojo** (Cuba)

El nieto

91

13 · **Gabriel García Márquez** (Colombia)

Un día de estos

99

14 · **Juan Rulfo** (Mexico)

No oyes ladrar los perros

107

15 · **Emilia Pardo Bazán** (Spain)

El décimo

117

16 · **Amalia Rendic** (Chile)

Un perro, un niño, la noche   125

17 · **Julio Cortázar** (Argentina)

Continuidad de los parques   135

Appendix   141
Verb Tables

Vocabulary   155

Una carta a Dios

Gregorio López y Fuentes

Gregorio López y Fuentes

(1897–1966), novelist of the Mexican Revolution, grew up among peasant farmers *(campesinos)* in the state of Veracruz. In "Una carta a Dios,"[1] which appeared in *Cuentos campesinos de México* (1940), the unshakable faith of the peasant Lencho evokes a charitable response from the postmaster.

La casa... única en todo el valle... estaba en lo alto de un cerro° bajo. Desde° allí se veían el río y, junto al° corral, el campo de maíz° maduro° con las flores del frijol° que siempre prometían una buena cosecha.° hill / From / next to the
corn / ripe / bean
harvest

Lo único que necesitaba la tierra era una lluvia, o a lo menos° un fuerte aguacero.° Durante la mañana, Lencho... que conocía muy bien el campo... no había hecho más que examinar el cielo hacia° el noreste.° at least / heavy shower

toward / northeast

—Ahora sí que viene el agua, vieja.

Y la vieja, que preparaba la comida, le respondió:

—Dios lo quiera.° God willing

Los muchachos más grandes trabajaban en el campo, mientras que los más pequeños jugaban cerca de la casa, hasta que la mujer les gritó a todos:

—Vengan a comer...

Fue durante la comida cuando, como lo había dicho Lencho, comenzaron a caer grandes gotas° de lluvia. Por el noreste se veían avanzar grandes montañas de nubes.° El aire estaba fresco° y dulce.° drops
clouds
cool / pleasant

El hombre salió a buscar algo en el corral solamente para darse° el gusto° de sentir° la lluvia en el cuerpo, y al entrar exclamó: to give himself / pleasure / of feeling

—Estas no son gotas de agua que caen del cielo; son monedas° nuevas; las gotas grandes son monedas de diez centavos y las gotas chicas° son de cinco... coins
= **pequeñas**

Y miraba con ojos satisfechos el campo de maíz maduro con las flores del frijol, todo cubierto° por la transparente cortina° de la lluvia. Pero, de pronto,° comenzó a soplar° un fuerte viento y con las gotas de agua comenzaron a caer granizos° muy grandes. Esos sí que° parecían covered
curtain / all of a sudden
to blow
hail / Those really

---

[1] **«Una carta a Dios»**   "A Letter to God."

monedas de plata° nueva. Los muchachos, exponiéndose a   silver
la lluvia, corrían a recoger las perlas° heladas.°   pearls / frozen

—Esto sí que está muy malo —exclamaba mortificado
el hombre—, ojalá que pase pronto...

No pasó pronto. Durante una hora cayó el granizo
sobre la casa, la huerta,° el monte, el maíz y todo el valle.   vegetable garden
El campo estaba blanco, como cubierto de sal.° Los   **cubierto...** covered with salt
árboles, sin una hoja.° El maíz, destruido. El frijol, sin una   leaf
flor. Lencho, con el alma° llena de tristeza. Pasada la   soul
tempestad,° en medio del campo, dijo a sus hijos: storm

—Una nube de langostas² habría dejado más que
esto... El granizo no ha dejado nada: no tendremos ni maíz
ni frijoles este año...

La noche fue° de lamentaciones: = **fue una**

—¡Todo nuestro trabajo, perdido!

—¡Y nadie que pueda ayudarnos!

—Este año pasaremos hambre°...   we shall be hungry

Pero en el corazón de todos los que vivían en aquella
casa solitaria en medio del valle había una esperanza:° la   hope
ayuda° de Dios.   help

—No te aflijas° tanto, aunque° el mal es muy grande.   worry / even if
¡Recuerda que nadie se muere de hambre!

—Eso dicen: nadie se muere de hambre...

Y durante la noche. Lencho pensó mucho en su sola
esperanza: la ayuda de Dios, cuyos° ojos, según le habían   whose
explicado, lo miran todo, hasta° lo que está en el fondo° de   even / bottom
las conciencias.

Lencho era un hombre rudo,° trabajando como una   uneducated
bestia° en los campos, pero sin embargo sabía escribir. El   = **animal**
domingo siguiente,³ con la luz del día, después de haberse
fortificado° en su idea de que hay alguien que nos protege,   strengthened
empezó a escribir una carta que él mismo llevaría al pueblo
para echarla al correo.°   **para...** to mail it

No era nada menos que una carta a Dios.

«Dios», escribió, «si no me ayudas, pasaré hambre con
toda mi familia durante este año. Necesito cien pesos para
volver a sembrar° y vivir mientras viene la nueva cosecha,   **volver a...** to plant again
porque el granizo...»

Escribió «A Dios» en el sobre,° metió° la carta y,   envelope / put in

---

²**Una nube de langostas** A cloud of locusts. A traditional plague in
which swarms of locusts or grasshoppers strip the vegetation from large
areas.

³Since Sunday was the day the peasants would come to the village to
attend church and go to the market, it was also traditional that the post
office be open for business Sunday morning.

todavía preocupado, fue al pueblo. En la oficina de correos, le puso un sello a la carta y echó ésta° en el buzón.°   = **la carta** / mailbox

Un empleado, que era cartero° y también ayudaba en   mailman
la oficina de correos, llegó riéndose° mucho ante su jefe, y   laughing
le mostró° la carta dirigida° a Dios. Nunca en su existencia   showed / addressed
de cartero había conocido esa casa. El jefe de la oficina…
gordo y amable… también empezó a reir, pero muy pronto
se puso° serio y, mientras daba golpecitos en la mesa° con la   he became / **daba**… he was tapping the table
carta, comentaba:

—¡La fe!° ¡Ojalá que yo tuviera° la fe del hombre que   faith / had
escribió esta carta! ¡Creer como él cree! ¡Esperar con la
confianza° con que él sabe esperar! ¡Empezar corres-   confidence
pondencia con Dios!

Y, para no desilusionar aquel tesoro° de fe, des-   treasure
cubierto° por una carta que no podía ser entregada,° el jefe   revealed / delivered
de la oficina tuvo una idea: contestar la carta. Pero cuando la
abrió, era evidente que para contestarla necesitaba algo más
que buena voluntad,° tinta° y papel. Pero siguió° con su   will / ink / he followed through
determinación:° pidió dinero a su empleado, él mismo dio   decision
parte de su sueldo° y varios amigos suyos tuvieron que° darle   salary / were obliged to, had to
algo «para una obra de caridad».°   **obra**… act of charity

Fue imposible para él reunir° los cien pesos pedidos°   to gather / requested
por Lencho, y sólo pudo enviar° al campesino un poco más   = **mandar**
de la mitad.° Puso los billetes° en un sobre dirigido a   half / bills
Lencho y con ellos una carta que tenía sólo una palabra
como firma:° DIOS.   signature

Al siguiente domingo, Lencho llegó a preguntar, más
temprano que de costumbre,° si había alguna carta para él.   usual
Fue el mismo cartero quien le entregó° la carta, mientras   handed over
que el jefe, con la alegría° de un hombre que ha hecho una   joy
buena acción, miraba por la puerta desde su oficina.

Lencho no mostró la menor sorpresa° al ver los   surprise
billetes… tanta° era su seguridad°… pero se enfadó° al   so great / certainty / he got angry
contar° el dinero… ¡Dios no podía haberse equivocado,° ni   upon counting / **no**… could not have been mistaken
negar° lo que Lencho le había pedido!   deny

Inmediatamente, Lencho se acercó° a la ventanilla°   approached / window
para pedir papel y tinta. En la mesa para el público, empezó
a escribir, arrugando° mucho la frente° a causa del trabajo   wrinkling / forehead
que le daba expresar sus ideas.[4] Al terminar, fue a pedir un

---

[4]**a causa … ideas**   because of the effort it cost him to express his ideas. Literally, … because of the work that expressing his ideas gave him. (Note that **expresar sus ideas,** which is the subject of **daba,** is placed at the end of the sentence for emphasis.)

sello, que mojó° con la lengua y luego aseguró° con un   moistened / affixed it
puñetazo.°   blow of a closed fist

Tan pronto como° la carta cayó al buzón, el jefe de   As soon as
correos fue a abrirla. Decía:

«Dios: Del dinero que te pedí, sólo llegaron a mis
manos sesenta pesos. Mándame el resto, como lo necesito
mucho; pero no me lo mandes por la oficina de correos,
porque los empleados son muy ladrones.° —Lencho.»   thieves

¿Qué pasó?

1. ¿Dónde estaba la casa?
2. ¿Qué se veía desde la casa?
3. ¿Qué necesitaba la tierra?
4. ¿Qué hacían los hijos de Lencho?
5. ¿Qué ocurrió durante la comida?
6. Después de sentir la lluvia en el cuerpo, ¿qué exclamó el hombre?
7. ¿En qué se transformó la lluvia?
8. ¿Cómo estaban los árboles, el maíz y el frijol después de caer el granizo?
9. ¿Cuáles fueron los resultados de la tempestad?
10. ¿Cuál era la sola esperanza que tuvo Lencho durante la noche?
11. ¿A quién le escribió Lencho una carta?
12. ¿Cuánto dinero le pidió a Dios? ¿Para qué?
13. Al ver la carta dirigida a Dios, ¿qué hizo el empleado de la oficina de correos?
14. ¿Qué idea tuvo el jefe de la oficina?
15. ¿Fue posible reunir los cien pesos pedidos por Lencho?
16. ¿Qué escribió el jefe en la carta a Lencho?
17. ¿Cómo reaccionó Lencho al contar el dinero?
18. Entonces, ¿qué hizo Lencho?
19. En su segunda carta a Dios, ¿qué dijo Lencho sobre los empleados de la oficina de correos?

Interpretación

1. ¿Qué clase de hombre es Lencho y cómo es su vida?
2. ¿Qué opina usted sobre la fe de Lencho?
3. ¿Qué significa la tierra para la familia de Lencho? ¿y el clima?
4. Analice usted los motivos del jefe de la oficina de correos al contestar la carta de Lencho.
5. ¿Qué relación existe entre el hecho de la cosecha destruida por la tempestad y la segunda carta escrita por Lencho?
6. ¿Es cómico o triste el final del cuento? ¿Por qué?
7. Mencione usted los adjetivos y sustantivos que el autor utiliza para crear un tono coloquial y un ambiente rural.
8. Señale usted algunos momentos desilusionantes en la historia.

OBSERVACIÓN

El pasado

In narrative style, Spanish uses the imperfect[5] to describe:

1. background conditions

El aire **estaba** fresco y dulce.   *The air **was** cool and pleasant.*

2. descriptions of people and places

Lencho **era** un hombre rudo.   *Lencho **was** an uneducated man.*

3. ongoing actions

Los muchachos más grandes **trabajaban** en   *The older boys **were working** in the field.*
el campo.

The preterite[5] is used to narrate specific actions and events.

Escribió «A Dios» en el sobre, **metió** la   *He **wrote** "To God" on the envelope, **in-***
carta y... **fue** al pueblo.   ***serted** the letter, . . . and **went** to the*
                                  village.

The preterite and the imperfect can be used together.

Y la vieja, que **preparaba** la comida,   *And the old woman, who **was preparing***
le **respondió**: «Dios lo quiera.»   *the meal, **answered**: "God willing."*

¡Otra vez!

Cambiando los verbos en itálicas al tiempo presente, vuelva a contar la historia de Lencho y su familia.

1. La casa *estaba* en lo alto de un cerro bajo.   2. Lo único que *necesitaba* la tierra *era* lluvia.   3. Lencho *conocía* muy bien el campo.   4. Los hijos más grandes *trabajaban* en el campo.   5. *Comenzaron* a caer grandes gotas de lluvia.   6. Lencho *miraba* con ojos satisfechos el campo de maíz maduro mientras *comía*.   7. *Llovió* muchísimo.   8. El granizo *dañó* la cosecha.   9. Lencho *estaba* muy triste.   10. Lencho *pensó* mucho en su sola esperanza, la ayuda de Dios, cuyos ojos, según le *habían* explicado, lo *miraban* todo.   11. *Escribió* una carta a Dios y él mismo la *llevó* al pueblo a la oficina de correos donde la *echó* al buzón.   12. Un empleado de la oficina de correos *trajo* la carta dirigida a Dios a su jefe que la *abrió*.   13. Entonces el jefe y los empleados *reunieron* más de la mitad del dinero pedido por Lencho.   14. En un sobre dirigido a Lencho, el jefe *puso* los billetes y un papel que *firmó* «Dios.»   15. Cuando Lencho *volvió* a la oficina de correos y *leyó* la carta, *se enfadó* mucho.   16. Lencho *escribió* otra carta.   17. *Pidió* un sello que *mojó* con la lengua.   18. Cuando la carta *cayó* al buzón el jefe *fue* a leerla.   19. En la carta Lencho *decía* que los empleados *eran* muy ladrones y que ellos le *habían* robado el dinero que *faltaba*.

---

[5]To review the formation of verb tenses for both regular and irregular verbs, see the Verb Tables, pp. 141–154.

FUENTE DE PALABRAS

Cognados

Cognates (**cognados**) are words in two languages that look alike and have the same or similar meanings. The presence of numerous cognates makes Spanish a relatively easy language for English-speaking students to read.

A few Spanish-English cognates are spelled exactly the same: **idea, invisible.** More often, there are minor spelling differences: **acción,** *action;* **evidente,** *evident;* **exclamar,** *to exclaim.*

Frequently, Spanish-English cognates do not have exactly the same meaning in both languages. Sometimes the English cognate has a synonym that is more commonly used. For example:

comenzar	*to commence*	BUT USUALLY:	*to begin*
terminar	*to terminate*	BUT USUALLY:	*to finish, to end*
grande	*grand*	BUT USUALLY:	*large, big*

In these instances, the cognate will remind you of the more common English equivalent.

TRANSFORMACIONES

Dé el cognado inglés de cada palabra.

1. el valle
2. imposible
3. la existencia
4. la familia
5. examinar
6. transparente
7. serio
8. la determinación
9. responder

Composiciones dirigidas

1. Haga usted un retrato de Lencho.

    PALABRAS CLAVES   tener / familia / trabajar / bestia / campo / ser / rudo / fe / Dios

2. Compare y contraste el valle antes y después de caer el granizo.

    PALABRAS CLAVES   campo / sol / cosecha / lluvia / nubes / aire /
    granizo / árboles / hoja / maíz / destruido / frijol / flor

Composición libre

Cuente la historia desde la perspectiva de la esposa de Lencho.

Otros temas

1. Compare y contraste usted la vida del campo con la vida de la ciudad.
2. ¿Prefiere usted vivir en el campo o en la cuidad? ¿Por qué?
3. Comente usted sobre lo siguiente: «Eso dicen: Nadie se muere de hambre.» ¿Es verdad?
4. Imagínese que está en una fiesta con amigos que usted no ha visto por mucho tiempo. Cuénteles algún incidente importante que le ha pasado este año.
5. Esta historia podría ser la base de un guión de cine *(film script)*. Imagínese que usted es el director de la película. Organice las escenas.

Sala de espera

Enrique Anderson Imbert

2

Enrique Anderson Imbert

(1910–   ), novelist, short-story writer and literary critic, has enjoyed a long university career both in his native Argentina and in the United States. As a writer, he is perhaps best known for his brief "microcuentos" in which he blends fantasy and magical realism. His story "Sala de espera"[1] is taken from *El gato de Cheshire* (1965). Just as Alice's cat vanishes into the air, leaving only a smile, so does Costa find himself caught up in a similar phenomenon.

Costa y Wright roban una casa. Costa asesina° a Wright y se queda con° la valija° llena de joyas° y dinero. Va a la estación para escaparse en el primer tren. En la sala de espera, una señora se sienta a su izquierda y le da conversación. Fastidiado,° Costa finge° con un bostezo° que tiene sueño y que va a dormir, pero oye que la señora continúa conversando. Abre entonces los ojos y ve, sentado a la derecha, el fantasma° de Wright. La señora atraviesa° a Costa de lado a lado° con la mirada y charla° con el fantasma, quien contesta con simpatía.° Cuando llega el tren, Costa trata de levantarse, pero no puede. Está paralizado, mudo° y observa atónito° cómo el fantasma toma tranquilamente la valija y camina con la señora hacia° el andén,° ahora hablando y riéndose. Suben, y el tren parte. Costa los sigue con los ojos. Viene un hombre y comienza a limpiar la sala de espera, que ahora está completamente desierta.° Pasa la aspiradora° por el asiento° donde está Costa, invisible.

° = **mata**
keeps / = **maleta** / jewels

Annoyed / pretends / yawn

ghost / looks straight through
de... from one side to the other / = **habla**
friendliness
silent
astonished
towards / platform

empty
vacuum cleaner / seat

¿Qué pasó?

1. ¿Qué roban Costa y Wright?
2. ¿Qué le pasa a Wright después?
3. ¿De qué está llena la valija?
4. ¿Con qué motivo va Costa a la estación?
5. En la sala de espera, ¿quién conversa con Costa?
6. ¿Qué hace la señora cuando Costa finge que tiene sueño y que va a dormir?

---

[1] «Sala de espera»   "Waiting Room."

7. Cuando Costa abre los ojos, ¿qué ve a la derecha?
8. ¿Cómo reacciona la señora frente al fantasma de Wright?
9. ¿Qué ocurre cuando llega el tren?
10. ¿Qué observa Costa?
11. ¿Qué hace el hombre que viene a la sala de espera?
12. Al terminar el cuento, ¿cómo está Costa?

Interpretación

1. ¿Por qué cree usted que Costa mató a Wright?
2. Señale usted algunos elementos de la realidad y de la fantasía que el autor presenta en la narración.
3. ¿Hay realmente un robo o es todo imaginado en el cuento?
4. ¿Cómo interpreta usted el final de la historia?

OBSERVACIÓN

El presente histórico

In "Sala de espera," the author narrates the story in the present tense to make the action appear more vivid and realistic.

Costa y Wright **roban** una casa.

*Costa and Wright **rob** a house.*

This use of the historical present is more common in Spanish than in English.

¡Otra vez!

Narre el cuento en el pretérito. Complete las frases usando los verbos de la lista.

tomó	limpió	fue	fingió	mató
pudo	robaron	vino	partió	charló

1. Wright y Costa _____ una casa.
2. Costa _____ a Wright.
3. Costa _____ a la estación para escaparse.
4. La señora _____ con Costa.
5. Costa _____ tener sueño porque la conversación le molestaba.
6. Cuando llegó el tren, Costa trataba de levantarse, pero no _____.
7. El fantasma _____ la valija y se fue con la señora.
8. Subieron y el tren _____.
9. Un hombre _____ a limpiar la sala de espera.
10. El hombre _____ el asiento donde Costa estaba invisible.

FUENTE DE PALABRAS

Verbos cognados (-ar)

Many Spanish verbs in **-ar** have English cognates. Observe the following patterns:

-ar ↔ ∅	**robar**	*to rob*
-ar ↔ -e	**continuar**	*to continue*
-ar ↔ -ate	**crear**	*to create*

TRANSFORMACIONES

Dé el cognado inglés de cada palabra.

1. contemplar
2. observar
3. acusar
4. recuperar
5. indicar
6. presentar
7. educar
8. declarar
9. protestar
10. imaginar
11. adornar
12. escaparse

Composiciones dirigidas

1. Haga un retrato de la señora.

   PALABRAS CLAVES   conversar / Costa / atravesar / mirada / Wright / contestar / simpatía / subir / tren / partir

2. Describa a las personas en la sala de espera.

   PALABRAS CLAVES   estación / Costa / señora / hablar / sentado / fantasma / Wright / hombre / limpiar / desierto

Composición libre

Cuente la historia desde el punto de vista de la señora.

Otros temas

1. Imagínese que usted está en la sala de espera de un aeropuerto. Describa lo que usted ve y lo que usted oye.
2. Después de leer el periódico o de mirar las noticias de la televisión, haga un resumen de uno de los robos o crímenes contados.
3. ¿Qué piensa usted de los adivinos (*fortunetellers*) para resolver los crímenes policiales?

El tiempo borra

Javier de Viana

Javier de Viana (1872–1926) devoted much of his literary career to recording the rural life and customs of his native Uruguay. In "El tiempo borra,"[1] which was published in *Macachines* (1913), de Viana introduces the reader to the gaucho Indalecio who, after fifteen years of prison, is returning home to his wife and his land.

En el cielo, de un azul puro, no se movía una nube. Sobre la llanura° una multitud de vacas blancas y negras, amarillas y rojas, pastaba.° Ni calor, ni frío, ni brisa, ni ruidos. Luz y silencio, eso sí; una luz intensa y un silencio infinito.

    A medida que° avanzaba al trote° por el camino zigzagueante, sentía Indalecio una gran tristeza en el alma,° pero una tristeza muy suave.° Experimentaba° deseos de no continuar aquel viaje, y sensaciones de miedo a las sorpresas que pudieran° esperarle.

    ¡Qué triste retorno era el suyo!° Quince años y dos meses de ausencia.° Revivía° en su memoria la tarde gris, la disputa con Benites por cuestión de una carrera mal ganada,[2] la lucha, la muerte de aquél,° la detención suya° por la policía, la triste despedida° a su campito,° a su ganado,° al rancho recién construido, a la esposa de un año... Tenía veinticinco años entonces y ahora regresaba viejo, destruido con los quince años de prisión. Regresaba... ¿para qué? ¿Existían aún° su mujer y su hijo? ¿Lo recordaban, lo amaban aún? ¿Podía esperarle algo bueno a uno que había escapado del sepulcro?° ¿Estaba bien seguro de que aquél era su campo? Él no lo reconocía. Antes no estaban allí esos edificios blancos que ahora se presentaban a la izquierda. Y cada vez con el corazón más triste siguió su camino, impulsado° por una fuerza irresistible.

    ¿Era realmente su rancho aquél ante el cual había detenido su caballo? Por un momento dudó. Sin embargo,

plain	
was grazing	
As / at a trot	
soul	
gentle / He felt	
might	
= **su retorno** his return	
absence / He relived	
= **Benites** / = **de Indalecio**	
farewell / dear land	
cattle	
still	
tomb (i.e., prison)	
pushed on	

---

[1] **«El tiempo borra»** "Time Erases."

[2] **una carrera mal ganada** a wager unfairly won. An accusation of cheating had led to the fight in which Benites had been killed.

14

a pesar del techo° de zinc que reemplazaba el de paja,° era   a… in spite of the roof / thatched
su mismo rancho.

—Bájese —le gritó desde la puerta de la cocina una
mujer de apariencia vieja, que en seguida, arreglándose el
pelo, fue hacia él, seguida de media docena de chiquillos°   = niños
curiosos.

—¿Cómo está?

—Bien, gracias; pase para adentro.

Ella no lo había reconocido. Él creía ver a su linda
esposa en aquel rostro° cansado y aquel pelo gris que   face
aparecía bajo el pañuelo° grande.   kerchief

Entraron en el rancho, se sentaron, y entonces él dijo:

—¿No me conoces?

Ella quedó mirándolo,° se puso° pálida y exclamó con   **quedó…** stared at him / became
espanto:°   astonishment

—¡Indalecio!

Empezó a llorar, y los chicos la rodearon.° Después, se   surrounded
calmó un poco y habló, creyendo justificarse:

—Yo estaba sola; no podía cuidar los intereses.° Hoy   property
me robaban una vaca; mañana me carneaban° una oveja;°   butchered / sheep
después… habían pasado cinco años. Todos me decían que
tú no volverías más, que te habían condenado° por la vida.   condemned
Entonces… Manuel Silva propuso° casarse conmigo. Yo   proposed
resistí mucho tiempo… pero después…

Y la infeliz° seguía hablando,° hablando, repitiendo,   unhappy woman / **seguía…** kept talking
recomenzando, defendiéndose, defendiendo a sus hijos.
Pero hacía rato que° Indalecio no la escuchaba. Sentado   **hacía…** for quite a while
frente a la puerta, tenía delante el extensivo panorama, la
enorme llanura verde, en cuyo fin se veía el bosque° oc-   forest
cidental° del Uruguay.   on the western border

—Comprendes —continuaba ella,— si yo hubiera°   had
creído que ibas a volver…

—Él la interrumpió:

—¿Todavía pelean en la Banda Oriental?[3]

Ella se quedó atónita° y respondió: speechless, astounded

—Sí; el otro día un grupo de soldados pasó por aquí,
yendo hacia la laguna Negra,[4] y…

—Adiosito —interrumpió el gaucho.

---

[3] **la Banda Oriental** = Uruguay. During Spanish colonial times, Uruguay was the "Eastern province" — **la Banda Oriental** — of the Viceroy-
alty of Río de la Plata, which included the present countries of Argentina,
Bolivia, Paraguay, and the southwestern part of Brazil. In the nineteenth
century Uruguay was involved in a series of border wars with its neighboring countries.

[4] **la laguna Negra**   small lake in Uruguay near the Argentine border.

Y sin hablar una palabra más se levantó, fue en busca
de° su caballo, montó,° y salió al trote, rumbo al° Uruguay.   **fue...** went to find / mounted / toward
 Ella se quedó de pie,° en el patio, mirándolo atónita, y   standing
cuando lo perdió de vista, dejó escapar un suspiro° de satis-   sigh
facción y volvió pronto a la cocina, oyendo chillar° la grasa°   sizzle / grease
en la sartén.°   frying pan

¿Qué pasó?

1. ¿Dónde tiene lugar el cuento?
2. ¿Qué sentía Indalecio a medida que avanzaba al trote por el camino?
3. ¿Qué sensaciones experimentaba él?
4. ¿Cuánto tiempo había estado ausente?
5. ¿Por qué fue a la prisión?
6. ¿A quiénes esperaba encontrar en su casa?
7. ¿Cuántos años tenía el gaucho Indalecio al regresar?
8. ¿En qué estado regresaba el gaucho?
9. ¿A dónde llegó él?
10. ¿Quién le gritó desde la puerta de la cocina?
11. ¿Cuántos hijos tenía la mujer?
12. La mujer no reconoció a Indalecio al primer instante. ¿Cómo lo sabemos?
13. ¿Cómo reaccionó la mujer al reconocerlo?
14. ¿Qué le había pasado a la mujer en los últimos quince años?
15. Sentado frente a la puerta, ¿hacia dónde miraba Indalecio?
16. ¿Con qué pregunta interrumpió Indalecio a la mujer?
17. Sin hablar una palabra más, ¿qué hizo Indalecio?
18. Cuando se fue el gaucho, ¿cómo reaccionó la mujer?

Interpretación

1. ¿Qué piensa usted del título, «El tiempo borra»? ¿Es apropiado? ¿Qué borró el tiempo para Indalecio y para su mujer?
2. ¿Cree usted que Indalecio realmente mató a Benites? ¿Por qué?
3. En su opinión, ¿hizo la mujer lo correcto al casarse por segunda vez? ¿Por qué? ¿Piensa usted que ella todavía quiere a su primer esposo?
4. ¿Por qué dio un suspiro de satisfacción la mujer al ver irse a Indalecio? ¿Por qué se fue el gaucho? ¿Cómo interpreta usted este final?
5. Discuta usted los elementos de la nostalgia y de la soledad que se observan en el cuento.
6. Comente usted sobre la importancia de la naturaleza en esta narración.

OBSERVACIÓN

El orden de palabras

Word order in Spanish is more flexible than in English. Elements to be stressed are usually placed at the end of the sentence, which means that the verb may precede the subject.

En el cielo . . . no se movía **una nube.** = Ni una nube se movía en el cielo.
*In the sky not **a cloud** was moving.*

Antes no estaban allí **esos edificios.** = Esos edificios no estaban allí antes.
***Those buildings** weren't there before.*

¡Otra vez!

Complete las frases usando los verbos de la lista que narran el cuento.

reconoció	lloró	preguntó	movían
iba	salió	avanzaba	se arregló
hacía	regresaba	gritó	revivía

1. Las nubes del cielo no se _____.
2. No _____ ni calor ni frío.
3. Indalecio _____ por el camino zigagueante.
4. El gaucho _____ la memoria de aquella tarde gris.
5. El _____ al rancho después de quince años de prisión.
6. Al principio él no _____ su rancho.
7. Una mujer le _____ desde la puerta de la cocina.
8. Ella en seguida _____ el pelo.
9. Al reconocerlo, la mujer _____.
10. Ella creyó que Indalecio no _____ a volver más.
11. El le _____ sobre la guerra en la Banda Oriental.
12. Indalecio montó a su caballo y _____ al trote rumbo al Uruguay.

FUENTE DE PALABRAS

Verbos cognados **(-er, -ir)**

Observe the common cognate patterns of Spanish verbs in **-er** and **-ir**:

-er, -ir ↔ Ø	**extender**	*to extend*	**referir**	*to refer*
-er, -ir ↔ -e	**mover**	*to move*	**servir**	*to serve*
-er, -ir ↔ -ct	**proteger**	*to protect*	**dirigir**	*to direct*

TRANSFORMACIONES

Dé el cognado inglés de cada palabra.

1. responder
2. elegir
3. discernir
4. combatir
5. defender

6. preferir
7. resolver
8. corregir
9. decidir
10. consentir

Composiciones dirigidas

1. Describa usted el ambiente donde se desarrolla el cuento.

   PALABRAS CLAVES   cielo / moverse / nube / llanura / verde / enorme / vaca / luz / silencio / extensivo / panorama / Uruguay

2. ¿Cómo encuentra Indalecio a su esposa después de los quince años de su ausencia?

   PALABRAS CLAVES   rancho / casarse / Manuel / tener / seis / hijo / defenderse / infeliz / rostro / cansado / viejo / pelo / gris

Composiciones libres

1. Imagínese que usted es Indalecio de rumbo al Uruguay al final del cuento. ¿Qué pensamientos y sentimientos tiene con respecto al pasado y al futuro?
2. Imagínese que usted es la esposa. ¿Qué le va a contar a su segundo esposo sobre la visita de Indalecio?

Otros temas

1. Después de leer el cuento, ¿cómo cree usted que debe ser la vida en las pampas?
2. El autor compara una prisión a un sepulcro. ¿Cómo se imagina usted que es la vida diaria en una prisión?
3. Indalecio estuvo en la cárcel entre las edades de veinticinco y cuarenta. ¿Qué hechos importantes ocurren en la vida de una persona durante esos años?

Leyenda

Jorge Luis Borges

Jorge Luis Borges

(1899–   ), born in Argentina, is one of the outstanding figures of contemporary Hispanic literature. One recurrent theme of his work is the relationship between reality and fantasy, between life and fiction. According to the book of Genesis, Cain is banished from the face of the earth as a fugitive and vagabond for having killed his brother Abel. In "Leyenda,"[1] published in *Elogio de la sombra* (1969), Borges elaborates on the Biblical tale by having Abel reappear in the desert for a final encounter with Cain.

Abel[2] and Caín[3] se encontraron después de la muerte de Abel. Caminaban por el desierto y se reconocieron desde lejos, porque los dos eran muy altos. Los hermanos se sentaron en la tierra, hicieron un fuego° y comieron. Guardaban silencio,° a la manera de la gente cansada cuando declina° el día. En el cielo asomaba° alguna estrella, que aún no había recibido su nombre. A la luz de las llamas,° Caín advirtió° en la frente° de Abel la marca de la piedra° y dejó caer° el pan que estaba por llevarse a° la boca y pidió que le fuera perdonado su crimen.

Abel contestó:

—¿Tú me has matado o yo te he matado? Ya no recuerdo, aquí estamos juntos como antes.

—Ahora sé que en verdad me has perdonado —dijo Caín—, porque olvidar es perdonar. Yo trataré también de olvidar.

Abel dijo despacio:

—Así es. Mientras dura° el remordimiento° dura la culpa.°

fire
They remained silent
draws to a close / appeared

flames / noticed / forehead
*stone / **dejó**... dropped / **estaba**... he was about to put into*

lasts / remorse
guilt

¿Qué pasó?

1. ¿Cuándo se encontraron Abel y Caín?
2. ¿Por dónde caminaban?

---

[1] **«Leyenda»** "Legend."
[2] **Abel** the second son of Adam and Eve.
[3] **Caín** the oldest son of Adam and Eve, who killed his brother Abel out of jealousy.

3. ¿Por qué se reconocieron desde lejos?
4. Después de encontrarse, ¿qué hicieron?
5. ¿Por qué guardaban silencio?
6. ¿Era de día o de noche? ¿Cómo lo sabe usted?
7. ¿Por qué dejó caer Caín el pan que estaba por comer?
8. ¿Qué le pidió Caín a Abel?
9. ¿Cómo contestó Abel?
10. ¿Por qué dijo Caín que sabía que Abel lo había perdonado?
11. Según Abel, ¿cuál es la relación entre el remordimiento y la culpa?

Interpretación

1. ¿Qué es una leyenda?
2. ¿Dónde cree usted que Caín y Abel se encontraron? ¿en la tierra? ¿en el cielo? ¿en el infierno? ¿en otro lugar?
3. ¿Cuáles son las diferencias entre la culpa y el remordimiento? ¿Qué es peor — sentir culpa o remordimiento?

OBSERVACIÓN

El presente perfecto

The present perfect is formed with the present tense of **haber** (**he, has, ha, hemos, habéis, han**) + the past participle (**-ado** or **-ido** form) of the verb. In general, Spanish and English use this tense in the same way. In Spanish it may also be used to describe a definite past action, where in English a simple past would be used.

. . . me **has perdonado**	. . . *you have forgiven me*
¿yo te **he matado**?	*did I kill you?*

Note that the pluperfect is formed like the present perfect, but uses the imperfect of **haber**.

[la] estrella . . . no **había recibido** su nombre.	*the star **had not received** its name.*

¡Otra vez!

Vuelva a contar la historia, cambiando los verbos en itálicas al presente perfecto.

1. Abel y Caín se *encontraron*.
2. Ellos *caminaban* por el desierto.
3. Se *reconocieron* desde lejos.
4. Los hermanos se *sentaron* en la tierra.
5. *Hicieron* un fuego y *comieron*.
6. En el cielo *asomaba* una estrella.
7. Caín *advirtió* en la frente de Abel la marca de una piedra.

8. Caín le *pidió* perdón a su hermano.
9. Abel no *recordó* quien *tenía* la culpa.
10. Caín *dijo*, «olvidar es perdonar».

FUENTE DE PALABRAS

Cognados con cambios ortográficos

Spanish-English cognates are often spelled somewhat differently in the two languages. For example, masculine nouns in Spanish frequently end in **-o** and feminine nouns in **-a.**

el desierto *desert*	**la leyenda** *legend*
el silencio *silence*	**la marca** *mark*

Some other common spelling changes encountered in earlier stories are:

i ↔ y	**paralizar**	*to paralyze*
c ↔ cc	**preocupado**	*preoccupied*
f ↔ ff	**la oficina**	*office*
l ↔ ll	**desilusionar**	*to disillusion*
n ↔ nn	**la manera**	*manner*
s ↔ ss	**asesinar**	*to assassinate*

TRANSFORMACIONES

Dé el cognado inglés de cada palabra.

1. el motivo
2. la cortina
3. la dinamita
4. el mito
5. diferente
6. pasar
7. imposible
8. acompañar
9. inocente
10. el colector

Composiciones dirigidas

1. Describa usted el desierto en donde se encontraron Caín y Abel.

   PALABRAS CLAVES   desierto / lejos / tierra / hacer / fuego / luz / llama / cielo / estrella

2. Resuma usted la relación entre Caín y Abel.

   PALABRAS CLAVES   hermano / alto / muerte / Abel / desierto / frente / piedra / perdonar / olvidar / durar / remordimiento / culpa

Composición libre

Compare y contraste esta historia de Caín y Abel con la de la Biblia (*Génesis*, Capítulo 4).

Otros temas

1. Según Abel, «Mientras dura el remordimiento dura la culpa.» ¿Está usted de acuerdo con esta filosofía? Explique.
2. ¿Cómo deben de tratarse los hermanos?
3. ¿Hay mucha rivalidad entre hermanos en las familias de nuestra sociedad? ¿y violencia? ¿y abuso? Explique.

Un oso y un amor

Sabine R. Ulibarrí

Sabine Ulibarrí

(1919–   ) was born in the small town of Tierra Amarilla, New Mexico, which provides the background for many of his short stories. At the time Ulibarrí was growing up, Spanish was spoken not only by the Hispanics who had settled the area centuries earlier but also by the neighboring Pueblo Indians and the Anglo newcomers. In "Un oso y un amor,"[1] which appeared in *Primeros encuentros* (1982), the young narrator is helping Abrán herd the sheep to their summer grazing area in the mountains. They are joined for a picnic by several of the narrator's school friends, but a bear interrupts the festivities.

Era ya fines° de junio. Ya había terminado el ahijadero y la trasquila.[2] El ganado° iba ya subiendo la sierra. Abrán apuntando,° dirigiendo.° Yo, adelante con seis burros cargados.[3] De aquí en adelante° la vida sería lenta y tranquila.

Hallé° un sitio adecuado. Descargué° los burros. Puse la carpa.° Corté ramas° para las camas. Me puse a° hacer de comer° para cuando llegara° Abrán. Ya las primeras ovejas estaban llegando. De vez en cuando salía a detenerlas,° a remolinarlas, para que fueran conociendo° su primer rodeo.[4]

El pasto° alto, fresco y lozano.° Los trembletes[5] altos y blancos, sus hojas agitadas temblando una canción° de vida y alegría. Los olores° y las flores. El agua helada° y cristalina del arroyo.° Todo era paz y harmonía. Por eso los dioses° viven en la sierra. La sierra es una fiesta eterna.

the end
flock
pointing / directing
De... *From now on*

I found / I unloaded
tent / branches / I began
hacer... *to prepare the meal / would arrive*
to stop them
fueran... *would get familiar with*

grass / abundant
temblando... *singing a song*
fragrances / icy
stream / gods

---

[1] «Un oso y un amor» "A Bear and a Love."

[2] Sheep-raising is an important activity in northern New Mexico. In the winter the sheep (**las ovejas**) are kept in the village. Once the lambs have been born in the spring (**el ahijadero**) and are old enough to travel, and after the wool of the adult lambs has been shorn (**la trasquila**), the flock is taken up to the summer grazing areas in the mountains (**la sierra**).

[3] The shepherds travel with donkeys, which carry all their supplies (**burros cargados**), since they will not return to the village until fall.

[4] When the flock is being gathered for the night at the campsite (**el rodeo**), those sheep who tend to wander on must be turned around (**remolinar**) and directed back to the central location.

[5] **los trembletes** the aspen. These typical Rocky Mountain trees of the poplar family have leaves that tremble in the slightest breeze (**hojas agitadas**). In Spanish, the aspen is known as **el álamo temblón** or **el temblete**.

Las ollitas° hervían.° Las ovejas pacían° o dormían. Yo contemplaba la belleza° y la grandeza de la naturaleza.°

De pronto oí voces y risas° conocidas. Lancé un alarido.° Eran mis amigos de Tierra Amarilla. Abelito Sánchez, acompañado de Clorinda Chávez y Shirley Cantel. Los cuatro estábamos en tercer año de secundaría.[6] Teníamos quince años.

Desensillamos° y persogamos° sus caballos. Y nos pusimos a gozar el momento. Había tanto que decir. Preguntas. Bromas. Tanta risa que reanudar.° Ahora al recordarlo me estremezco.° ¡Qué hermoso era aquello!° Eramos jóvenes. Sabíamos querer y cantar. Sin licor, sin drogas, sin atrevimientos soeces.°

Cuando llegó Abrán comimos. Yo tenía un sabroso° y oloroso° costillar de corderito asado° sobre las brasas.° Ellos habían traído golosinas° que no se acostumbran en la sierra. La alegría y la buena comida, la amistad y el sitio idílico convirtieron° aquello en un festín° para recordar siempre.

Shirley Cantel y yo crecimos° juntos. Desde niños fuimos a la escuela juntos. Yo cargaba con° sus libros. Más tarde íbamos a traer° las vacas todas las tardes. Jugábamos en las caballerizas° o en las pilas de heno.° Teníamos carreras° de caballo. En las representaciones° dramáticas en la escuela ella y yo hacíamos los papeles° importantes. Siempre competimos a ver quién sacaba° las mejores notas.° Nunca se nos ocurrió que estuviéramos° enamorados. Este año pasado, por primera vez, lo descubrimos, no sé cómo. Ahora la cosa° andaba en serio.° Verla hoy fue como una ilusión de gloria.

Shirley tenía una paloma° blanca que llamaba° mucho la atención. Siempre la sacaba° cuando montaba a caballo. La paloma se le posaba° en un hombro,° o se posaba en la crin° o las ancas° del caballo. Llegó a conocerme° y a quererme a mí también. A veces la paloma andaba conmigo. Volaba° y volvía. La paloma era otro puente° sentimental entre nosotros dos. Hoy me conoció. De inmediato° se posó en mi hombro. Su cucurucú° sensual en mi oído° era un mensaje de amor de su dueña.°

Era gringa[7] Shirley pero hablaba el español igual que yo. Esto era lo ordinario en Tierra Amarilla. Casi todos los gringos de entonces hablaban español. Eramos una sola° sociedad. Nos llevábamos° muy bien.

	little pots / were boiling / were grazing
	beauty / nature
	laughter
	I gave a shout
	We unsaddled / we staked out
	renew
	I shudder / = **aquel momento**
	atrevimientos... vulgarity
	tasty
	delicious-smelling / **costillar...** roast side of lamb / coals
	delicacies
	transformed / banquet
	we grew up
	carried
	to bring in
	stables / haystacks
	races / performances
	hacíamos... played the roles
	would get / grades
	were
	relationship / **andaba...** was becoming serious
	dove / attracted
	took it along
	perched / shoulder
	mane / rump / It got to know me
	It would fly away / bridge
	Right away / cooing
	= **oreja** / owner
	one single
	We got along

---

[6] **en tercer año de secundaría** in ninth grade (i.e., the third year of secondary school, which begins with seventh grade).

[7] A **gringo** or **gringa** is a non-Hispanic American.

Chistes° y bromas. Risas y más risas. Coqueteos° fugaces.° Preguntas intencionadas.° Contestaciones inesperadas.° La fiesta en su apogeo.°

Jokes / Flirtations
fleeting / loaded
unexpected / height

De pronto el ganado se asusta.° Se azota° de un lado a otro. Se viene sobre nosotros° como en olas.° Balidos° de terror. Algo está espantado° al ganado.

is frightened / It whips
Se… It comes toward us / waves / Bleats
has frightened

Cojo° el rifle. Le digo a Shirley, «Ven conmigo.» Vamos de la mano.° Al doblar° un arbusto° nos encontramos con un oso.° Ha derribado° una oveja. Le ha abierto las entrañas.° Tiene el hocico° ensangrentado.° Estamos muy cerca.

I grab
hand in hand / Coming around / bush
bear / He has downed
Le… He has ripped open the entrails / snout / bloody

Ordinariamente el oso huye° cuando se encuentra con el hombre. Hay excepciones: cuando hay cachorros,° cuando está herido,° cuando ha probado° sangre. Entonces se pone bravo.° Hasta° un perro se pone bravo cuando está comiendo.

flees
cubs
wounded / tasted
he becomes enraged / Even

Este era un oso joven. Tendría dos o tres años.° Estos son más atrevidos° y más peligrosos. Le interrumpimos la comida. Se enfureció.° Se nos vino encima.°

Tendría… It probably was 2 or 3 years old.
daring
He got furious. / Se… He came at us.

Los demás se habían acercado.° Estaban contemplando el drama. El oso se nos acercaba lentamente. Se paraba,° sacudía° la cabeza y gruñía.° Nosotros reculábamos° poco a poco. Hasta que topamos con° un árbol caído.° No había remedio.° Tendríamos que confrontarnos con el bicho.°

approached
He stopped / he shook / growled
backed up / we bumped against
fallen / choice
= animal

Nadie hizo° por ayudarme. Nadie dijo nada. Las muchachas calladas.° Nada de histeria. Quizás si hubiera estado° solo habría estado muerto de miedo. Pero allí estaba mi novia a mi lado. Su vida dependía de mí. Los otros me estaban mirando.

did (anything)
silent
hubiera… I had been

Nunca me he sentido tan dueño° de mí mismo. Nunca tan hombre,° nunca tan macho.° Me sentí primitivo, defendiendo a mi mujer. Ella y los demás tenían confianza° en mí.

master
so much a man / manly
confidence

Alcé° el rifle. Apunté.° Firme, seguro. Disparé.° El balazo° entró por la boca abierta y salió por la nuca.° El balazo retumbó° por la sierra. El oso cayó muerto a nuestros pies. Shirley me abrazó.° Quise morirme de felicidad.

I raised / I aimed / I fired
shot / nape of the neck
echoed
hugged

Desollé° al animal yo mismo.° Sentí su sangre caliente en mis manos, y en mis brazos. Me sentí conquistador.°

I skinned / myself
conqueror

En una ocasión le había regalado° yo a Shirley un anillo° que mi madre me había dado a mí. En otra° una caja° de bombones.° En esta ocasión le regalé la piel° de un oso que ella conoció en un momento espantoso.° Cuando se fue se llevó° la piel bien atada° en los tientos° de la silla.°

given
ring / = otra ocasión
box / candies / skin
frightening
she took with her / tied / straps / saddle

Pasaron los años. Yo me fui a una universidad, ella, a otra. Eso nos separó. Después vino una guerra que nos separó más. Cuando un río se bifurca° en dos, no hay manera que esos dos ríos se vuelvan a juntar.°

    No la he vuelto a ver desde esos días. De vez en vez° alguien me dice algo de ella. Sé que se casó, que tiene familia y que vive muy lejos de aquí. Yo me acuerdo con todo cariño de vez en vez de la hermosa juventud que compartí° con ella.

    Recientemente un viejo amigo me dijo que la vio allá donde vive y conoció a su familia. Me dijo que en el suelo, delante de° la chimenea,° tiene ella una piel de oso. También ella se acuerda.

Glosses (right margin):
- divides
- will join again
- Once in a while
- I shared
- in front of / fireplace

¿Qué pasó?

1. ¿Qué época del año es?
2. ¿Qué ha terminado?
3. ¿A dónde va subiendo el ganado?
4. ¿Quién dirige el ganado?
5. Después de hallar un sitio adecuado, ¿qué hace el narrador?
6. ¿Por qué sale el narrador a detener las ovejas de vez en cuando?
7. Describa usted la sierra.
8. ¿Qué hacen las ovejas? ¿y el narrador?
9. ¿Qué contempla el narrador?
10. ¿Qué oye el narrador? ¿Quiénes son? ¿Cuántos años tienen? ¿En qué grado están?
11. ¿Qué cosas se dicen los jóvenes?
12. ¿Cómo reacciona el narrador físicamente al recordar el pasado?
13. ¿Qué más recuerda el narrador de cuando eran jóvenes?
14. ¿Quién llega entonces?
15. ¿Qué comen los jóvenes?
16. ¿Por qué va a recordar el narrador siempre aquella experiencia?
17. Desde niños, ¿qué hacen juntos el narrador y Shirley?
18. ¿Cuándo descubren que están enamorados?
19. ¿Qué saca Shirley siempre cuando monta a caballo?
20. ¿Cómo trata la paloma al narrador? ¿Cómo explica el narrador la actitud de la paloma hacia él?
21. ¿Por qué habla Shirley el español igual que el narrador?
22. ¿Cómo se lleva la gente de Tierra Amarilla?
23. ¿Qué coge el narrador? ¿Qué pasa entonces?
24. Describa al oso. ¿Por qué se enfurece? ¿Cómo reaccionan los demás?
25. ¿Qué hace el narrador entonces? ¿Por qué quiere el narrador morirse de felicidad?
26. ¿A quién le da el narrador la piel de oso?

27. ¿Qué hace el narrador durante los años que pasan? ¿y Shirley?
28. ¿De qué se acuerda el narrador con todo cariño? ¿y ella?

Interpretación

1. ¿Por qué cree usted que no se casaron el narrador y Shirley?
2. ¿Cuántos años se imagina usted que tiene el narrador cuando cuenta la historia? ¿Por qué?
3. ¿Cuál es la actitud del narrador hacia la naturaleza?
4. Señale usted referencias en el cuento a los sentidos (visual, olfatorio, gustativo, auditivo, táctil).
5. El narrador dice que la paloma era «otro puente sentimental» entre él y Shirley. Explique.
6. El autor describe pequeñas escenas fragmentadas. ¿Qué impresión produce esta técnica estilística en el lector?

OBSERVACIÓN

El condicional

The conditional is formed by adding the endings **-ía, -ías, -ía, -íamos, -íais, -ían** to the future stem of the verb. In Spanish, as in English, the conditional is used to express future time when the main verb is in the past.

De aquí en adelante la vida **sería** lenta y tranquila.	*From now on, life **would be** leisurely and peaceful.*

The conditional is also used to express hypotheses.

Este era un oso joven. **Tendría** dos o tres años.	*This was a young bear. He **was probably** two or three years old.*

¡Otra vez!

Vuelva a contar la historia cambiando los verbos en itálicas al tiempo condicional.

1. *Era* fines de junio.   2. El ganado *subía* la sierra.   3. *Corté* ramas para las camas.
4. *Hice* la comida.   5. Algunas ovejas *dormían*.   6. Yo *contemplaba* la belleza de la sierra.
7. Unos buenos amigos *llegaron* a visitarme.   8. *Gozamos* del momento diciendo bromas.
9. Entonces *comimos*.   10. Shirley *montaba* a caballo con una paloma posada en su hombro.
11. El cucurucú de la paloma me *decía* mensajes de amor.   12. El ganado se *asustó* y se *vino* sobre nosotros como en olas.   13. Un oso atrevido *mató* una oveja.   14. Se *puso* bravo porque le *interrumpimos* la comida.   15. Nadie *dijo* ni *hizo* nada por ayudarme.   16. Mi novia *estaba* a mi lado y su vida *dependía* de mí.   17. Al matar al oso, me *sentí* muy macho.
18. Shirley me *abrazó*.   19. Yo le *di* la piel del oso como recuerdo.   20. *Pasaron* los años y la universidad y la guerra nos *separaron*.

FUENTE DE PALABRAS

Sustantivos derivados de adjetivos **(-dad, -ía, -tud)**

In Spanish as in English, the existence of word families makes it easy to increase one's reading vocabulary. In Spanish, nouns may be derived from adjectives with the addition of a suffix.

-(i)dad	feliz	→	**la felicidad**	*happy*	→	*happiness*
-ía	alegre	→	**la alegría**	*joyful*	→	*joyfulness, joy*
-(i)tud	joven	→	**la juventud**	*young*	→	*youth*

Note that these nouns are feminine.

TRANSFORMACIÓN

Dé el sustantivo inglés que corresponde a cada palabra.

1. la infelicidad (infeliz)
2. la lentitud (lento)
3. la utilidad (útil)
4. la curiosidad (curioso)
5. la bondad (bueno)
6. la cortesía (cortés)
7. la posibilidad (posible)
8. la quietud (quieto)
9. la crueldad (cruel)
10. la obscuridad (obscuro)

Composiciones dirigidas

1. Escriba una descripción de la sierra.

   PALABRAS CLAVES   ovejas / pacer / pasto / ser / lozano / junio / embletes /
   temblar / alegría / olores / arroyo / paz / dioses / recordar /
   sitio / idílico / siempre / naturaleza / grandeza

2. ¿Cómo es la actitud del narrador?

   PALABRAS CLAVES   contemplar / naturaleza / gozar / belleza / traer / vaca /
   enamorarse / Shirley / tener / quince / sentirse / hombre /
   Abrán / compartir / juventud / ser / sentimental

Composiciones libres

1. Póngase usted en el lugar de Abrán. ¿Cómo narraría usted la historia?
2. Imagínese un diálogo entre el narrador y Shirley a la edad de sesenta años. ¿Qué se dirían después de tantos años?

Otros temas

1. El narrador compara la separación permanente de él y Shirley con «un río que se bifurca en dos.» Él dice que «no hay manera que esos dos ríos se vuelvan a juntar.» ¿Está usted de acuerdo con esta filosofía? ¿Por qué?

2. ¿Cómo es el oso? Compare y contrástelo con el animal más terrible que usted pueda imaginar. Si usted estuviera cara a cara con un oso, ¿cómo reaccionaría?
3. ¿Qué papel tiene la música en su vida? Compare y contraste las distintas clases de música que usted y sus padres escuchan.
4. ¿Cuáles son los componentes del amor entre familias y entre amigos?
5. ¿De qué diversiones gozan los jóvenes de nuestra época?

El nacimiento de la col

Rubén Darío

Rubén Darío

(1867–1916) was born in Nicaragua as Félix Rubén García Sarmiento. Today he is considered as one of the greatest poets of Latin America. As a leader of the *modernista* movement he emphasized perfection of artistic form and the importance of beauty. "El nacimiento de la col"[1] first appeared in 1893 in *La Tribuna,* an Argentine newspaper. In this carefully polished brief tale, Rubén Darío takes the reader to the Garden of Eden on the Fifth Day of Creation after God has brought forth the plants and the animals.

En el paraíso° terrenal,° en el día luminoso° en que las flores fueron creadas, y antes de que Eva fuese° tentada° por la serpiente, el maligno° espíritu se acercó° a la más linda rosa nueva en el momento en que° ella tendía, a la caricia del celeste sol, la roja virginidad de sus labios.[2]

—Eres bella.

—Lo soy° —dijo la rosa.

—Bella y feliz —prosiguió° el diablo—. Tienes el color, la gracia y el aroma. Pero…

—¿Pero?…

—No eres útil. ¿No miras esos altos árboles llenos de bellotas?° Ésos, a más de° ser frondosos,° dan alimento° a muchedumbres° de seres animados[3] que se detienen° bajo sus ramas.° Rosa, ser bella es poco…

La rosa entonces —tentada como después lo sería° la mujer[4]—deseó la utilidad,° de tal modo° que hubo palidez en su púrpura.°

Pasó el buen Dios después del alba° siguiente.

—Padre —dijo aquella princesa floral, temblando° en su perfumada belleza—, ¿queréis° hacerme útil?

—Sea,° hija mía —contestó el Señor, sonriendo.

Y entonces vio el mundo° la primera col.°

paradise / earthly / = **claro**	
was / tempted	
evil / approached	
when	
Indeed I am	
continued	
acorns / besides / leafy / nourishment	
multitudes / stay, live	
branches	
would be	
usefulness / **de…** so much so	
que… that she became pale	
= **mañana**	
trembling	
would you	
So be it	
= **el mundo vio** / cabbage	

---

[1] «**El nacimiento de la col**» "The Birth of the Cabbage."

[2] **ella tendía, a la caricia del celeste sol, la roja virginidad de sus labios.** she was offering to the caress of the celestial sun the red purity of her lips. Rubén Darío poetically describes the moment at which the rosebud in the warmth of the sun unfolds its fresh petals.

[3] **seres animados** = fauna: animals, birds and insects.

[4] **la mujer** = **Eva.** In the third chapter of Genesis, the serpent tempts Eve to eat of the fruit of the Tree of Knowledge of Good and Evil.

¿Qué pasó?

1. ¿Dónde tiene lugar este cuento?
2. ¿Cuándo ocurrió la historia?
3. ¿Quién se acercó a la más linda rosa?
4. ¿Qué le dijo el maligno espíritu a la rosa?
5. ¿Qué más le dijo el diablo a la flor?
6. ¿Qué le informó el diablo sobre los altos árboles llenos de bellotas?
7. ¿Cómo reaccionó la rosa?
8. ¿Cuándo habló la flor con Dios?
9. ¿Qué pregunta le hizo la rosa a Dios?
10. ¿Quiso Dios hacer útil a la rosa?
11. ¿En qué convirtió Dios la rosa?

Interpretación

1. Caracterice usted al espíritu maligno de este cuento.
2. ¿Qué conflictos existen en la historia?
3. Contraste usted las personalidades del diablo y de Dios.
4. ¿Por qué escogió el autor la rosa para su cuento? ¿Qué simboliza la rosa?
5. ¿Cuál es la moraleja de este cuento?
6. ¿Cómo reacciona usted al final del cuento?

OBSERVACIÓN

Verbos irregulares

In order to read Spanish easily, and especially in order to look up unfamiliar words in the dictionary, it is necessary to recognize irregular verb stems and to identify the corresponding infinitives.

> **fueron, fuese:** ser (*to be*)
> **dijo:** decir (*to say, tell*)
> **prosiguió:** proseguir (*to continue*)
> **se detienen:** detenerse (*to stay*)
> **hubo:** haber; hay (*there is*)
> **sonriendo:** sonreír (*to smile*)
> **vio:** ver (*to see*)

¡Otra vez!

Vuelva a contar la historia completando las frases con el tiempo presente del verbo entre paréntesis. ¡Los verbos con asteriscos son irregulares!

1. Dios (crear) _____ el paraíso terrenal. 2. El maligno espíritu (acercarse) _____ a la rosa nueva y le (decir*) _____ que ella es bella. 3. El diablo (proseguir*) _____ diciendo que la flor

(tener*) ____ el color, la gracia y el aroma, pero que no (ser*) ____ útil.   4. Sin embargo la rosa (desear) ____ la utilidad.   5. Cuando (pasar) ____ el buen Dios, la rosa le dice lo que ella (querer*) ____ .   6. Dios (sonreir*) ____ y le (contestar) ____ que sí, y el mundo (ver) ____ la primera col.

FUENTE DE PALABRAS

Sustantivos derivados de adjetivos **(-ez, -eza)**

In Spanish, nouns may also be derived from adjectives with the addition of the following suffixes:

-ez	**pálido** → **la palidez**	*pale*	↔ *paleness, pallor*
-eza	**bello** → **la belleza**	*beautiful*	↔ *beauty*

These nouns are feminine.

TRANSFORMACIONES

Dé el sustantivo inglés que corresponde a cada palabra.

1. la pobreza   (pobre)
2. la naturaleza   (natural)
3. la grandeza   (grande)
4. la tristeza   (triste)
5. la riqueza   (rico)
6. la madurez   (maduro: *ripe*)
7. la pequeñez   (pequeño)
8. la firmeza   (firme)
9. la rapidez   (rápido)
10. la extrañeza   (extraño: *strange*)

Composiciones dirigidas

1. Escriba una descripción del paraíso terrenal.

   PALABRAS CLAVES   ser / día / luminoso / flores / bello / árboles / frondoso / dar / alimento / Dios / bueno

2. Explique usted el problema de la rosa. Haga la narración en la primera persona.

   PALABRAS CLAVES   yo / ser / rosa / lindo / tener / color / aroma / desear / utilidad

Composiciones libres

1. ¿Qué preferiría ser usted — una col o una rosa? ¿Por qué? ¿Cómo sería su vida?
2. ¿Cómo se imagina usted que es el paraíso?

Otros temas

1. ¿Cuáles son las diferencias entre la utilidad y la belleza? ¿Cree usted que algo bello tiene que ser útil?
2. ¿Por qué es importante para las personas sentirse útiles?
3. ¿Cuál es su flor favorita? ¿Por qué?
4. ¿Cree usted que realmente existe un espíritu maligno en el mundo u opina usted que es un mito? Explique.

Cajas de cartón

Francisco Jiménez

Francisco Jiménez (1943–   ), who came to the United States as the child of

Mexican migrant workers, earned his doctorate at Columbia University. Now professor of Spanish at the University of Santa Clara, Jiménez has turned to the short story as a vehicle for recreating the world of the Chicanos in California. In "Cajas de cartón,"[1] published in 1977 in *The Bilingual Review,* he relates the experiences of eleven-year-old Panchito, whose family is forced to move around the state harvesting one crop after the other.

Primera parte

Era a fines de agosto. Ito, el contratista,° ya no sonreía. Era natural. La cosecha° de fresas° terminaba, y los trabajadores, casi todos braceros,° no recogían° tantas cajas de fresas como en los meses de junio y julio.

    Cada día el número de braceros disminuía.° El domingo sólo uno —el mejor pizcador°— vino a trabajar. A mí me caía bien.° A veces hablábamos durante nuestra media hora de almuerzo. Así es como aprendí que era de Jalisco,[2] de mi tierra natal.° Ese domingo fue la última vez que lo vi.

    Cuando el sol se escondió° detrás de las montañas, Ito nos señaló° que era hora de ir a casa. «Ya hes horra°», gritó en su español mocho.° Ésas eran las palabras que yo ansiosamente esperaba doce horas al día, todos los días, siete días a la semana, semana tras° semana, y el pensar que no las volvería a oír° me entristeció.°

    Por el camino rumbo a casa,° Papá no dijo una palabra. Con las dos manos en el volante° miraba fijamente° hacia el camino. Roberto, mi hermano mayor, también estaba callado. Echó para atrás° la cabeza y cerró los ojos. El polvo° que entraba de fuera° lo hacía toser° repetidamente.

    Era a fines de agosto. Al abrir la puerta de nuestra chocita° me detuve.° Vi que todo lo que nos pertenecía

	foreman
	harvest / strawberries
	day laborers / were gathering
	was diminishing
	picker
	A... I liked him
	homeland
	set
	signaled / = «Ya es hora» It's time
	broken
	after
	no... I would not hear them again / saddened
	Por... On the way home
	steering wheel
	intently
	He threw back
	dust / from outside / cough
	small shack / I stopped

---

[1] **«Cajas de cartón»** "Cardboard Boxes."

[2] **Jalisco** Mexican state that borders on the Pacific Ocean. Its capital is Guadalajara.

estaba empacado° en cajas de cartón. De repente sentí aún
más el peso° de las horas, los días, las semanas, los meses de
trabajo. Me senté sobre una caja, y se me llenaron los ojos
de lágrimas° al pensar que teníamos que mudarnos° a
Fresno.[3]

Esa noche no pude dormir, y un poco antes de las
cinco de la madrugada° Papá, que a la cuenta° tampoco
había pegado los ojos° en toda la noche, nos levantó. A
pocos minutos los gritos alegres de mis hermanitos, para
quienes la mudanza° era una gran aventura, rompieron el
silencio del amanecer.° El ladrido° de los perros pronto los
acompañó.

Mientras empacábamos los trastes° del desayuno, Papá
salió para encender° la «Carcanchita°». Ese era el nombre
que Papá le puso a su viejo *Plymouth* negro del año '38. Lo
compró en una agencia de carros usados en Santa Rosa[4] en
el invierno de 1949. Papá estaba muy orgulloso° de su
carro. «Mi Carcanchita» lo llamaba cariñosamente.° Tenía
derecho° a sentirse así. Antes de comprarlo, pasó mucho
tiempo mirando otros carros. Cuando al fin escogió° la
«Carcanchita», la examinó palmo a palmo.[5] Eschuchó el
motor, inclinando la cabeza de lado a lado como un
perico,° tratando de detectar cualquier ruido que pudiera°
indicar problemas mecánicos. Después de satisfacerse con
la apariencia y los sonidos° del carro, Papá insistió en saber
quién había sido el dueño.° Nunca lo supo,° pero compró
el carro de todas maneras.° Papá pensó que el dueño debió
haber sido° alguien importante porque en el asiento de
atrás° encontró una corbata azul.

Papá estacionó° el carro enfrente de la choza° y dejó°
andando° el motor. «Listo», gritó. Sin decir palabra,
Roberto y yo comenzamos a acarrear° las cajas de cartón al
carro. Roberto cargó las dos más grandes y yo las más
chicas. Papá luego cargó el colchón° ancho sobre la capota°
del carro y lo amarró con lazos° para que no se volara° con
el viento en el camino.

Todo estaba empacado menos la olla° de Mamá. Era
una olla vieja y galvanizada que había comprado en una
tienda de segunda° en Santa María[6] el año en que yo nací.

---

[3] **Fresno** city in the fertile San Joaquin farming area of central California.
[4] **Santa Rosa** California city about 50 miles north of San Francisco.
[5] **palmo a palmo** inch by inch. Technically **un palmo** (a span) is the
distance from the tip of the thumb to the tip of the little finger when the
hand is fully extended (= 9 inches).
[6] **Santa María** California city about 50 miles north of Santa Barbara.

Glossary (right margin):

packed
burden, weight

tears / to move

= **mañana** / on account (of the move)
tampoco... had not shut his eyes either

move

dawn / barking

dishes, pots and pans
to start / little jalopy

proud
affectionately
the right

he chose

parakeet / could

sounds

owner / He never found out
anyway

debió... must have been
asiento... back seat

parked / shack / left
running
to carry

mattress / roof
secured / ropes / it wouldn't fly off

big cooking pot

second-hand

La olla estaba llena de abolladuras° y mellas,° y mientras   dents / scratches
más° abollada° estaba, más le gustaba a Mamá. «Mi olla» la   the more / dented
llamaba orgullosamente.

Sujeté° abierta la puerta de la chocita mientras Mamá   I kept
sacó cuidadosamente su olla, agarrándola° por las dos asas°   grasping it / handles
para no derramar° los frijoles cocidos.° Cuando llegó al   to spill / cooked
carro, Papá tendió° las manos para ayudarle con ella.°   stretched out / = la olla
Roberto abrió la puerta posterior del carro y Papá puso la
olla con mucho cuidado en el piso° detrás del asiento.   floor
Todos subimos a la «Carcanchita». Papá suspiró, se limpió°   wiped
el sudor° de la frente° con las mangas° de la camisa, y dijo   sweat / forehead / sleeves
con cansancio:° «Es todo.»   tiredness

Mientras nos alejábamos,° se me hizo un nudo en la   we were leaving
garganta.[7] Me volví° y miré nuestra chocita por última vez.   I turned

Al ponerse el sol° llegamos a un campo de trabajo   At sunset
cerca de Fresno. Ya que° Papá no hablaba inglés, Mamá le   Since
preguntó al capataz° si necesitaba más trabajadores. «No   foreman
necesitamos a nadie», dijo él, rascándose° la cabeza,   scratching
«pregúntele a Sullivan. Mire, siga° este mismo camino   continue on
hasta que llegue° a una casa grande y blanca con una cerca°   you arrive / fence
alrededor. Allí vive él.»

Cuando llegamos allí, Mamá se dirigió a la casa. Pasó
por la cerca, por entre filas° de rosales° hasta llegar a la   rows / rose bushes
puerta. Tocó° el timbre.° Las luces del portal° se en-   She rang / doorbell / hallway
cendieron° y un hombre alto y fornido° salió. Hablaron   were turned on / heavy-set
brevemente. Cuando el hombre entró en la casa, Mamá se
apresuró° hacia el carro. «¡Tenemos trabajo! El señor nos   hurried
permitió quedarnos° allí toda la temporada°», dijo un poco   to stay / season
sofocada° de gusto° y apuntando hacia un garaje viejo que   choked-up / with pleasure
estaba cerca de los establos.

El garaje estaba gastado° por los años. Roídas° por   run down / Destroyed
comejenes,° las paredes apenas° sostenían el techo agu-   termites / barely
jereado.° No tenía ventanas y el piso de tierra suelta° en-   full of holes / **piso...** dirt floor
sabanaba° todo de polvo.   covered

Esa noche, a la luz de una lámpara de petróleo, des-
empacamos° las cosas y empezamos a preparar la   we unpacked
habitación para vivir. Roberto, enérgicamente se puso a°   began
barrer° el suelo;° Papá llenó los agujeros° de las paredes con   to sweep / floor / holes
periódicos viejos y con hojas de lata.[8] Mamá les dio de
comer° a mis hermanitos. Papá y Roberto entonces trajeron   **dio...** fed
el colchón y lo pusieron en una de las esquinas° del garaje.   corners

---

[7] **se me hizo un nudo en la garganta.**   I got a lump in my throat. Literally,
un nudo is a knot.

[8] **hojas de lata**   thin sheets of tin, also known as **hojalatas.**

«Viejita», dijo Papá, dirigiéndose a Mamá, «tú y los niños duerman en el colchón, Roberto, Panchito, y yo dormiremos bajo los árboles.»

¿Qué pasó?

1. ¿Cuándo ocurrió la historia? ¿En dónde?
2. ¿Quién es Ito? ¿Por qué no sonreía?
3. ¿Qué recogían los braceros?
4. ¿Cómo se llama el narrador? ¿De dónde era?
5. ¿Qué palabras esperaba ansiosamente Panchito todos los días?
6. Al regresar a la casa, ¿quiénes estaban callados?
7. ¿Era Roberto menor o mayor que Panchito?
8. ¿Qué vió Panchito al abrir la puerta de su chocita? ¿Qué sintió de repente el narrador? ¿Por qué lloró?
9. ¿Qué reacción tuvieron los hermanitos ante la mudanza a Fresno?
10. ¿Qué cosa era la «Carcanchita»? ¿De qué año era? Describa la actitud del papá hacia el carro.
11. ¿Qué cargaron Roberto y Panchito en el carro?
12. ¿Dónde puso el padre el colchón?
13. ¿Cómo era la olla de la mamá?
14. ¿Qué había cocinado la mamá en la olla?
15. ¿Por qué suspiró el papá?
16. ¿Qué sintió Panchito al ver su chocita por última vez?
17. ¿Quién de la familia hablaba inglés?
18. ¿Cómo se llamaba el hombre que les dió trabajo? ¿Dónde les permitió quedarse?
19. ¿En qué condiciones estaba el garaje?
20. ¿Cómo prepararon el garaje para vivir allí?
21. ¿Quiénes durmieron en el colchón?
22. ¿Dónde pasaron la noche Panchito, Roberto y el papá?

Interpretación

1. ¿Cómo describiría usted la vida de aquella familia?
2. ¿Por qué cree usted que la mamá da tanta importancia a la olla? ¿Qué significa para la familia?
3. El papá llamaba cariñosamente a su carro «Carcanchita». La madre llamaba orgullosamente a su olla «mi olla». Compare y contraste la función de las dos cosas para los padres.
4. Observe usted que esta historia está contada en la primera persona por un chico que habla. ¿Cree usted que esta técnica hace el relato más verídico (*true*)? ¿Qué efecto produce en el lector?

OBSERVACIÓN

El imperfecto y el pretérito

A few Spanish verbs change meaning in the preterite. For example:

saber *to know*   **sabía** *he knew*
   BUT:
Nunca lo **supo**...   *He never **found** that **out**.*

Usually, however, the tense of the verb does not change its basic meaning but simply reflects the narrator's view of the events of the story.

Era a fines de agosto.
*It **was** the end of August.* (The imperfect sets the background.)

Ese domingo **fue** la última vez que lo vi.
*That Sunday **was** the last time that I saw him.* (The preterite identifies a specific past event.)

¡Otra vez!

Narre otra vez la primera parte del cuento. ¡Preste atención a los hechos específicos! Cambie los verbos en itálicas al pretérito.

1. Ito no *sonreía*.
2. La cosecha de fresas *terminaba*.
3. Los braceros no *recogían* tantas fresas como antes.
4. Ellos *trabajaban* todos los días.
5. Papá *miraba* hacia el camino al manejar a casa.
6. Yo *sentía* el peso de las horas, los días, las semanas, los meses del trabajo.
7. *Teníamos* que mudarnos a Fresno.
8. Para los hermanitos la mudanza *era* una gran aventura.
9. A papá le *gustaba* su «Carcanchita».
10. Él *suspiraba*.
11. Papá se *limpiaba* el sudor de la frente.
12. Mamá *hablaba* con el capataz para pedir trabajo.
13. Nos *quedábamos* en el garaje.
14. *Llenábamos* los agujeros de las paredes con periódicos viejos.
15. Roberto *barría* el suelo.
16. Mis hermanitos *comían*.
17. Mamá y mis hermanitos *dormían* en el colchón.

FUENTE DE PALABRAS

Sufijos diminutivos

Diminutives in Spanish are very common. They not only show smallness in size, but are also used to indicate endearment and affection. Note the following suffixes:

-ito, -ita	**el hermano → el hermanito** (*little brother*)
-cito, -cita	**limpio → limpiecito** (*very clean*)
-illo, -illa	**el ojo → el ojillo** (*little eye*)
-cillo, -cilla	**el cuerpo → el cuerpecillo** (*little body, speck*)

NOTE: There may be a spelling change in the stem to maintain the sound of the final consonant.

g → gu	**un amigo → un amiguito** (*good friend*)
c → qu	**chico → chiquito** (*very small*)
z → c	**una choza → una chocita** (*little shack*)

TRANSFORMACIONES

Dé la palabra básica que corresponde a la expresión entre paréntesis.

1. Panchito _____ (*nickname for Francisco*)
2. el hombrecito _____ (*man*)
3. el bolsillo (*pocket*) _____ (*bag*)
4. la salita _____ (*large room, hall*)
5. la tarjetita _____ (*card*)
6. la aventurilla _____ (*adventure*)
7. el animalito _____ (*animal*)
8. la cajita _____ (*box*)
9. la puertecilla _____ (*door*)
10. el mocito _____ (*boy*)
11. el palito _____ (*stick*)
12. tempranito _____ (*early*)
13. el golpecito _____ (*blow, knock*)
14. detrasito _____ (*behind*)
15. la ventanilla _____ (*window*)
16. adiosito _____ (*good-bye*)

Composición dirigida

Describa al padre.

PALABRAS CLAVES   ser / bracero / trabajador / callado / comprar / carcanchita / orgulloso / no hablar / inglés / suspirar / sudar / cansancio / bueno / esposa / hijos

Composiciones libres

1. ¿Cómo es Panchito? Describa su apariencia física y su personalidad.
2. Imagínese que usted es la madre. ¿Qué preparativos tiene que hacer para el viaje a Fresno? ¿Qué piensa sobre la mudanza?

Otros temas

1. Calcule usted el número de horas a la semana que trabajan Panchito y su familia. Póngase usted en su lugar. ¿Cómo reaccionaría usted en tal situación?
2. ¿Qué tal le parecería a usted vivir en aquel garaje?
3. ¿Ha tenido usted que mudarse o separarse de alguien alguna vez? ¿Qué sentimientos tuvo usted?
4. Describa el trabajo más duro que usted ha tenido que hacer.

Segunda parte

Muy tempranito por la mañana al día siguiente, el señor
Sullivan nos enseñó donde estaba su cosecha y, después
del desayuno, Papá, Roberto y yo nos fuimos a la viña° a
pizcar.°

    A eso de las nueve,° la temperatura había subido hasta
cerca de cien grados. Yo estaba empapado° de sudor y mi
boca estaba tan seca que parecía como si° hubiera estado
masticando° un pañuelo. Fui al final del surco,° cogí la
jarra de agua que habíamos llevado y comencé a beber.
«No tomes mucho; te vas a enfermar», me gritó Roberto.
No había acabado de advertirme° cuando sentí un gran
dolor de estómago. Me caí de rodillas° y la jarra se me
deslizó° de las manos.

    Solamente podía oir el zumbido° de los insectos. Poco
a poco me empecé a recuperar. Me eché° agua en la cara y
en el cuello° y miré el lodo° negro correr por° los brazos y
caer a la tierra que parecía hervir.°

    Todavía me sentía mareado° a la hora del almuerzo.
Eran las dos de la tarde y nos sentamos bajo un árbol grande
de nueces° que estaba al lado del camino. Papá apuntó° el
número de cajas que habíamos pizcado. Roberto trazaba°
diseños° en la tierra con un palito.° De pronto vi palidecer°
a Papá que miraba hacia el camino. «Allá viene el camión°
de la escuela», susurró° alarmado.[1] Instintivamente,
Roberto y yo corrimos a escondernos entre las viñas. El
camión amarillo se paró° frente a la casa del señor Sullivan.
Dos niños muy limpiecitos y bien vestidos se apearon.°
Llevaban libros bajo sus brazos. Cruzaron la calle y el
camión se alejó.° Roberto y yo salimos de nuestro escon-
dite° y regresamos a donde estaba Papá. «Tienen que tener
cuidado,» nos advirtió.°

    Después del almuerzo volvimos a trabajar. El calor
oliente° y pesado,° el zumbido de los insectos, el sudor y el
polvo hicieron que la tarde pareciera° una eternidad. Al fin
las montañas que rodeaban° el valle se tragaron° el sol. Una
hora después estaba demasiado obscuro para seguir trabajando.° Las parras° tapaban° las uvas y era muy difícil ver los
racimos.° «Vámonos», dijo Papá señalándonos° que era
hora de irnos. Entonces tomó un lápiz y comenzó a figurar
cuánto habíamos ganado ese primer día. Apuntó números,

---

[1] It is fall and both Panchito and Roberto should be in school. However,
the family needs the income which the boys earn and cannot afford to let
them go.

Glosses (right margin):

vineyard
to pick
Around nine o'clock
soaked
as if
hubiera... I had been chewing / row

No... He hadn't finished warning me
Me... I fell to my knees
slipped

buzzing
I threw
neck / mud / run down
to boil
dizzy, sick

walnuts / wrote down
was tracing
designs / small stick / to grow pale
bus
he whispered

stopped
got off

drove off
hiding place
he warned

pungent-smelling / heavy
seem
surrounded / swallowed

to continue working / grapevines /
  covered
bunches / signalling

borró° algunos, escribió más. Alzó° la cabeza sin decir nada. Sus tristes ojos sumidos° estaban humedecidos.°

 Cuando regresamos del trabajo, nos bañamos afuera con el agua fría bajo una manguera.° Luego nos sentamos a la mesa hecha de cajones° de madera y comimos con hambre la sopa de fideos,° las papas y tortillas de harina° blanca recién hechas. Después de cenar nos acostamos a dormir, listos para empezar a trabajar a la salida del sol.°

 Al día siguiente, cuando me desperté, me sentía magullado;° me dolía todo el cuerpo. Apenas podía mover los brazos y las piernas. Todas las mañanas cuando me levantaba me pasaba lo mismo hasta que mis músculos° se acostumbraron a ese trabajo.

 Era lunes, la primera semana de noviembre. La temporada de uvas se había terminado y ya podía ir a la escuela. Me desperté temprano esa mañana y me quedé acostado° mirando las estrellas y saboreando° el pensamiento° de no ir a trabajar y de empezar el sexto grado por primera vez ese año. Como no podía dormir, decidí levantarme y desayunar con Papá y Roberto. Me senté cabizbajo° frente a mi hermano. No quería mirarlo porque sabía que él estaba triste. Él no asistiría a la escuela hoy, ni mañana, ni la próxima semana. No iría hasta que se acabara° la temporada de algodón,° y eso sería en febrero. Me froté° las manos y miré la piel seca y manchada de ácido[2] enrollarse° y caer al suelo.

 Cuando Papá y Roberto se fueron a trabajar, sentí un gran alivio.° Fui a la cima° de una pendiente° cerca de la choza y contemplé a la «Carcanchita» en su camino hasta que desapareció en una nube de polvo.

 Dos horas más tarde, a eso de las ocho, esperaba el camión de la escuela. Por fin llegó. Subí y me senté en un asiento desocupado.° Todos los niños se entretenían° hablando o gritando.

 Estaba nerviosísimo cuando el camión se paró delante de la escuela. Miré por la ventana y vi una muchedumbre° de niños. Algunos llevaban libros, otro juguetes.° Me bajé del camión, metí las manos en los bolsillos,° y fui a la oficina del director.° Cuando entré oí la voz de una mujer diciéndome: «May I help you?» Me sobresalté.° Nadie me había hablado inglés desde hacía meses.° Por varios

Glosses:
borró° he erased / Alzó° He raised
sumidos° sunken / humedecidos.° wet (with tears)
manguera.° hose
cajones° crates
fideos,° noodles / harina° flour
sol.° sunrise
magullado;° beaten
músculos° muscles
acostado° me... I stayed in bed / saboreando° savoring
pensamiento° thought
cabizbajo° head down
acabara° would finish / algodón,° cotton
froté° I rubbed
enrollarse° peel off
alivio.° relief / cima° top / pendiente° slope
desocupado.° empty / entretenían° were enjoying themselves
muchedumbre° crowd
juguetes.° toys
bolsillos,° pockets
director.° principal
sobresalté.° I was startled
meses.° desde... for months

---

[2] **la piel . . . ácido**   dry, acid-stained skin. After a day of grape-picking, the workers' hands are purple with grape juice. The harsh cleanser (**el ácido**) used to remove these stains tends to dry the skin an : to leave discolored areas.

segundos me quedé sin poder contestar. Al fin, después de mucho esfuerzo,° conseguí° decirle en inglés que me quería matricular° en el sexto grado. La señora entonces me hizo una serie de preguntas que me parecieron impertinentes. Luego me llevó a la sala de clase.

    El señor Lema, el maestro de sexto grado, me saludó cordialmente, me asignó un pupitre,° y me presentó° a la clase. Estaba tan nervioso y tan asustado° en ese momento cuando todos me miraban que deseé estar con Papá y Roberto pizcando algodón. Después de pasar la lista,° el señor Lema le dio a la clase la asignatura° de la primera hora. «Lo primero que haremos esta mañana es terminar de leer el cuento que comenzamos ayer», dijo con entusiasmo. Se acercó a mí,° me dio su libro y me pidió que leyera.° «Estamos en la página 125», me dijo. Cuando lo oí, sentí que toda la sangre me subía a la cabeza; me sentí mareado. «¿Quisieras° leer?», me preguntó en un tono indeciso.° Abrí el libro a la página 125. Mi boca estaba seca. Los ojos se me comenzaron a aguar.° El señor Lema entonces le pidió a otro niño que leyera.°

    Durante el resto de la hora me empecé a enojar° más y más conmigo mismo.° Debí haber leído,° pensaba yo.

    Durante el recreo° me llevé el libro al baño y lo abrí a la página 125. Empecé a leer en voz baja, pretendiendo que estaba en clase. Había muchas palabras que no sabía. Cerré el libro y volví a la sala de clase.

    El señor Lema estaba sentado en su escritorio. Cuando entré me miró sonriéndose. Me sentí mucho mejor. Me acerqué a él y le pregunté si me podía ayudar con las palabras desconocidas.° «Con mucho gusto», me contestó.

    El resto del mes pasé mis horas de almuerzo estudiando ese inglés con la ayuda del buen señor Lema.

    Un viernes durante la hora del almuerzo, el señor Lema me invitó a que lo acompañara° a la sala de música. «¿Te gusta la música?», me preguntó. «Sí, muchísimo», le contesté entusiasmado, «me gustan los corridos° mexicanos.» Él cogió una trompeta, la tocó° un poco y luego me la entregó.° El sonido° me hizo estremecer.° Me encantaba° ese sonido. «¿Te gustaría aprender a tocar este instrumento?», me preguntó. Debió haber° comprendido la expresión en mi cara porque antes que° yo le respondiera,° añadió:° «Te voy a enseñar a tocar esta trompeta durante las horas de almuerzo.»

    Ese día casi no podía esperar el momento de llegar a casa y contarles las nuevas° a mi familia. Al bajar del camión me encontré con mis hermanitos que gritaban y

Glosses (right margin):
- effort / I managed
- to enroll
- desk / introduced
- scared
- taking roll
- work
- He came up to me
- **me**... he asked me to read
- Would you like
- querying
- to water
- **le**... asked another boy to read
- to get angry
- with myself / **Debí**... I should have read
- recess
- unfamiliar
- to accompany him
- folk songs
- played
- gave / sound / tremble
- delighted
- He must have
- before / could respond
- he added
- news

brincaban° de alegría.° Pensé que era porque yo había   were jumping about / joy
llegado, pero al abrir la puerta de la chocita, vi que todo
estaba empacado en cajas de cartón...

¿Qué pasó?

1. ¿Quiénes fueron a la viña a pizcar?
2. ¿A cuánto había subido la temperatura?
3. ¿Cómo estaba Panchito? ¿Por qué se enfermó?
4. ¿Dónde se sentaron a las dos de la tarde?
5. ¿Por qué palideció el papá?
6. ¿Dónde se escondieron los dos hermanos? ¿Por qué?
7. ¿Cuándo volvieron a trabajar?
8. ¿Por qué estaba triste el papá al final de ese día?
9. ¿Qué hicieron después de regresar del trabajo? ¿Qué comieron?
10. ¿Cómo se sentía Panchito al día siguiente?
11. ¿Cuándo pudo ir Panchito finalmente a la escuela?
12. ¿Cuánto tiempo duraba la temporada para recoger las uvas?
13. ¿Cuándo podría ir Roberto a la escuela? ¿Por qué?
14. ¿Cómo llegó Panchito a la escuela? ¿Qué hacían los niños en el camión?
15. ¿Qué vio Panchito por la ventana?
16. Cuando Panchito estaba en la oficina del director de la escuela, ¿por qué se sobresaltó el joven?
17. ¿En qué grado se matriculó?
18. ¿Cómo se llamaba el maestro?
19. ¿Qué pasó cuando Panchito entró en la clase?
20. Cuando el maestro le pidió que leyera, ¿cómo reaccionó Panchito?
21. ¿Qué hizo el muchacho durante el recreo?
22. ¿Qué le preguntó Panchito al maestro durante el recreo?
23. ¿Cómo pasó Panchito sus horas de almuerzo durante el resto del mes?
24. ¿Qué pasó un viernes en la sala de música?
25. ¿Por qué no podía Panchito esperar el momento de llegar a casa ese día?
26. Cuando llegó a casa, ¿qué hacían sus hermanitos?
27. ¿Qué vió Panchito al abrir la puerta de la chocita?

Interpretación

1. ¿Qué significan las cajas de cartón?
2. Comente usted sobre el tono del cuento.
3. Panchito se sentía mareado al pizcar las uvas y también al tratar de leer en voz alta en la escuela. ¿Hay una relación entre estas dos actividades? ¿Qué actitud ante la vida nos indican los sentimientos del joven?
4. Describa los efectos del calor sobre Panchito.

OBSERVACIÓN

El futuro

In Spanish the future tense is a single word formed by adding the future endings (-é, -ás, -á, -emos, -éis, -án) to the future stem which ends in -r and which for most verbs is the infinitive. In reading, it is important to recognize and identify future verbs, especially those with irregular stems.

> Lo primero que **haremos** esta mañana... (→ **hacer** *to do*)
> *The first thing that we* **will do** *this morning . . .*

¡Otra vez!

Vuelva a contar la historia, cambiando los verbos en itálicas al tiempo futuro.

1. El señor Sullivan nos *enseñó* donde *estaba* la cosecha.
2. Nos *fuimos* a la viña a pizcar.
3. *Hacía* mucho calor. La temperatura *subió* a cien grados.
4. Yo *tenía* mucha sed.
5. El camión de la escuela *vino* y Pedro y yo nos *escondimos*.
6. *Regresamos* del trabajo y nos *bañamos*.
7. *Comimos* sopa, papas y tortillas.
8. Me *dolía* todo el cuerpo.
9. Dos meses después yo *asistí* a la escuela.
10. El maestro me *saludó* y me *presentó* a la clase.
11. Entonces el señor Lema me *pidió* leer, pero no *pude*.
12. Me *enojé* conmigo mismo y me *llevé* el libro al baño, donde *leí* en voz baja.
13. Un viernes el señor Lema me *dijo* que me *enseñaría* a tocar la trompeta.
14. Muy contento, *fui* a casa a contar las nuevas a mi familia.
15. Al entrar a la chocita, *vi* que todo *estaba* empacado en cajas de cartón.

FUENTE DE PALABRAS

Cognados falsos

Not all words that look alike in Spanish and English are true cognates. Some cognates have more than one meaning:

un grado	*a grade,* BUT also, *a degree (of temperature)*
un maestro	*a maestro (musician),* BUT also, *a teacher*

A few Spanish words that look like English words are false cognates.

contestar	*to answer*	NOT *to contest*	**(disputar)**
una lectura	*a reading*	NOT *a lecture*	**(una conferencia)**

TRANSFORMACIONES

Estudie los siguientes cognados falsos que se encuentran en los cuentos de este libro. Utilice cada uno en una frase original.

1. **actual**	*present*	NOT *real, true*	(**verdadero**)
2. **la desgracia**	*misfortune*	NOT *disgrace*	(**la deshonra**)
3. **realizar**	*to accomplish*	NOT *to realize*	(**darse cuenta de**)
4. **ignorar**	*to be unaware of*	NOT *to ignore*	(**no hacer caso de**)
5. **los parientes**	*relatives*	NOT *parents*	(**los padres**)
6. **gracioso**	*witty, funny*	NOT *gracious*	(**amable**)
7. **la miseria**	*poverty*	NOT *misery*	(**la infelicidad**)
8. **simpático**	*nice, congenial*	NOT *sympathetic*	(**compasivo**)
9. **soportar**	*to tolerate*	NOT *to support*	(**mantener; apoyar**)
10. **injuriar**	*to insult*	NOT *to injure*	(**dañar**)
11. **rudo**	*uneducated*	NOT *rude*	(**descortés**)

Composición dirigida

Describa el peso del trabajo que hacían Panchito y su hermano.

PALABRAS CLAVES   ir / viña / pizcar / temperatura / cien / sudar / boca / seco / agua / sentirse / mareado / trabajar / doce horas / siete días / almuerzo

Composiciones libres

1. Póngase usted en el lugar del maestro. ¿Qué pensamientos y sentimientos tendría con respecto a Panchito?
2. Imagínese que usted estuviera en una escuela en un país hispano. ¿Cómo se sentiría usted? ¿Qué haría para comunicarse mejor en español?

Otros temas

1. Compare y contraste su vida con la de Panchito.
2. ¿Cómo se imagina usted que es la vida de una familia de braceros?
3. ¿Cómo definiría usted la pobreza? ¿Hay mucha pobreza en su ciudad? Explique.

Una sortija para mi novia

Humberto Padró

Humberto Padró

(1906–1958) was born in Puerto Rico and taught school several years before turning to journalism and creative writing. In "Una sortija para mi novia,"[1] which appeared in *Diez cuentos* in 1929, José Miguel, a wealthy playboy, decides it is time to settle down and get married. But who is to be his fiancée?

I

Aquella mañana (¡ya eran las once!), José Miguel se levantó decidido a comprar una sortija para su novia. Esto, para José Miguel Arzeno, rico, joven, desocupado,° debía ser la cosa más sencilla° del mundo. Bastaría con° tomar su «roadster»[2] del garage, y de un salto° ir a la joyería° más acreditada° de la ciudad. Pero he aquí° que la cosa no era tan fácil como aparentaba,° puesto que antes de procurarse° la sortija, José Miguel debía buscar a quién regalársela.° Para decirlo mejor, José Miguel no tenía novia.

Ni nunca la había tenido. Pero, eso sí,° no vaya a dársele a esta actitud suya una interpretación beatífica...[3] Ahí está,° si no,° para desmentirla,° su «amigo de correrías°» como le llamaba a su automóvil, cómplice° suyo en más de una aventurilla galante y escabrosa.°

Sin embargo,° razón había para creer que aquella decisión suya de comprar una sortija para su novia, le iba haciendo,° sin duda, desistir° de su inquietante° vida donjuanesca,[4] para darse° finalmente a una última aventura definitiva. Pero... y ¿dónde estaba la novia?

Ya en la ciudad, José Miguel penetró° en «La Esmeralda°», tenida por° la más aristocrática joyería de la

- unemployed
- = fácil / It would be enough
- in a flash / jewelry store
- distinguished / note that
- it seemed / to obtain
- someone to give it to

- surely

- There you have / otherwise / to contradict it (= your erroneous interpretation)
- cohort in escapades / partner
- risqué, daring
- Nevertheless

- le... was making him / give up / restless
- to devote himself

- = entró
- Emerald / considered as

---

[1] **«Una sortija para mi novia»** "An Engagement Ring for My Fiancée."

[2] **su «roadster»** an elegant American automobile of the 1920s with an open body, a single front seat, and a large trunk that converts into a rumble seat.

[3] **no vaya... beatífica...** Don't think he was a saint. Literally, don't give this disposition of his a beatific interpretation. (In Catholic theology, when souls arrive in heaven, they enjoy God's presence in a "Beatific Vision.")

[4] **donjuanesca** fond of women, like Don Juan, the hero of Tirso de Molina's *El Burlador de Sevilla* (1630) who was known for his amorous conquests.

urbe.° Era la primera vez que visitaba un establecimiento
de aquella índole,° pues muy a pesar de su posición envidiable,° las joyas nunca le habían llamado mucho la atención.

    Mientras venían a atenderle,° José Miguel se com-
placía° en mirar, sin admiración, la profusión de prendas°
de diversas formas y matices° que resaltaban° desde el
fondo° de terciopelo° negro de los escaparates,° igual que
una constelación de astros° en el fondo de terciopelo negro
de la noche. En su curiosear° inconsciente y desinteresado,
José Miguel llegó hasta hojear° un libro de ventas° que
estaba sobre el cristal del mostrador.° Sobre la cubierta°
estaba escrito un nombre de mujer.

    —¿En qué puedo servirle, caballero?° —le preguntó
de pronto una joven que, para decirlo de una vez, era la
dependienta. Pero, ¡qué dependienta!°

    —Deseo una sortija para mi novia —replicó° José
Miguel, al mismo tiempo que se apresuraba° a dejar sobre
la mesa el libro de ventas que distraídamente° había tomado
del mostrador. Y luego, alargándolo° a la joven, medio
turbado,° preguntó:

    —¿Este es su libro de ventas, verdad?

    —Sí, y suyo, si le parece...°

    —No, gracias, no lo necesito —dijo José Miguel
sonriendo.

    —¡Ah!, pues yo sí, —agregó° la joven con gracejo.°
—En este libro de ventas está mi felicidad.

    —¿Y cómo?

    —Pues... cuanto más crecidas sean mis ventas,°
mayores serán mis beneficios° —repuso° ella, no en-
contrando otra cosa que contestar.

    Ambos se buscaron con los ojos° y rieron.

    —Y bien, volvamos a la sortija —dijo entonces la
dependienta, que, ¿será preciso° decirlo?, ya a José Miguel
se le había antojado bonita.°

    —Sí, muéstreme usted algunas, si tiene la bondad.°

    —¿Qué número° la busca usted?

    —¡Ah, qué torpe° soy! No lo recuerdo —trató de dis-
culparse° José Miguel.

    —¿Tendrá su novia los dedos poco más o menos igual
a los míos? —consultó la joven, mientras le mostraba su
mano con ingenuidad.°

    —Deje° ver —dijo entonces José Miguel, atre-
viéndose° a acariciar° levemente° aquellos dedos finos y
largos, rematados en uñas punzantes y pulidas,° hechas sin
duda (como lo estaban) para palpar° zafiros° y diamantes.

= ciudad
type
enviable

to wait on him
was content / jewels
hues / stood out
background / velvet / glass cases
stars
browsing
llegó... went so far as to leaf
  through / sales
counter / cover

sir

what a clerk!

= **respondió**
he hurried
distractedly
handing it
embarrassed

if that seems (to be what you want)

added / (bantering) wit

cuanto... the greater my sales
commissions / = **respondió**

se buscaron... = **se miraron**

necessary

se... he was already impressed
  by her beauty
si... = **por favor**
(ring) size
= **tonto**
to excuse himself

innocently

= **Déjeme**
daring / to caress / lightly
rematados... crowned with
  long, polished nails
to touch / sapphires

—¡Ah! Tiene usted unas manos peligrosísimas —dijo al cabo de un rato° José Miguel, mientras dejaba escapar suavemente los dedos de la joven.

al... after a while

—¿Sí? Y ¿por qué? —inquirió ella con interés.

—¡Ah! Porque serían capaces° de hacer enloquecer° a cualquiera acariciándolas.

capable / to drive to distraction

—¿No me diga?

Y volvieron a sonreír.

—Bueno, ¿y cree usted que de venirme bien° la sortija ha de quedarle ajustada° a su novia?

de... since it fits me well
ha... it will fit

—Sí, es muy probable.

Y la linda dependienta fue por el muestrario.° En tanto,° José Miguel estudiaba devotamente su figura maravillosamente modelada.

fue... went to get the case of sample rings
Meanwhile

—Aquí tiene usted a escoger... ¿No le parece que ésta es muy bonita? —dijo la joven, mostrándole una hermosa sortija de brillantes.°

= **diamantes**

—Tiene que serlo, ya que a usted así le parece... Pruébesela° a ver...

Try it on

—Me viene como anillo al dedo[5] —agregó ella con picardía.[6]

—¡Y vale? —consultó José Miguel.

—Mil doscientos dólares.

—Muy bien. Déjemela usted.°

I'll take it.

—Y ¿no desea grabarla?°

to engrave it

—¡Ah!, sí... se me olvidaba...

—¿Cuáles son las iniciales de su novia?

José Miguel volvió a mirar el libro de ventas que estaba sobre el mostrador. Luego dijo:

—R.M.E.

—Perfectamente —dijo la joven dependienta, mientras escribía aquellas tres iniciales en una tarjetita amarilla que luego ató° a la sortija.

she tied

—¿Cuándo puedo venir a buscarla?[7] —inquirió José Miguel.

—La sortija... querrá usted decir°... —comentó ella intencionadamente.

you mean to say

---

[5] **Me viene . . . dedo.** It fits me like a glove. Literally, like a ring on the finger.

[6] **con picardía** mischievously. **La picardía** describes the playful craftiness of the **pícaro** or rogue. The first picaresque hero in Spanish literature was Lazarillo de Tormes in the anonymous *La vida de Lazarillo de Tormes* (1554).

[7] **¿Cuándo puedo venir a buscarla?** This question can mean "When may I come pick up the ring?" (**la** = **sortija**) or "When can I come pick you up?" (**la** = **usted**).

—Pues ¡claro! Es decir... si usted no decide otra cosa...

Rieron de nuevo.

—Puede usted venir esta tarde a las cinco.

—Muy bien. Entonces, hasta las cinco.

—Adiós y gracias.

II

No había motivo para extrañarse° de que a las seis menos cuarto José Miguel aún no se hubiera presentado° en la joyería a reclamar° su sortija. El reloj y la hora eran cosas que nunca le habían preocupado. Suerte a que° su «amigo de correrías» volaba° como un endemoniado.°

Ya estaban a punto de° cerrar el establecimiento cuando José Miguel penetró jadeante° en la joyería.

—Si se tarda usted un momento más no nos encuentra aquí —le dijo al verle llegar la bella dependienta que aquella mañana le había vendido el anillo. Y entregándole° el estuche° con la sortija, agregó:

—Tenga usted.° Estoy segura de que a «ella» le ha de agradar° mucho.

—Gracias —respondió José Miguel, mientras guardaba° el estuche en el bolsillo del chaleco.°

Y viendo que la joven dependienta se disponía° también a abandonar° el establecimiento, José Miguel le preguntó:

—¿Me permite que la lleve en mi carro hasta su casa? Después de todo, será en recompensa° por haberme prestado° sus dedos para el número de la sortija...

—Si usted no tiene inconveniente°...

Y partieron.

· ➤◄ ·

—Señorita, perdóneme que le diga a usted una cosa —le había dicho José Miguel a la linda dependienta, mientras el automóvil se deslizaba° muellemente° a lo largo° de la avenida.

—Con tal de que° su novia no vaya a oírlo... —repuso ella con graciosa° ironía.

—Rosa María, usted es una criatura sencillamente° adorable...

—Pero... ¿Cómo sabe usted mi nombre? —inquirió ella con extrañeza.°

—Rosa María Estades... ¿No se llama usted así?

to seem strange	
no... had not appeared	
to claim	
It was lucky that	
was flying (*speeding*) / like one possessed by the devil	
about to	
breathless	
handing him	
case	
Here it is.	
le... it will please her	
he put / vest	
was getting ready	
= **salir de**	
in return	
for having lent me	
Si... if it's not inconvenient for you	
was gliding / smoothly	
along	
Con... Provided that	
witty	
simply	
= **sorpresa**	

—Justamente.° Pero, ¿cómo lo ha llegado a saber?°

—Lo leí esta mañana sobre la cubierta de su libro de ventas.

—¡Vaya qué° es usted listo!° Pero tenga cuidado con sus piropos,° pues la sortija para su novia que le está oyendo, bien podría revelárselos a ella,[8] y... ¡entonces sí que es verdad!...

—Rosa María, ¡por Dios! no se burle usted de mí.° A usted es a quien únicamente quiero. No tengo ninguna otra novia.

—¡Ja! ¡Ja! ¡Ja! ¡Qué tonto! Y entonces, si no tiene usted ninguna otra novia, ¿cómo se explica lo de las iniciales en la sortija?

—Muy fácilmente. Verá usted.

Y esto diciendo, José Miguel buscó la sortija en el bolsillo del chaleco, y mostrándosela a la joven, añadió°:

—Esta sortija es para ti, Rosa María, R. M. E. Rosa María Estades... ¿Comprendes ahora lo de las iniciales?

Y Rosa María, haciendo todo lo posible por poder comprender, inquirió, todavía medio incrédula°:

—Pero... ¿será posible?

—Sí —respondió entonces José Miguel que sonreía de triunfo°— tan posible como la posibilidad de que se cumplan° los deseos que tengo de darte un beso.

Doy fe de° que se cumplieron, repetidas veces,° sus deseos...

Lo demás°... queda° a la imaginación casi siempre razonable del lector.

Exactly / ¿cómo... how did you find that out?

Well! / sharp
compliments

no... don't make fun of me

he added

not believing

triumph
may be fulfilled
I bear witness / over and over again
The rest / is left

¿Qué pasó?

1. ¿Qué había decidido José Miguel?
2. ¿Cómo era el joven?
3. ¿A dónde iba a ir José Miguel?
4. ¿Para quién iba a ser la sortija?
5. ¿José Miguel tenía un «amigo de correrías»? ¿Quién era?
6. ¿Qué tipo de vida llevaba José Miguel?
7. ¿A qué establecimiento fue José Miguel? ¿Dónde?
8. Al principio ¿qué hizo José Miguel en la joyería?
9. ¿Quién se acercó a atender al joven?
10. ¿Qué le devolvió José Miguel a la dependienta?
11. ¿Por qué contenía el libro de ventas la felicidad de la dependienta?
12. ¿Cómo eran los dedos de ella?
13. ¿Qué pensaba José Miguel de los dedos de la dependienta?

---

[8]**pues... a ella** since your fiancée's ring, which is hearing you, could easily reveal them (**los piropos**) to her.

14. ¿Cuánto valía la sortija que compró José Miguel?
15. ¿Con qué letras se grabó la sortija?
16. ¿A qué hora estaría lista la sortija?
17. ¿Cuándo llegó José Miguel a buscar la sortija?
18. ¿Por qué no llegó más temprano el joven?
19. ¿Qué le preguntó José Miguel a la dependienta?
20. ¿Qué le confesó José Miguel a la dependienta en el automóvil?
21. ¿Cómo se llamaba ella?
22. ¿Cómo había llegado a saber el nombre de ella?
23. ¿Qué hizo José Miguel con la sortija?
24. ¿Cuál era el deseo del joven?
25. ¿Tenía ella el mismo deseo?

Interpretación

1. ¿Por qué quería José Miguel una sortija para una novia que no tenía?
2. ¿Qué valores tiene José Miguel?
3. Este cuento se escribió hace más de cincuenta años. ¿Cree usted que esta historia es realista y podría pasar en nuestra época? ¿Con qué podría sustituirse hoy en día el «roadster» de José Miguel?
4. Describa cómo se imagina usted que acabó el cuento.

OBSERVACIÓN

El presente del subjuntivo

The present subjunctive[9] is much more frequently used in Spanish than in English. It is used in formal commands:

Deje ver...	*Let me see* . . .
¿No me **diga?**	*You **don't say?***
Muéstreme usted algunas...	***Show** me some* . . .
Pero **tenga** cuidado con sus piropos.	*But **be careful** with your compliments.*
No **se burle** usted de mí.	***Don't make fun** of me.*

It is also used after expressions of wish, doubt, emotion, and indirect commands.

...**perdóneme** que le **diga** a usted una   *Allow me to tell you something.*
cosa.

[9]You may wish to review the forms of the subjunctive in the Verb Tables, pp. 141–154.

¡Otra vez!

Cambiando los infinitivos entre paréntesis al mandato o al tiempo presente del subjuntivo, vuelva a contar la historia.

ROSA MARÍA — ¿Quiere usted que yo le (mostrar) _____ alguna sortija?

JOSÉ MIGUEL — Por favor, (probarse) _____ usted esa sortija de brillantes. También (decirme) _____ usted cuánto vale.

ROSA MARÍA — Mil doscientos dólares. Me alegro que a usted le (gustar) _____ la sortija. ¿Desea usted que nosotros la (grabar) _____ con las iniciales de su novia?

JOSÉ MIGUEL — Sí, gracias. ¿A qué hora es preferible que yo (regresar) _____ para buscar la sortija?

ROSA MARÍA — (Volver) _____ usted a reclamarla a las cinco.

· ⇥⇤ ·

ROSA MARÍA — Aquí tiene usted la sortija. Espero que a su novia le (agradar) _____ mucho.

JOSÉ MIGUEL — ¿Me permite usted que yo la (llevar) _____ a su casa? Usted es adorable.

ROSA MARÍA — (Tener) _____ usted cuidado. No quiero que su novia (oir) _____ sus piropos.

JOSÉ MIGUEL — Rosa María, no (burlarse) _____ usted de mí. La adoro. Por favor, (besarme) _____ usted ahora.

FUENTE DE PALABRAS

Cognados con cambio de consonante

Spanish-English cognates are often spelled somewhat differently. Note the following consonant patterns:

f ↔ ph	**el triunfo**	*triumph*
c ↔ ch	**rico**	*rich*
t ↔ th	**el teatro**	*theater*

TRANSFORMACIONES

Complete los cognados ingleses.

1. la foto	_____ oto		7. la mercancía	mer _____ andise
2. el zafiro	sap _____ ire		8. el campeón	_____ ampion
3. la física	_____ ysics		9. el tema	_____ eme
4. la fase	_____ ase		10. la anestesia	anes _____ esia
5. el carácter	_____ aracter		11. el mito	my _____
6. el encargado	(person) in _____ arge		12. auténtico	au _____ entic

Composiciones dirigidas

1. Describa usted a José Miguel y lo que hace.

   PALABRAS CLAVES   ser / joven / rico / desocupado / «roadster» / donjuanesco /
   comprar / sortija / novia / regalar / brillantes / deseo

2. ¿Cómo es la sortija que compró José Miguel?

   PALABRAS CLAVES   ser / joyería / aristocrática / sortija / brillantes / mil doscientos /
   grabar / inicial / estuche

Composiciones libres

1. Describa la vida del joven rico.
2. Imagínese que usted es Rosa María. Escriba una carta a su prima contándole los hechos de ese día.

Otros temas

1. ¿Es importante tener joyas? ¿Por qué? ¿Qué simbolizan?
2. Explique usted las ventajas y desventajas de tener un automóvil.
3. ¿Cómo deben de tratarse los novios?
4. Si usted fuera José Miguel, pero sin mucho dinero, ¿qué haría usted para conocer a la dependienta?
5. Describa la vida de José Miguel y Rosa María diez años más tarde.

La camisa de Margarita

Ricardo Palma

Ricardo Palma

(1833–1919), writer, linguist, and politician, is one of Peru's best-known literary figures. He spent much of his lifetime collecting hundreds of historical anecdotes and legends, which he published in ten series of *Tradiciones peruanas.* In "La camisa de Margarita,"[1] Palma tells how his young heroine manages to bring a dowry to her husband, in spite of the formal objections of her fiancé's uncle.

Las viejas de Lima,[2] cuando quieren protestar el alto precio de un artículo, dicen: «¡Qué! Si esto es° más caro° que la camisa° de Margarita Pareja.» Yo tenía curiosidad de saber quién fué esa Margarita cuya° camisa era tan famosa, y en un periódico de Madrid encontré un artículo que cuenta la historia que van ustedes a leer.

    Margarita Pareja era, en 1765, la hija favorita de don Raimundo Pareja, colector general° del Callao.[3] La muchacha era una de esas limeñitas[4] que por su belleza cautivan al mismo diablo.° Tenía un par de ojos negros que eran como dos torpedos cargados° con dinamita y que hacían explosión en el corazón de todos los jóvenes de Lima.

    Llegó por entonces de España un arrogante joven, hijo de Madrid, llamado don Luis Alcázar, que tenía en Lima un tío solterón° muy rico y todavía más orgulloso.° Por supuesto que, mientras le llegaba la ocasión de heredar° al tío, vivía nuestro don Luis tan pobre como una rata.

    En una procesión conoció° Alcázar a la linda Margarita. La muchacha le llenó el ojo° y le flechó° el corazón. Él le echó flores,[5] y aunque ella no le contestó ni sí ni no, le dijo con sonrisas y demás armas del arsenal

This is / expensive
long, flowing dress
whose

tax collector

cautivan... captivate the devil himself
loaded

bachelor / proud
to inherit

met
le... dazzled him / pierced

---

[1] **«La camisa de Margarita»** "Margarita's Gown."

[2] **Lima** capital of Peru, founded by Pizarro in 1535.

[3] **Callao** The port of Callao was established by Pizarro to serve the city of Lima, seven miles to the east. In Spanish colonial times, the area around Callao was one of the rich provinces of the Vice-Royalty of Peru.

[4] **las limeñitas** young women of Lima. (From **limeño, limeña** inhabitant of Lima.)

[5] **Él le echó flores.** He courted her. Literally, he strewed flowers before her.

femenino[6] que le gustaba. Y la verdad es que se
enamoraron locamente.° — they fell madly in love

Como los amantes olvidan que existe la aritmética,
creyó don Luis que para casarse con Margarita su presente
pobreza no sería obstáculo, y fué al padre y sin vacilar° le — without hesitating
pidió la mano de su hija. A don Raimundo no le gustó
mucho la idea y cortésmente° despidió° al joven, diciéndole — politely / dismissed
que Margarita era aún muy joven para tener marido, pues a
pesar de° sus diez y ocho años todavía jugaba a las mu- — in spite of
ñecas.° — dolls

Pero no era ésta la verdadera razón, sino que don
Raimundo no quería ser suegro° de un pobre, y así lo decía — father-in-law
en confianza a sus amigos, uno de los cuales fue con la
historia° a don Honorato, que así se llamaba el tío — fue... went to tell the gossip
aragonés.[7] Este, que era más orgulloso que el Cid,[8] se llenó
de rabia° y dijo: — anger

—¡Qué! ¡Desairar° a mi sobrino!° A muchas limeñas — Reject / nephew
les encantaría casarse con el muchacho. No hay mejor que
él en todo Lima. ¡Qué insolencia! ¿Qué se cree ese maldito° — damned
colectorcillo?

Margarita, que era muy nerviosa, gritó y se arrancó° el — pulled out
pelo, perdía colores y carnes° y hablaba de meterse monja.° — **perdía...** became pale and thin / **de...** of becoming a nun

—¡O de Luis o de Dios![9] —gritaba cada vez que se
ponía nerviosa, lo que ocurría cada hora. El padre se
alarmó, llamó varios médicos y todos declararon que la cosa
era seria y que la única medicina salvadora° no se vendía en — that would save her
la botica.° O casarla con el hombre que quería o en- — = farmacia
terrarla.° Tal° fué el ultimátum médico. — to bury her / Such

Don Raimundo, olvidándose de capa y bastón,° corrió — olvidándose... forgetting to take his cape and cane
como loco a casa de don Honorato y le dijo:

—Vengo a que consienta usted en° que mañana — a... so that you will consent
mismo se case su sobrino con Margarita, porque si no, la
muchacha se nos va a morir.

—No puede ser —contestó fríamente el tío.— Mi
sobrino es muy pobre, y lo que usted debe buscar para su
hija es un rico.

El diálogo fue violento. Mientras más rogaba don

---

[6] **demás armas del arsenal femenino** other feminine guiles. Literally, other
weapons of the feminine arsenal, in addition to the torpedoes, dynamite,
and arrows referred to earlier.

[7] **aragonés** From Aragón, a region in northwestern Spain.

[8] **el Cid** Rodrigo Díaz de Vivar (1043–1099), medieval Spanish hero who
fought against the Moors. Known as El Cid (*Arabic:* Lord), he was
subsequently immortalized in legend and literature.

[9] **¡O... Dios!** = ¡Voy a casarme o con Luis o con Dios!

Raimundo, más orgulloso y rabioso se ponía el aragonés.[10]
El padre iba a retirarse° sin esperanzas cuando intervino°   to leave / intervened
don Luis, diciendo:

—Pero tío, no es justo que matemos a quien no tiene
la culpa.°   **no...** is not to blame

—¿Tú te das por satisfecho?°   **¿Tú...** Do you consent?

—De todo corazón, tío.

—Pues bien, muchacho, consiento en darte gusto;°   to please you
pero con una condición y es ésta: don Raimundo tiene que
jurarme° que no regalará° un centavo a su hija ni le dejará   to swear to me / will give
un real[11] en la herencia.°   inheritance

Aquí empezó nueva y más agitada discusión.

—Pero hombre —arguyó don Raimundo— mi hija
tiene veinte mil duros[12] de dote.°   dowry

—Renunciamos a la dote. La niña vendrá a casa de su
marido nada más que con la ropa que lleve puesta.°   **lleve...** she is wearing

—Concédame° usted entonces darle los muebles y el   Allow me
ajuar de novia.°   **ajuar...** bridal trousseau

—Ni un alfiler.° Si no consiente, vamos a dejarlo y   pin
que se muera la chica.°   let the girl die

—Sea° usted razonable, don Honorato. Mi hija   Be
necesita llevar siquiera° una camisa para reemplazar° la   at least / to replace
otra.

—Bien; consiento en eso para que no me acuse de
obstinado.° Consiento en que le regale la camisa de novia, y   of being stubborn
nada más.

Al día siguiente don Raimundo y don Honorato fueron
muy temprano a la iglesia de San Francisco para oír misa°   mass
y, según el pacto,° dijo el padre de Margarita: agreement

—Juro no dar a mi hija más que la camisa de novia.
Que Dios me condene° si falto a mi palabra.°   condemn / **falto...** I fail to keep my word

Y don Raimundo Pareja cumplió literalmente su
juramento,° porque ni en vida ni en muerte dio después a   oath
su hija un solo centavo. Pero los encajes° que adornaban la   lace
camisa de la novia costaron dos mil setecientos duros.
Además, el cordoncillo del cuello era una cadena de
brillantes[13] que valía treinta mil duros.

---

[10] **más rogaba ... aragonés** the more Don Raimundo begged, the more
proud and angry the Aragonese (Don Honorato) became.

[11] **un real** small silver coin.

[12] **un duro = un peso duro** silver coin, known in English as a "piece of
eight" (1 peso duro = 8 reales). Basic currency used in Spanish colonial
times.

[13] **el cordoncillo ... brillantes** the ornamental embroidery around the neck
of the dress included a stitched necklace of diamonds.

Los recién casados hicieron creer al tío aragonés que la camisa no era cosa de gran valor;° porque don Honorato era tan testarudo° que al saber la verdad habría forzado al sobrino a divorciarse.

°value
°stubborn

Debemos convenir° en que fue muy merecida° la fama que tuvo la camisa nupcial° de Margarita Pareja.

°to agree / deserved
°bridal

¿Qué pasó?

1. ¿Quién era Margarita Pareja?
2. ¿Cuándo ocurrió la historia?
3. ¿En qué trabajaba el papá de Margarita?
4. ¿Dónde tuvo lugar el relato?
5. ¿Cómo era Margarita?
6. ¿Quién llegó de España?
7. ¿A quién venía a visitar este joven?
8. ¿En dónde conoció Luis a Margarita?
9. ¿Qué ocurrió entre ellos?
10. ¿Qué hizo entonces Luis?
11. ¿Qué le dijo don Raimundo a Luis?
12. ¿Qué pensaba realmente don Raimundo de Luis?
13. ¿Cómo supo don Honorato lo que pensaba don Raimundo?
14. ¿Qué pasó entonces?
15. ¿Qué decidió hacer Margarita?
16. ¿A quiénes llamó don Raimundo? ¿Qué dijeron?
17. Entonces, ¿qué hizo don Raimundo?
18. ¿Cómo reaccionó don Honorato?
19. Luis también participó en la discusión. ¿Qué dijo?
20. ¿Qué tenía que jurar don Raimundo?
21. ¿A dónde fueron don Raimundo y don Honorato al día siguiente? ¿Por qué?
22. ¿Cómo era la camisa de novia de Margarita?
23. ¿Qué hicieron creer a don Honorato los recién casados?

Interpretación

1. ¿Cree usted que una historia como ésta puede ocurrir hoy en día? Explique.
2. Comente usted sobre por qué don Raimundo no quería a un yerno (*son-in-law*) pobre.
3. ¿Por qué no quiso don Honorato que Margarita recibiera nada de su papá?
4. ¿Qué se puede inferir sobre la sociedad peruana de aquella época, cuando el honor personal era uno de los valores más importantes? ¿Cómo se refleja este honor en el comportamiento de don Honorato, don Raimundo, Luis y Margarita? Explique.
5. Con respecto al matrimonio, compare y contraste el papel de la autoridad de los padres durante la época de Margarita Pareja con el de nuestros días.

OBSERVACIÓN

El subjuntivo

The subjunctive in Spanish is almost always introduced by **que**. Often the subjunctive clause follows a main clause in which will, doubt, feeling, or necessity are expressed.

...no es justo que **matemos** a quien no tiene la culpa.	. . . *it's not fair that we **kill** an innocent person.*
Consiento en que le **regale** la camisa de novia...	*I agree that you **may give** her a wedding dress . . .*

When a subjunctive clause stands alone, it often corresponds to an English construction with *may.*

Que Dios me **condene** si falto a mi palabra.	*May God **condemn** me if I fail to keep my word.*

¡Otra vez!

Complete las frases con el presente del indicativo o del subjuntivo de los verbos entre paréntesis. ¡Preste atención!

1. Margarita y Luis (enamorarse) ____ locamente.
2. Luis le (pedir) ____ a don Raimundo que le (dar) ____ la mano de Margarita.
3. A don Raimundo no le (gustar) ____ nada la idea y (despedir) ____ al joven.
4. Margarita (ponerse) ____ enferma.
5. El padre de Margarita (alarmarse) ____ que su hija (estar) ____ tan nerviosa.
6. El padre pide que los médicos (examinar) ____ a Margarita.
7. Es necesario que don Raimundo y don Honorato (discutir) ____ mucho el futuro de los novios.
8. Don Honorato (renunciar) ____ a la dote.
9. Don Raimundo y don Honorato (ir) ____ a la iglesia donde el padre de Margarita (jurar) ____ que su hija va a tener solamente la camisa de novia.
10. Margarita (llevar) ____ su camisa nueva de gran valor en la boda.

FUENTE DE PALABRAS

Sustantivos derivados de adjetivos **(-ncia)**

In Spanish, nouns which end in **-ncia** are often derived from adjectives in **-nte**. Usually both the noun and the adjective have a close English cognate.

arrogante → la arrogancia   *arrogant → arrogance*

Nouns ending in **-ncia** are feminine.

TRANSFORMACIONES

Dé los sustantivos que corresponden a los siguientes adjetivos.

1. insolente
2. inconveniente
3. distante
4. evidente
5. importante

6. tolerante
7. permanente
8. excelente
9. presente
10. existente

Composición dirigida

Escriba usted una descripción de Margarita Pareja.

PALABRAS CLAVES   fama / guapo / ojos / diez y ocho / muñecas / enamorado / nervioso / monja / camisa / boda

Composiciones libres

1. Imagínese que usted es don Luis. Escriba una carta a su amigo en Madrid, describiéndole las cosas que le han pasado desde su llegada a Lima.
2. Compare y contraste los valores de don Raimundo y don Honorato.

Otros temas

1. ¿Piensa usted casarse algún día? ¿Por qué? ¿Tendrá usted una dote?
2. Cuando usted se case, ¿piensa vivir independientemente o va a aceptar dinero de sus padres?
3. ¿Hay realmente una barrera generacional entre padre e hijos? Explique.
4. Entre novios, ¿es importante discutir el dinero antes de casarse? ¿Por qué?
5. En cuanto al matrimonio, ¿qué cambios ha habido desde la época de Margarita Pareja?
6. Imagínese que usted va a casarse. Describa la boda.
7. Si su hija quisiera casarse con un hombre con poco dinero, ¿cómo reaccionaría usted?

El general Rueda

Nellie Campobello

Nellie Campobello

(1913–   ) spent her early years in northern Mexico and after her mother's death moved to Mexico City, where she combined dance and literature in a double career. In *Cartucho* (1931), from which the story "El general Rueda" is drawn, she gives literary expression to her childhood memories of the Mexican Revolution. In this episode she focuses on three incidents: the day Rueda ransacked her home in Durango, the day two years later when she saw him in Chihuahua, and finally the day in Mexico City when she learned of his execution.

I

Era un hombre alto, tenía bigotes° güeros,° hablaba muy fuerte.° Había entrado con diez hombres en la casa, insultaba a mamá y le decía:

    «Diga° que no es de la confianza° de Villa?[1] Aquí hay armas. Si no nos las da junto con el dinero y el parque,° le quemo la casa°», —hablaba paseándose° enfrente de ella— Lauro Ruiz es el nombre de otro que lo acompañaba (este hombre era del pueblo de Balleza[2] y como no se murió en la bola,° seguramente todavía está allí.) Todos nos daban empujones,° nos pisaban,° el hombre de los bigotes güeros quería pegarla a mamá,° entonces dijo:

    «Destripen° todo, busquen donde sea°» —picaban° todo con las bayonetas, echaron° a mis hermanitos hasta donde estaba mamá, pero él no nos dejó acercarnos,° yo me rebelé° y me puse junto a° ella, pero él me dió un empellón° y me caí. Mamá no lloraba, dijo que no le tocaran a sus hijos, que hicieran lo que quisieran.° Ella ni con una ametralladora° hubiera podido° pelear° contra ellos, Mamá sabía disparar° todas las armas, muchas veces hizo huir hombres,° hoy no podía hacer nada. Los soldados pisaban a mis hermanitos, nos quebraron° todo. Como no encontraron armas, se llevaron° lo que quisieron, el hombre güero dijo:

    «Si se queja° vengo y le quemo la casa.» Los ojos de

moustache / blond
loud

(You) say / no... you are not on the side
ammunition
le... I will burn your home / pacing

battlefield
daban... were pushing / were beating
to hit Mother
Rip apart / everywhere / they were poking
they threw
to go near
rebelled / next to
hard push
hicieran... they could do whatever they wanted
machine gun / would have been able / = luchar
to fire
hizo... forced men to flee
they broke
took with them

you complain

---

[1] **Villa**   Pancho Villa (1878–1923) was a popular hero of the Mexican Revolution of 1910.

[2] **Balleza**   town in Mexico.

mamá, hechos grandes de revolución, no lloraban, se
habían endurecido° recargados° en el cañón° de un rifle.

    Nunca se me ha borrado° mi madre, pegada° en la
pared hecha° un cuadro,° con los ojos puestos° en la mesa
negra, oyendo los insultos. El hombre aquel güero, se me
quedó grabado° para toda la vida.

had become hardened / reloaded / barrel

Nunca... I've never forgotten / *glued*
transformed into / portrait / focused

se... remained engraved (*in my mind*)

II

Dos años más tarde nos fuimos a vivir a Chihuahua,[3] lo ví
subiendo los escalones° del Palacio Federal. Ya tenía el
bigote más chico.° Ese día todo me salió mal, no pude
estudiar, me pasé pensando en ser hombre, tener mi pistola
y pegarle cien tiros.°

    Otra vez estaba con otros en una de las ventanas del
Palacio, se reía abriendo la boca y le temblaban° los bigotes.
No quiero decir lo que le ví hacer° ni lo que decía, porque
parecería exagerado, —volví a soñar con° una pistola.

stairs

small

shots

twitching
I saw him do
to dream of

III

Un día aquí, en México, ví una fotografía en un periódico,
tenía este pie:°

    «El general Alfredo Rueda Quijano, en consejo de
guerra sumarísimo°» (tenía el bigote más chiquito) y venía a
ser el mismo hombre güero de los bigotes. Mamá ya no
estaba con nosotros, sin estar enferma cerró los ojos y se
quedó dormida° allá en Chihuahua, —yo sé que mamá
estaba cansada de oír los 30-30.[4]—Hoy lo fusilaban° aquí,
la gente le compadecía,° lo admiraba, le habían hecho un
gran escenario,° para que muriera,° para que gritara° alto,°
así como le gritó a mamá la noche del asalto.°

    Los soldados que dispararon° sobre él aprisionaban mi
pistola[5] de cien tiros.

    Toda la noche me estuve diciendo:

    «Lo mataron porque ultrajó° a mamá, porque fue
malo con ella.» Los ojos endurecidos de mamá, los tenía yo
y le repetía a la noche:

caption

en... in court martial

se quedó... = **se murió**
were shooting
were pitying
scene / would die / would scream / loud
assault
fired

he abused

---

[3] **Chihuahua**   state in northern Mexico.
[4] **los 30-30**   .30 caliber rifles, which are fired with 30 grain of black
   powder.
[5] **apresionaban mi pistola**   were holding my pistol. Literally, **aprisionar**
   = to imprison.

«El fue malo con mamá. Él fue malo con mamá. Por
eso° lo fusilaron.»   For that reason

Yo les mandé una sonrisa° de niña a los soldados que   smile
tuvieron en sus manos mi pistola de cien tiros, hecha
carabinas° en la primera plana° de los periódicos capi-   carbines / front page
talinos.°   = **de la capital**

¿Qué pasó?

I. (*Durango*)

1. ¿Quiénes entraron en la casa?
2. ¿Qué querían los hombres?
3. ¿Qué les hicieron a los niños?
4. ¿Cómo reaccionó la mamá?
5. ¿Encontraron los hombres lo que buscaban? ¿Qué hicieron al final?
6. ¿Qué le dijo el hombre güero a la mamá?
7. ¿Por qué no lloraba la mamá?
8. ¿Qué impresiones se le quedaron grabadas a la narradora para toda la vida?

II. (*Chihuahua*)

9. ¿Cuándo vió la narradora al hombre otra vez? ¿Dónde?
10. ¿En qué había cambiado?
11. ¿Qué deseó ser y hacer entonces la narradora?
12. ¿Dónde lo volvió a ver la narradora?
13. ¿Qué hacía entonces el hombre?

III. (*Ciudad de México*)

14. ¿Por qué salió el hombre en el periódico?
15. ¿Cómo se llamaba aquel hombre?
16. ¿Qué creía la gente de él?
17. ¿Qué le había pasado a la mamá?
18. ¿Por qué razón creía la narradora que habían fusilado al general?
19. ¿Cómo eran los ojos de la narradora?
20. ¿Qué hizo la narradora después de haber visto las fotos del fusilamiento?

Interpretación

1. ¿Cómo era el general? Por qué cree usted que el bigote se le iba poniendo más y más chico?
2. ¿Por qué quiso creer la narradora que realmente fusilaban los soldados al general?
3. ¿Cuántos años opina usted que tenía la narradora cuando entraron esos hombres en su casa?
4. Comente usted sobre el tema de la violencia en este cuento.
5. ¿Cuál cree usted es el sentido de justicia de la autora? ¿Por qué?

6. ¿Por qué nos cuenta la narradora que cuando fusilaron al general, los soldados tuvieron en sus manos la pistola de ella?

OBSERVACIÓN

El imperfecto del subjuntivo

The imperfect subjunctive is formed by replacing the **-ron** of the third-person plural (**ellos**-form) of the preterite with the endings **-ra, -ras, -ra, -ramos, -rais, -ran**.[6] When the verb in the main clause is in a past tense and expresses wish, emotion, or doubt, the verb in the subordinate clause is in the imperfect subjunctive.

> ...dijo que no le **tocaran** a sus hijos, que **hicieran** lo que **quisieran**.

> . . . she said that they **should** not **touch** her children, that they **could do** whatever (else) they **wanted**.

¡Otra vez!

Vuelva a narrar la historia, completando cada oración con el imperfecto del subjuntivo.

1. Los hombres habían entrado en la casa y el hombre de los bigotes le dijo a la mamá que ella les (dar) _____ el dinero y las armas.   2. El hombre ordenó a los soldados que ellos (quebrar) _____ todo y que ellos (buscar) _____ donde (ser) _____.   3. Le dolía a la mamá que los hombres (empujar) _____ a sus hijos.   4. Los soldados no dejaron que los niños (acercarse) _____ a la mamá.   5. Ella no lloraba, pero les dijo a los soldados que no (tocar) _____ a sus hijos y que (hacer) _____ lo que (querer) _____.   6. El hombre güero amenazó a la mamá de que no (quejarse) _____ o que ellos le quemarían la casa.   7. La narradora estaba contenta que los soldados (fusilar) _____ al general Rueda.

FUENTE DE PALABRAS

Familias de palabras

Longer Spanish words, which at first appear totally unfamiliar, are often built around a basic word or root that you may already know. Identifying the root makes it easier to guess the meaning of the new word.

> **endurecido (duro** *hard*) *hardened*

---

[6]Or -se, -ses, -se, -semos, -seis, -sen.

TRANSFORMACIONES

Dé la palabra básica que corresponde a la palabra inglesa entre paréntesis. Después dé el significado de la primera palabra.

1. recargado _____ (*to load, to charge*)
2. aprisionar _____ (*prison*)
3. ensangrentado _____ (*blood*)
4. atardecer _____ (*afternoon*)
5. enamorado _____ (*love*)
6. malicioso _____ (*bad*)
7. la lejanía _____ (*far*)
8. anochecer _____ (*night*)
9. el aguacero _____ (*water*)
10. acercarse _____ (*near*)
11. adelgazar _____ (*thin*)
12. asegurar _____ (*sure*)

Composición dirigida

Describa a la mamá.

PALABRAS CLAVES   no llorar / proteger / hijos / ojo / grande / endurecido /
revolución / pegado / pared / resignado / cansado / morir

Composiciones libres

1. ¿Qué piensa y siente la narradora a través del cuento?
2. Imagínese que usted es el general. Cuente la historia desde su perspectiva.

Otros temas

1. Si algunos hombres entraran en su casa y amenazaran a su madre, ¿qué haría usted?
2. ¿Lee usted el periódico? ¿Por qué?
3. ¿Es importante soñar? ¿Con qué soñaba usted cuando era niño/niña?
4. ¿Lucharía usted por su país en una guerra? ¿Por qué?
5. Narre usted un mal incidente de su pasado que ha quedado grabado en su memoria.

La conciencia

Ana María Matute

Ana María Matute (1926–   ), born in Barcelona, Spain, published her first novel

Los Abel at the age of twenty-two. In "La conciencia," which appeared in her anthology *Historias de la Artámila* (1961), she shows how readily we can become victims of our own feelings of guilt. For Mariana, the innkeeper, the arrival of an old vagabond on Ash Wednesday sets into motion a host of conflicting sentiments.

Primera parte

Ya no podía más.° Estaba convencida de que no podría resistir más tiempo la presencia de aquel odioso° vagabundo. Estaba decidida a terminar. Acabar° de una vez,° por malo que fuera,° antes que soportar° su tiranía.

 Llevaba cerca de quince días en aquella lucha.[1] Lo que no comprendía era la tolerancia de Antonio para con° aquel hombre. No: verdaderamente, era extraño.

 El vagabundo pidió hospitalidad por una noche: la noche del Miércoles de ceniza,[2] exactamente, cuando se batía° el viento arrastrando° un polvo negruzco,° arremolinado,° que azotaba° los vidrios° de las ventanas con un crujido° reseco.° Luego, el viento cesó.° Llegó una calma extraña a la tierra, y ella pensó, mientras cerraba y ajustaba los postigos.°

 —No me gusta esta calma.

 Efectivamente, no había echado° aún el pasador° de la puerta cuando llegó aquel hombre. Oyó su llamada sonando atrás,° en la puertecilla de la cocina:

 —Posadera[3]...

 Mariana tuvo un sobresalto.° El hombre, viejo y andrajoso,° estaba allí, con el sombrero en la mano, en actitud de mendigar.°

(glosses:)
Ya... She couldn't take it any longer / hateful / To end it / in one stroke / **por...** no matter how bad it might be / **antes...** rather than bear / toward / was blowing violently / dragging along / blackish / whirling / whipped / panes / creaking / dry / stopped / shutters / thrown / bolt / in back / **tuvo...** was startled / ragged / **en...** in the posture of a beggar

---

[1] **Llevaba... lucha.** She had been struggling (with the situation) for about two weeks.

[2] **Miércoles de ceniza** Ash Wednesday, the first day of Lent, a period of forty days of penance before Easter.

[3] **Posadera** (Madam) Innkeeper. The vagabond uses this title as a polite form of address.

—Dios le ampare°... —empezó a decir. Pero los
ojillos del vagabundo le miraban de un modo extraño. De
un modo° que le cortó las palabras.

Muchos hombres como él pedían la gracia del techo,°
en las noches de invierno. Pero algo había en aquel hombre
que la atemorizó° sin motivo.

El vagabundo empezó a recitar su cantinela:[4] «Por una
noche, que le dejaran° dormir en la cuadra; un pedazo de
pan y la cuadra: no pedía más. Se anunciaba la
tormenta...»

En efecto, allá afuera, Mariana oyó el redoble° de la
lluvia contra los maderos° de la puerta. Una lluvia sorda,
gruesa,° anuncio de la tormenta próxima.

—Estoy sola —dijo Mariana secamente°—. Quiero
decir... cuando mi marido está por los caminos° no quiero
gente desconocida° en casa. Vete,° y que Dios te ampare.

Pero el vagabundo se estaba quieto, mirándola. Lentamente, se puso su sombrero, y dijo:

—Soy un pobre viejo, posadera. Nunca hice mal a
nadie. Pido bien poco: un pedazo de pan...

En aquel momento las dos criadas, Marcelina y
Salomé, entraron corriendo. Venían de la huerta,[5] con los
delantales° sobre la cabeza, gritando y riendo. Mariana
sintió un raro alivio° al verlas.

—Bueno —dijo—. Está bien... Pero sólo por esta
noche. Que mañana cuando me levante no te encuentre
aquí...

El viejo se inclinó,° sonriendo, y dijo un extraño
romance° de gracias.

Mariana subió la escalera y fue a acostarse. Durante la
noche la tormenta azotó° las ventanas de la alcoba y tuvo un
mal dormir.°

A la mañana siguiente, al bajar a la cocina, daban° las
ocho en el reloj de sobre° la cómoda.° Sólo entrar se quedó
sorprendida e irritada. Sentado a la mesa, tranquilo y
reposado,° el vagabundo desayunaba opíparamente:°
huevos fritos, un gran trozo° de pan tierno,° vino...
Mariana sintió un coletazo de ira,° tal vez entremezclado°

protect you

In such a way
gracia... shelter

frightened

you might allow him

beating
boards
heavy

dryly
on the road
unknown / Go away

aprons
relief

bowed
ballad

lashed at
tuvo... she didn't sleep well
= **eran**
on top of / bureau

rested / splendidly
piece / soft, fresh
coletazo... flash of anger / mixed

---

[4] **cantinela** story. Una **cantinela** (or **cantilena**) is a ballad with a repeated
refrain. Here, the vagabond always repeats the same phrases as he asks for
a place to sleep (*in the stable*   **la cuadra**) and food (*a piece of bread*   **un
pedazo de pan**).

[5] **la huerta** large kitchen garden, primarily for vegetables. **El huerto** is a
smaller garden and usually contains fruit trees. Here, **la huerta** refers to
the vegetable garden, while **el huerto** refers to the orchard that surrounds
the inn.

de temor,° y se encaró con° Salomé, que, tranquilamente se
afanaba° en el hogar:°

—¡Salomé! —dijo, y su voz le sonó áspera,° dura—.
¿Quién te ordenó dar a este hombre… y cómo no se ha
marchado° al alba?°

Sus palabras se cortaban, se enredaban,° por la rabia°
que la iba° dominando. Salomé se quedó boquiabierta,°
con la espumadera° en alto,° que goteaba° contra el suelo.

—Pero yo… —dijo—. Él me dijo…

El vagabundo se había levantado y con lentitud se
limpiaba los labios contra la manga.°

—Señora —dijo—, señora, usted no recuerda… usted
dijo anoche: «Que le den al pobre viejo una cama en el
altillo,° y que le den de comer cuanto pida.°» ¿No lo dijo
anoche la señora posadera? Yo lo oía bien claro… ¿O está
arrepentida° ahora?

Mariana quiso decir algo, pero de pronto se le había
helado la voz. El viejo la miraba intensamente, con sus
ojillos negros y penetrantes. Dio media vuelta,° y de-
sasosegada° salió por la puerta de la cocina, hacia el huerto.

El día amaneció gris, pero la lluvia había cesado.°
Mariana se estremeció° de frío. La hierba estaba
empapada,° y allá lejos la carretera° se borraba° en una
neblina° sutil. Oyó detrás de ella la voz del viejo, y sin
querer, apretó° las manos una contra otra.

—Quisiera° hablarle algo, señora posadera… Algo sin
importancia.

Mariana siguió inmóvil, mirando hacia la carretera.

—Yo soy un viejo vagabundo… pero a veces, los viejos
vagabundos se enteran° de las cosas. Sí: yo estaba *allí. Yo lo
vi,* señora posadera. *Lo vi con estos ojos…*

Mariana abrió la boca. Pero no pudo decir nada.

—¿Qué estás hablando ahí, perro? —dijo—. ¡Te
advierto° que mi marido llegará con el carro a las diez, y no
aguanta° bromas° de nadie!

—¡Ya lo sé, ya lo sé que no aguanta bromas de nadie!
—dijo el vagabundo—. Por eso, no querrá que sepa
nada°… nada de lo que *yo vi* aquel día. ¿No es verdad?

Mariana se volvió° rápidamente. La ira había des-
aparecido. Su corazón latía,° confuso. «Qué dice? ¿Qué es
lo que sabe…? ¿Qué es lo que vio?» Pero ató su lengua.[6] Se
limitó a mirarle, llena de odio y de miedo. El viejo sonreía
con sus encías° sucias y peladas.°

—Me quedaré aquí un tiempo, buena posadera: sí, un

fear / confronted
was working / hearth

rough

left / dawn

got mixed up / rage
= **estaba** / open-mouthed
colander / in the air / was dripping

sleeve

attic / **cuanto**… as much as he wants

sorry

She turned around
disturbed

stopped
trembled
wet / highway / disappeared
fog
she pressed
I would like

are informed

I warn
he doesn't tolerate / jokes

no… you don't want him to know anything
turned around
was beating

gums / bald (i.e., toothless)

---

[6]**Pero ató su lengua.** But she said nothing. Literally, she tied her tongue.

tiempo, para reponer° fuerzas,° hasta que vuelva el sol.   to regain / strength
Porque ya soy viejo y tengo las piernas muy cansadas. Muy
cansadas…

    Mariana echó a° correr. El viento, fino, le daba° en la   began / hit her
cara. Cuando llegó al borde del pozo° se paró. El corazón   well
parecía salírsele del pecho.°   to leap out of her chest

¿Qué pasó?

1. ¿Cómo se llamaba la protagonista?
2. Al comienzo del cuento, ¿qué era lo que ya no soportaba más Mariana?
3. ¿Cuánto tiempo hacía desde que el vagabundo entró en la casa?
4. ¿Qué pidió el vagabundo?
5. ¿Qué clima hacía cuando llegó el vagabundo?
6. ¿Cómo era el hombre?
7. ¿Qué sintió Mariana al verlo?
8. ¿Qué cantinela empezó a recitar el vagabundo?
9. ¿Qué le dijo Mariana al vagabundo para que no se quedara en la casa?
10. ¿Cómo le contestó el vagabundo?
11. ¿Quiénes entraron en la casa corriendo?
12. ¿Qué le dijo entonces Mariana al vagabundo?
13. ¿A quién encontró Mariana al bajar a la cocina a la mañana siguiente?
14. ¿Qué estaba haciendo el hombre? ¿Cómo reaccionó Mariana?
15. ¿Cómo le explicó a Mariana su presencia?
16. ¿Qué más le dijo el vagabundo a Mariana?
17. ¿Quién llegaría a las diez?
18. ¿Cómo le afectaron a Mariana las amenazas del vagabundo?
19. ¿Qué indicó el vagabundo que haría?
20. ¿Qué hizo Mariana?

Interpretación

1. ¿Qué impresión se lleva usted del vagabundo? ¿y de Mariana? ¿A quién de los dos le tiene más simpatía? ¿Por qué?
2. ¿Qué cree usted que ha visto el vagabundo? ¿Ha hecho algo malo Mariana?
3. ¿Por qué opina usted que se atemorizó tanto la protagonista?
4. ¿Cree usted que, al llegar el vagabundo a la casa al comienzo de la historia, el tono del cuento y la tormenta se complementan? Explique.
5. Para los católicos el Miércoles de ceniza es el principio de la cuaresma *(Lent)*, tiempo de sacrificio y reflexión. Relacione con este día la llegada del vagabundo a la casa de Mariana.
6. Comente usted sobre el estilo del primer párrafo de la narración. ¿Qué efecto produce la autora con su vocabulario, expresiones y frases cortas? Explique.

OBSERVACIÓN

El uso del artículo con las partes del cuerpo

In Spanish the definite article is used with parts of the body (and articles of clothing) when it is obvious who the possessor is.

(*el vagabundo*):
«Tengo **las** piernas muy cansadas.»   *"My feet are tired."*

(*las criadas*):
... con los delantales sobre **la** cabeza   *with aprons over their heads*

(*el vagabundo*):
... **el** sombrero en **la** mano   *his hat in his hand*

When the part of the body is a direct object, a reflexive verb is often used to stress the involvement of the subject.

(*el vagabundo*):
... se limpiaba **los** labios   *. . . cleaned his lips*

(*Mariana*):
... se le había helado **la** voz   *. . . her voice had frozen*

Observe that if the possessor does not seem obvious from the context, the possessive adjective may be used.

El viejo la miraba con **sus** ojillos negros.   *The old man was looking at her with **his** little black eyes.*

¡Otra vez!

Cambiando los infinitivos entre paréntesis al tiempo pretérito o imperfecto, vuelva a contar la primera parte de la historia.

1. El vagabundo (llevar) _____ quince días en la casa.
2. La señora (creer) _____ que el vagabundo (ser) _____ odioso.
3. Cuando (llegar) _____ el vagabundo, una tormenta (acercarse) _____ a la casa.
4. Los ojos del vagabundo le (dar) _____ un aspecto extraño.
5. Aparte de techo, el hombre (pedir) _____ pan.
6. Mariana dijo que el vagabundo (poder) _____ quedarse por una noche.
7. A la siguiente mañana Mariana (encontrar) _____ al hombre en la cocina donde él (acabar) _____ de desayunar bien.
8. El vagabundo (limpiar) _____ la boca con lentitud.
9. El hombre (decir) _____ a Mariana que había visto algo aquel día.
10. Mariana (limitarse) _____ a mirarlo llena de odio y de miedo.
11. El viejo (sonreir) _____ con sus encías sucias y peladas.
12. El vagabundo dijo que él (quedarse) _____.

13. Mariana (correr) _____ hasta el borde del pozo.
14. El corazón de la protagonista (parecer) _____ salírsele del pecho.

FUENTE DE PALABRAS

Adjetivos derivados de sustantivos **(-oso)**

Spanish adjectives in **-oso** are frequently derived from nouns. Many of these adjectives have English cognates in *-ous*.

el odio   (*hate*) → **odioso**   (*odious, hateful*)

TRANSFORMACIONES

Dé el adjetivo que corresponde al sustantivo.

1. la maravilla → _____ (marvelous)
2. el precio (price) → _____ (precious)
3. la fama → _____ (famous)
4. la armonía → _____ (harmonious)
5. la montaña → _____ (mountainous)
6. el misterio → _____ (mysterious)
7. la gloria → _____ (glorious)
8. el número → _____ (numerous)
9. la religión → _____ (religious)
10. la rabia (rage, fury) → _____ (rabid, furious)
11. el silencio → _____ (silent)
12. el temblor (tremor) → _____ (trembling)

Composiciones dirigidas

1. Describa usted al vagabundo.

   PALABRAS CLAVES   odioso / extraño / viejo / mendigar / ojos / penetrante / atemorizar / sonreír / limpiar / manga / encía / sucio / pelado

2. ¿Cómo es el clima en el cuento?

   PALABRAS CLAVES   viento / batirse / calma / extraño / invierno / lluvia / grueso / tormenta / azotar / frío / gris / hierba / neblina

Composiciones libres

1. Después de haber leído la primera parte del cuento, ¿qué consejos daría usted a Mariana antes de la llegada de su marido? ¿Por qué?
2. Describa la relación entre el inclemente clima y la acción del cuento.

Otros temas

1. ¿Qué reacción le provocaron a usted los sentimientos de Mariana?
2. Si hubiera una tormenta y un vagabundo le pidiera posada, ¿qué haría usted? ¿Por qué?
3. ¿Cómo se imagina usted que es la vida de un vagabundo?
4. ¿Cómo le afecta a usted el clima? Describa su estación favorita.

Segunda parte

Aquél fue el primer día. Luego, llegó Antonio con el carro.°   (mule) wagon
Antonio subía° mercancías° de Palomar,[1] cada semana.   would bring / merchandise
Además de posaderos,° tenían el único comercio de la   In addition to being innkeepers
aldea.° Su casa, ancha y grande, rodeada por el huerto,   village
estaba a la entrada del pueblo. Vivían con desahogo,° y en   comfortably
el pueblo Antonio tenía fama de rico.° «Fama de rico»,   reputation of being rich
pensaba Mariana, desazonada.° Desde la llegada del odioso   upset
vagabundo, estaba pálida, desganada.° «Y si no lo fuera,°   listless / if he weren't (rich)
¿me habría casado con él, acaso?°» No. No era difícil com-   by any chance
prender por qué se había casado con aquel hombre brutal,
que tenía catorce años más que ella. Un hombre hosco° y   sullen
temido,° solitario. Ella era guapa. Sí: todo el pueblo lo sabía   feared
y decía que era guapa. También Constantino, que estaba
enamorado de ella. Pero Constantino era un simple
aparcero,° como ella. Y ella estaba harta de pasar hambre,°   sharecropper / **harta…** fed up with
y trabajos, y tristezas. Sí; estaba harta. Por eso se casó con   being hungry
Antonio.

Mariana sentía un temblor° extraño. Hacía cerca de   trembling
quince días que el viejo entró en la posada.° Dormía, comía   inn
y se despiojaba° descaradamente° al sol, en los ratos en que   cleaned himself of lice / impudently
éste lucía,° junto a la puerta del huerto. El primer día   was to be seen
Antonio preguntó:

—¿Y ése, qué pinta ahí?[2]

—Me dio lástima —dijo ella, apretando° entre los   squeezing
dedos los flecos° de su chal°—. Es tan viejo… y hace tan   fringe / shawl
mal tiempo…

Antonio no dijo nada. Le pareció que se iba hacia el
viejo como para echarle° de allí. Y ella corrió escaleras   to throw him out
arriba.° Tenía miedo. Sí: tenía mucho miedo… «Si el viejo   upstairs
vio a Constantino subir al castaño,° bajo la ventana. Si le   chestnut tree
vio saltar a° la habitación,° las noches que iba Antonio con   jump into / bedroom
el carro, de camino°… ¿Qué podía querer decir, si no, con   on the road
aquello de *lo vi todo, sí, lo vi con estos ojos?*»

Ya no podía más. No: ya no podía más. El viejo no se
limitaba a vivir en la casa. Pedía dinero, ya. Había
empezado a pedir dinero, también. Y lo extraño es que
Antonio no volvió a hablar de él. Se limitaba a ignorarle.
Sólo que, de cuando en cuando, la miraba a ella. Mariana
sentía la fijeza° de sus ojos grandes, negros y lucientes,° y   steady gaze / bright
temblaba.°   trembled

---

[1] **Palomar** small town in Spain.

[2] **¿Y, ése, qué pinta ahí?** What is *he* doing around here? Literally, what is
he painting?

Aquella tarde Antonio se marchaba a Palomar. Estaba terminando de uncir° los mulos al carro, y oía las voces del mozo mezcladas° a las° de Salomé, que le ayudaba. Mariana sentía frío. «No puedo más. Ya no puedo más. Vivir así es imposible. Le° diré que se marche, que se vaya.° La vida no es vida con esta amenaza°.» Se sentía enferma. Enferma de miedo. Lo de Constantino, por su miedo, había cesado. Ya no podía verlo. La sola idea le hacía castañetear³ los dientes. Sabía que Antonio la mataría. Estaba segura de que la mataría. Le conocía bien.

    Cuando vio el carro perdiéndose por la carretera bajó a la cocina. El viejo dormitaba° junto al fuego.° Le contempló, y se dijo: «Si tuviera valor° le mataría.» Allí estaban las tenazas° de hierro,° a su alcance.° Pero no lo haría. Sabía que no podía hacerlo. «Soy cobarde. Soy una gran cobarde y tengo amor a la vida.» Esto la perdía: «Este amor a la vida…»

    —Viejo —exclamó. Aunque habló en voz queda,° el vagabundo abrió uno de sus ojillos maliciosos. «No dormía», se dijo Mariana. «No dormía. Es un viejo zorro.°»

    —Ven conmigo —le dijo—. Te he de hablar.°

    El viejo la siguió hasta el pozo. Allí Mariana se volvió a mirarle.

    —Puedes hacer lo que quieras, perro. Puedes decirlo todo a mi marido, si quieres. Pero tú te marchas. Te vas de esta casa, en seguida…

    El viejo calló° unos segundos. Luego, sonrió.

    —¿Cuándo vuelve el señor posadero?

    Mariana estaba blanca. El viejo observó su rostro° hermoso, sus ojeras.° Había adelgazado.°

    —Vete —dijo Mariana—. Vete en seguida.

    Estaba decidida. Sí: en sus ojos lo leía° el vagabundo. Estaba decidida y desesperada.° Él tenía experiencia y conocía esos ojos. «Ya no hay nada que hacer», se dijo, con filosofía. «Ha terminado el buen tiempo. Acabaron las comidas sustanciosas,° el colchón,° el abrigo.° Adelante, viejo perro, adelante. Hay que seguir.°»

    —Está bien —dijo—. Me iré. Pero él° lo sabrá todo…

    Mariana seguía en silencio. Quizás estaba aún más pálida. De pronto, el viejo tuvo un ligero temor: «Ésta es capaz de hacer algo gordo.° Sí: es de esa clase de gente que se cuelga° de un árbol o cosa así». Sintió piedad.° Era° joven, aún, y hermosa.

---

³ **castañetear** to chatter or clack (*like castanets:* **las castañuelas**)

Margin glosses:

to harness
mixed / = las voces

= el vagabundo / go away
threat

was dozing / fire
courage
tongs / iron / within her reach

quiet

fox

Te… I must talk to you.

was silent

face
rings under her eyes / She had lost weight.
read
without hope

substantial / mattress / shelter
You have to move on.
= Antonio

rash
hang themselves / He felt pity. / She was

—Bueno —dijo—. Ha ganado la señora posadera.[4] Me voy... ¿qué le vamos a hacer? La verdad, nunca me hice demasiadas ilusiones... Claro que pasé muy buen tiempo aquí. No olvidaré los guisos° de Salomé ni el vinito° del señor posadero... No lo olvidaré. Me voy.

        stews / nice wine

—Ahora mismo° —dijo ella, de prisa—. Ahora mismo, vete°... ¡Y ya puedes correr, si quieres alcanzarle a él!° Ya puedes correr, con tus cuentos sucios, viejo perro...

        Right now
        get out
        alcanzarle... to reach him (*Antonio*)

El vagabundo sonrió con dulzura.° Recogió° su cayado° y su zurrón.° Iba a salir, pero, ya en la empalizada,° se volvió:

        gentleness / He got
        walking stick / bag / at the fence

—Naturalmente, señora posadera, *yo no vi nada.* Vamos: ni siquiera sé si había algo que ver. Pero llevo muchos años de camino, ¡tantos años de camino! Nadie hay en el mundo con la conciencia pura, ni siquiera° los niños. No: ni los niños siquiera, hermosa posadera. Mira a un niño a los ojos, y díle:° «¡Lo sé todo! Anda con cuidado...» Y el niño temblará. Temblará como tú, hermosa posadera.

        not even

        tell him

Mariana sintió algo extraño, como un crujido,° en el corazón. No sabía si era amargo,° o lleno de una violenta alegría. No lo sabía. Movió los labios y fue a decir algo. Pero el viejo vagabundo cerró la puerta de la empalizada tras° él, y se volvió a mirarla. Su risa° era maligna,° al decir:

        cracking
        bitter

        behind / laugh / malicious

—Un consejo,° posadera: vigila° a tu Antonio. Sí: el señor posadero también tiene motivos para permitir la holganza° en su casa a los viejos pordioseros.[5] ¡Motivos muy buenos, juraría° yo, por el modo° como me miró!

        advice / watch over

        freeloading
        would swear / judging from the way

La niebla,° por el camino, se espesaba,° se hacía baja.° Mariana le vio partir, hasta perderse en la lejanía.°

        fog / became thicker / was closing in
        distance

¿Qué paso?

1. ¿Quién llegó a la casa al día siguiente? ¿De dónde vino?
2. ¿De qué tenía fama Antonio? ¿Cómo era su personalidad?
3. ¿Por qué se casó Mariana con Antonio?
4. ¿Quién era Constantino? ¿Qué pensaba él de Mariana?
5. ¿Qué hacía el vagabundo durante el día?
6. ¿Qué creía Mariana que había visto el viejo?
7. ¿Qué había empezado a pedir el vagabundo?
8. Cuando Antonio se marchó a Palomar, ¿qué pensamientos y sentimientos tenía Mariana?

---

[4]**Ha ganado la señora posadera.** = **La señora posadera ha ganado.** Madame Innkeeper has won out.

[5]**pordioseros** beggars (who request alms "for the love of God": **por Dios**).

9. ¿Por qué no podía matar Mariana al vagabundo?
10. ¿Qué le ordenó Mariana al viejo?
11. ¿Cómo sabía el vagabundo que la señora estaba decidida?
12. ¿Qué le confesó el viejo a Mariana antes de irse?
13. ¿Cómo reaccionó ella? ¿Qué sintió?
14. ¿Qué consejos le dió el vagabundo a Mariana con respecto a su marido?

Interpretación

1. ¿Por qué cree usted que se casó Mariana con alguien que realmente no quería? ¿Valió la pena?
2. En su opinión, ¿cuántos años tenía Mariana cuando llegó el vagabundo a la casa? ¿Era una mujer reprimida o liberada? Explique.
3. ¿Es normal el sentimiento de culpa de la señora? ¿Por qué no se ha divorciado Mariana de su marido?
4. En su opinión, ¿qué significa «este amor a la vida» de la señora?
5. ¿Habla Mariana al vagabundo de «tú» o de «usted»? ¿Por qué? Al principio el vagabundo habla a Mariana de «usted» y después el viejo cambia al «tú». ¿Por qué?
6. Comente usted sobre el título del cuento. ¿Es apropiado?
7. ¿Con quién cree usted que simpatiza la autora? ¿Por qué?

OBSERVACIÓN

El imperfecto

In Spanish, habitual past actions and conditions are described in the imperfect. In English, these actions are described by the constructions *used to* + infinitive or *would* + infinitive.

Antonio **subía** mercancías de Palomar cada semana.

*Every week Antonio **would bring** merchandise **up** from Palomar.*

…las noches que **iba** Antonio con el carro, de camino…

*. . . the nights when Antonio **used to go** on the road with his wagon . . .*

¡Otra vez!

Cambiando los infinitivos al tiempo imperfecto, vuelva a contar la historia.

1. Todas las semanas el marido (ir) ____ a Palomar para conseguir mercancías.   2. Antonio (ser) ____ un hombre temido en el pueblo y él (tener) ____ fama de rico.   3. Mariana no (llevar) ____ una vida muy feliz con él.   4. Ella realmente (querer) ____ a Constantino.   5. Mariana creyó que su esposo (saber) ____ la verdad, pero (parecer) ____ que ella estaba equivocada.   6. Antonio (ignorar) ____ al vagabundo.   7. El viejo (comer) ____ y (dormir) ____ mucho.   8. También el vagabundo le (pedir) ____ dinero a Mariana que (ponerse) ____ enferma de tanto miedo.   9. Un día Mariana le dijo al vagabundo que él (tener) ____ que irse.   10. El viejo (ver) ____ en los ojos de la mujer que ella (estar) ____

decida.   11. Antes de salir el viejo afirmó que no (haber) _____ visto a nadie en el mundo con la conciencia pura.   12. El vagabundo le advirtió también que vigilara a Antonio porque éste (deber) _____ de tener motivos para sentirse culpable.

FUENTE DE PALABRAS

Familias de palabras

Spanish nouns derived from the feminine form of the past participle describe the result of the action of the verb.

> **entrar** (*to enter*) → **la entrada** (*entrance*)
> **salir** (*to leave*) → **la salida** (*exit*)

TRANSFORMACIONES

Complete el sustantivo y dé el significado en inglés.

1. llegar   (to arrive)   la ll _____   (a_____)
2. sacudir   (to shake)   la s _____   (s_____)
3. herir   (to wound, injure)   la h _____   (w_____)
4. mirar   (to look at)   la m _____   (g_____)
5. ir   (to go)   la i _____   (g_____)
6. volver   (to return)   la v _____   (r_____)
7. venir   (to come)   la v _____   (c_____)
8. correr   (to run [the bulls]) la c _____   (b_____)

Composiciones dirigidas

1. Describa a Antonio.

   PALABRAS CLAVES   marido / subir / mercancías / fama / rico / hosco / temido / solitario / brutal / puro / tener / motivos / conciencia

2. Describa a Mariana.

   PALABRAS CLAVES   ser / guapo / harto / hambre / enamorado / Constantino / miedo / solo / enfermo / infeliz / desesperado / amor

Composiciones libres

1. Compare y contraste usted su impresión del vagabundo en la primera parte con la de la segunda parte.
2. Imagínese que Mariana y su esposo van a tener una conversación sobre los hechos recientes. ¿Qué se dirán?

Otros temas

1. ¿El vagabundo dijo, «Nadie hay en el mundo con la conciencia pura, ni siquiera los niños.» ¿Es verdad? ¿Por qué?
2. ¿Opina usted que la mayoría de la gente tiene algún sentimiento de culpabilidad? ¿Por qué?
3. ¿Cambiaría usted el final de este cuento? ¿Por qué?
4. ¿Cuáles son los componentes de un buen matrimonio? ¿Se casaría con una persona que tenía catorce años más o menos que usted?
5. Compare y contraste las razones por las cuales se casaron Margarita de *La camisa de Margarita* y Mariana de *La conciencia*. ¿Con quién simpatiza usted? Explique.

El nieto 12

Antonio Benítez Rojo

Antonio Benítez Rojo

(1931–   ) was born in Havana, Cuba, and now is professor of Spanish at Amherst College in Amherst, Massachusetts. His short stories and novels have earned him several literary prizes including the Premio Casa de las Américas (1967). In "El nieto,"[1] which was published in *Fruta verde* (1979), a young architect is surprised to discover that an elderly woman in a Cuban village has his framed photograph in her living room.

El hombre debía ser° uno de los arquitectos encargados° de las obras de restauración° del pueblo, pues se movía de aquí para allá con los bolsillos° prendidos° de lapiceros° y bolígrafos° de colores. Podía tener unos treinta años, tal vez algo más, pero no mucho más, pues su barba° era apretada° y de un castaño parejo,° y en general, hacía buena figura con sus ajustados° pantalones de trabajo y camisa a cuadros,° con sus botas españolas y el rollo de planos° en la mano y su gorra° verde olivo, verdaderamente maltrecha° y desteñida.°

    Quizá por ser mediodía no había obreros° en los andamios,° ni junto a las pilas° de arena° y escombros,° ni sobre la armazón° de tablas° que apenas dejaba ver la fachada° de la gran casa, alzada° mucho tiempo atrás° en el costado° más alto de la plaza de hermoso empedrado.° El sol recortaba° las cornisas° de tejas° rojas, sin duda ya restauradas,° de las casas vecinas,° y caía a plomo° sobre la pequeña casa, de azotea° achatada° y muros° roídos,° que se embutía° en la hilera° de construcciones remozadas° como un diente sin remedio.

    El hombre caminó calle abajo,° hasta llegar frente a la pequeña casa, y allí se volvió° y miró hacia la plaza del pueblo, tal vez para juzgar° cómo marchaban° las obras° de la gran casa. Al poco rato desplegó° el plano, volvió a mirar calle arriba° e hizo un gesto° de inconformidad mientras dejaba que el plano se enrollara° por sí solo.° Fue entonces que pareció reparar en° el sol, pues salió de la calle y se arrimó° a la ventana cerrada de la pequeña casa; se

must have been / in charge
renovation work
pockets / = **llenos** / mechanical pencils
ballpoint pens
beard / thick
castaño… even chestnut-colored
tight-fitting
plaid / plans
cap / worn
faded
workers
scaffolding / heaps / sand / debris
framework / planks
facade / constructed / a long time ago
side / cobblestones
was outlining / cornices / roof tiles
repaired / neighboring / directly
roof / flattened / walls / damaged
was crammed / row / rejuvenated
down the street
turned around
to judge / were progressing / construction work
unfolded
volvió… looked up the street again / gesture
roll up / by itself
= **mirar con atención**
he leaned against

---

[1] **«El nieto»** "The Grandson."

92

secó° el sudor° con un pañuelo y miró de nuevo hacia las obras. — he dried / sweat

—¿Quiere un vaso de limonada? —dijo la anciana° de cara redonda que se había asomado° al postigo.° — = (señora) vieja / appeared / shutter

El hombre se volvió con un gesto de sorpresa, sonrió agradecido° y dijo que sí. Enseguida la puerta se abrió, y la figura amable y rechoncha° de la anciana apareció en el vano° y lo invitó a entrar. — appreciatively / chubby / opening

De momento el hombre no parecía distinguir bien el interior de la casa, pues tropezó con° un sillón° de rejillas° hundidas° y saltadas° a trechos,° que empezó a balancearse° con chirridos° a un lado de la sala. — he bumped into / armchair / cane work / sagging / cracked / in places / to rock / creakings

Siéntese —sonrió la anciana—. Ahora le traigo la limonada. Primero voy a picar hielo[2] —agregó° como si° se excusara por anticipado° de cualquier posible demora.° — she added / as if / in advance / delay

El hombre detuvo° el balanceo° del sillón y, después de observarlo, se sentó cuidadosamente. Entonces, ya habituado° a la penumbra° de la sala, miró a su alrededor:° la consola° de espejo manchado,[3] el otro sillón, el sofá con respaldo° en forma de medallones, los apagados° paisajes° que colgaban° de las paredes. Su mirada resbaló° indiferente por el resto de los objetos de la habitación, pero, de repente, se clavó° en la foto de carnet° que, en un reducido marco° de plata, se hallaba° sobre la baja mesa del centro. — stopped / rocking / accustomed / darkness / around / wall table / back / faded / landscapes / were hanging / glided / was riveted / identification card / frame / = estaba

El hombre, precipitadamente,° se levantó del sillón y tomó el retrato,° acercándoselo° a los ojos. Así permaneció, dándole vueltas° en las manos, hasta que sintió° los pasos° de la anciana aproximarse° por el corredor. Entonces lo puso en su lugar y se sentó con movimientos vacilantes. — hastily / picture / bringing it close / shifting it back and forth / he heard / footsteps / to approach

La anciana le alargó° el plato con el vaso. — handed

—¿Quiere más? —dijo con su voz clara y cordial, mientras el hombre bebía sin despegar° los labios del vaso. — without removing

—No, gracias —replicó éste poniéndose de pie° y dejando el vaso junto al retrato—. Es fresca su casa —añadió° sin mucha convicción en la voz. — standing up / he added

—Bueno, si no se deja entrar el sol por el frente, se está bien. Atrás, en el patio, no hay problemas con el sol; tampoco en la cocina.

—¿Vive sola?

—No, con mi esposo —dijo la anciana—. Él se alegra mucho de que estén arreglando° las casas de por aquí.° — fixing / in this area

---

[2] **picar hielo**   to chip pieces of ice (off the block of ice in the icebox) for the lemonade.

[3] **espejo manchado**   mirror with black spots caused by corroding of the backing.

Fue a la bodega° a traer los mandados°... ¿Usted sabe si piensan arreglar esta casa? grocery store / groceries

—Pues... bueno, habría que ver°... we would just have to see

—Es lo que yo le digo a mi esposo —interrumpió la anciana con energía—. Esta casa no es museable.° ¿No es así como se dice? Lo leí en una revista. a museum piece

El hombre sonrió con embarazo° e hizo ademán° de despedirse. Caminó hacia la puerta seguido de° la mujer. embarrassment / gesture
followed by

—Le agradezco mucho —dijo—. La limonada estaba muy buena.

—Eso no es nada° —aseguró la mujer al tiempo que abría la puerta al resplandor° de la calle—. Si mañana está todavía por aquí y tiene sed, toque sin pena.° You're welcome
brightness
toque... don't hesitate to knock

—¿Esa persona del retrato... es algo suyo°? —preguntó el hombre como si le costara° encontrar las palabras. **algo...** someone related to you
it was hard for him

—Mi nieto —respondió la mujer—. Esa foto es de cuando peleaba contra la dictadura[4] en las lomas° de por aquí. Ahora se casó y vive en La Habana.[5] hills

El hombre sólo atinó° a mover la cabeza y salió con prisa° de la casa. Una vez en la calle, se detuvo,° pestañeó° bajo el intenso sol y miró hacia la puerta, ya cerrada. managed
hurriedly / he stopped / blinked

—¿Van a reparar nuestra casa? —le preguntó un anciano que llevaba dos grandes cartuchos° acomodados° en el brazo; de uno de ellos salía una barra° de pan. supermarket bags / placed
loaf

—Trataremos de hacerlo —dijo el hombre—. Pero usted sabe como son estas cosas... Aunque creo que sí. En realidad vale la pena.

—Desentonaría° mucho en la cuadra.° —dijo el anciano—. Le quitaría presencia° a las demás —añadió con un dejo° de astucia.° It would be out of place / block
It would take away from the effect
trace, touch / shrewdness

—Sí, tiene razón —respondió el hombre mirando hacia la casa—. La estuve viendo por dentro. Por dentro está bastante bien.

—Ah, menos mal. El problema es el techo, ¿no? Pero eso no sería un problema grande, ¿no? La° de al lado° tampoco tenía techo de tejas, y mírela ahora lo bien que luce.° = **La casa** / to the side

it looks

De improviso° el anciano dio unos pasos hacia el hombre y, abriendo la boca, le observó detenidamente° el rostro.° Unexpectedly
attentively
face

—Usted es... —empezó a decir con voz débil.

—Sí.

[4] **cuando peleaba contra la dictadura**   when people were fighting against the dictatorship (of Batista in 1958).

[5] **La Habana**   capital of Cuba.

—¿Ella lo reconoció? —preguntó el hombre después de pasarse la lengua por los labios.

—Creo que no. Adentro estaba un poco oscuro. Además, han pasado años y ahora llevo barba.°   **llevo...** I have a beard

El anciano caminó cabizbajo° hacia el poyo° de la puerta y, colocando° los cartuchos en la piedra, se sentó trabajosamente° junto a ellos.

    head down / stone bench
    placing
    with difficulty

—Vivíamos en La Habana, pero los dos somos de aquí. Éste es un pueblo viejo. Quisimos regresar y pasar estos años aquí. No tenemos familia. Es natural, ¿no? —dijo el anciano, ahora mirándose los zapatos, gastados° y torcidos° en las puntas°—. El mismo día en que llegamos... Ahí mismo° —dijo señalando° un punto en la acera°—, ahí mismo estaba el retrato. ¿Usted vivía cerca?

    worn out
    bent / toes of the shoes
    Right there / pointing to / sidewalk

—No, andaba por las lomas. Pero a veces bajaba al pueblo. Tenía una novia que vivía... Me gustaba caminar por esta plaza —dijo el hombre señalando vagamente calle arriba—. Me parece que comprendo la situación —añadió dejando caer el brazo.

—No, no puede comprender. No tiene la edad para comprender... La gente de enfrente, los de al lado, todos creen que usted es su° nieto. Tal vez ella misma.   her

—¿Por qué sólo *su* nieto?

—La idea fue de ella —respondió el anciano—. Siempre fue muy dispuesta,° dispuesta y un poco novelera.[6] Es una pena° que no hayamos podido° tener familia. Ella, ¿comprende?

    clever
    pity / we were not able

—Lo siento.

—¿Qué va a hacer? —preguntó el anciano, mirando al hombre con ojos vacíos.

—Pues, dígale a la gente de enfrente y de al lado que el nieto de La Habana vino a trabajar un tiempo aquí.

El anciano sonrió y sus ojos cobraron brillo.°   **cobraron...** shone

—¿Le sería mucha molestia° venir esta noche por acá?   bother
El hombre fue junto a él y lo ayudó a levantarse.

—Sería lo natural, ¿no le parece? —dijo mientras le alcanzaba° los cartuchos.   handed

¿Qué pasó?

1. ¿A qué profesión se dedicaba el protagonista?
2. ¿Cuántos años tenía el arquitecto?
3. ¿Qué hacía en el pueblo?

---

[6]**un poco novelera**   a bit prone to inventing stories (attracted by fiction).

4. ¿Cómo iba vestido el arquitecto?
5. ¿A qué hora del día estaba allí?
6. ¿Qué estaba reparando el arquitecto?
7. ¿Qué hacía él enfrente de la pequeña casa?
8. ¿Por qué se acercó a la ventana?
9. ¿Quién le habló al arquitecto?
10. ¿Qué le ofreció?
11. ¿Con qué chocó el arquitecto al entrar en la casa?
12. ¿Cómo era la casa por dentro?
13. ¿Qué había en la mesa del centro?
14. ¿Qué hizo el arquitecto con la foto?
15. ¿Dónde estaba el esposo de la señora?
16. ¿Qué le preguntó la señora?
17. ¿De quién era el retrato?
18. ¿Con quién se encontró el arquitecto en la calle?
19. ¿Qué le preguntó el anciano?
20. ¿Qué le contestó el arquitecto?
21. ¿Dónde se sentó el anciano?
22. ¿Cuál era el pasado de la pareja de ancianos?
23. ¿Cuándo y dónde encontraron el retrato?
24. ¿Cuándo y en qué circunstancias había estado el arquitecto antes en el pueblo?
25. ¿Por qué decía la señora que él de la foto era su nieto?
26. ¿Qué le pidió el anciano al arquitecto?
27. ¿Qué le respondió el arquitecto?

Interpretación

1. ¿Cree usted que esta historia puede ocurrir en la vida real?
2. ¿Por qué permitió el anciano que su esposa inventara esa fantasía?
3. ¿En qué manera se asemejan el arquitecto y el anciano?
4. Si usted fuera ese arquitecto, ¿hubiera aceptado ir esa noche a la casa? ¿Por qué?
5. ¿Cambiaría usted el final del cuento? ¿Cómo? ¿Por qué?

OBSERVACIÓN

El imperfecto

In Spanish, the imperfect is used to refer to existing states or conditions in the past, especially with verbs like **estar, ser, conocer, saber, tener.** In English, the simple past is used in these descriptions.

Adentro **estaba** un poco oscuro.   *It was a little dark inside.*
Tenía una novia que **vivía**...   *I had a girl friend who **lived** . . .*

¡Otra vez!

Vuelva usted a narrar el cuento en el tiempo pasado, cambiando los infinitivos al tiempo pretérito o imperfecto.

1. El arquitecto (estar) _____ restaurando una casa del pueblo.
2. El joven (trabajar) _____ mucho.
3. El arquitecto (observar) _____ la obra desde lejos.
4. El sol (brillar) _____ sobre las tejas de las casas del pueblo.
5. Al sentir calor, él (acercarse) _____ a la pared de una casa.
6. La casa (necesitar) _____ renovación.
7. La anciana le (ofrecer) _____ un vaso de limonada.
8. La casa (ser) _____ oscura por dentro.
9. (Haber) _____ una foto en la mesa del centro.
10. El arquitecto (tomar) _____ el retrato y lo (estudiar) _____ con mucho interés.
11. La mujer le (decir) _____ al arquitecto que el retrato era de su nieto.
12. El arquitecto (encontrarse) _____ con el marido de la señora en la calle.
13. El anciano (venir) _____ de la bodega.
14. Él (querer) _____ saber si su esposa había reconocido al arquitecto.
15. Después de hablar un rato, los dos hombres (acordar) _____ aceptar la fantasía de la señora.

FUENTE DE PALABRAS

Sustantivos cognados (**-ción, -cción**)

Many Spanish nouns which end in **-ción** and **-cción** have English cognates ending in *-tion* and *-ction*.

-ción ↔ *-tion*	**la situación**	↔ *situation*
-cción ↔ *-ction*	**la construcción** ↔ *construction*	

TRANSFORMACIONES

Dé los cognados ingleses de las palabras siguientes.

1. la imaginación
2. la admiración
3. la determinación
4. la preocupación
5. la restauración
6. la conversación
7. la satisfacción
8. la convicción
9. la acción
10. la destrucción
11. la inspección
12. la abstracción

Composiciones dirigidas

1. Describa al arquitecto.

   PALABRAS CLAVES   ser / joven / treinta / figura / ropa / bolígrafos / gorra / barba / arquitecto / encargar / pueblo

2. Escriba una descripción del pueblo.

PALABRAS CLAVES   casas / teja / fachada / restaurar / arena / escombro / paredes /
ser / empedrado / haber / plaza / andamio / tabla / sol

Composiciones libres

1. Imagínese que usted es el arquitecto hablando por teléfono con su amigo en La Habana.
Describa su experiencia con los dos ancianos de aquel pueblo.
2. Cuente la narración desde el punto de vista de la anciana o del anciano.

Otros temas

1. Comente usted sobre el efecto de la soledad en el cuento. ¿Cree usted que la soledad y la
vejez van siempre juntas? Explique.
2. Describa usted a sus abuelos o a cualquier anciano que conozca. ¿Cómo es su vida? ¿Qué
preocupaciones tienen?
3. ¿Tienen importancia las fotos para usted? ¿Por qué?
4. Describa la casa en que usted piensa vivir dentro de quince años.

Un día de estos

13

Gabriel García Márquez

Gabriel García Márquez

Gabriel García Márquez (1928–   ), a Colombian writer now residing in Mexico, saw his literary works honored in 1982 with the Nobel Prize. His best-known and widely translated novel *Cien años de soledad* (1967) traces the history of the Buendía family in the mythical Latin-American setting of Macondo. In "Un día de estos," published in 1962, García Márquez touches on one of his recurrent themes: the effects of civil strife on a country's inhabitants. On this particular day, painful necessity forces the mayor of a small Colombian town to request the services of the village dentist, who also happens to be his political opponent.

El lunes amaneció° tibio° y sin lluvia. Don Aurelio Escovar, dentista sin título y buen madrugador,° abrió su gabinete° a las seis. Sacó de la vidriera° una dentadura° postiza° montada° aún en el molde de yeso° y puso sobre la mesa un puñado° de instrumentos que ordenó de mayor a menor, como en una exposición. Llevaba una camisa a rayas,° sin cuello,° cerrada arriba con un botón dorado, y los pantalones sostenidos° con cargadores° elásticos. Era rígido, enjuto,° con una mirada que raras veces correspondía a la situación, como la mirada de los sordos.°

    Cuando tuvo las cosas dispuestas° sobre la mesa rodó° la fresa° hacia el sillón de resortes° y se sentó a pulir° la dentadura postiza. Parecía no pensar en lo que hacía, pero trabajaba con obstinación, pedaleando en la fresa[1] incluso° cuando no se servía de ella.°

    Después de las ocho hizo una pausa para mirar el cielo por la ventana y vio dos gallinazos° pensativos que se secaban° al sol en el caballete° de la casa vecina. Siguió trabajando con la idea de que antes del almuerzo volvería a llover. La voz destemplada° de su hijo de once años lo sacó de su abstracción.°

    —Papá.

    —Qué.

    —Dice el acalde° que si le sacas° una muela.°

    —Díle que no estoy aquí.

dawned / warmish

very early riser
office / glass case / set of teeth
false / mounted / plaster
handful

striped / collar

held up / suspenders
= delgado

deaf people

arranged / he rolled
*drill / **sillón**... padded stool / polish*

even
no... he wasn't using it

buzzards
were drying themselves / ridge of the roof

shrill
concentration

mayor / pull / tooth

---

[1] **pedaleando en la fresa** pedaling the drill. Since there is no electricity, the dentist uses a set of foot pedals to mechanically power the drill with which he polishes the false teeth.

Estaba puliendo un diente de oro. Lo retiró° a la distancia del brazo y lo examinó con los ojos a medio cerrar.° En la salita de espera volvió a gritar su hijo.

—Dice que sí estás porque te está oyendo.

El dentista siguió examinando el diente. Sólo cuando lo puso en la mesa con los trabajos terminados, dijo:

—Mejor.°

Volvió a operar la fresa. De una cajita de cartón° donde guardaba las cosas por hacer, sacó un puente° de varias piezas° y empezó a pulir el oro.

—Papá.

—Qué.

Aún no había cambiado de expresión.

—Dice que si no le sacas la muela te pega un tiro.°

Sin apresurarse,° con un movimiento extremadamente° tranquilo, dejó de pedalear en la fresa, la retiró del sillón y abrió por completo la gaveta° inferior° de la mesa. Allí estaba el revólver.

—Bueno —dijo—. Díle que venga a pegármelo.°

Hizo girar° el sillón hasta quedar de frente a° la puerta, la mano apoyada° en el borde° de la gaveta. El alcalde apareció en el umbral.° Se había afeitado la mejilla° izquierda, pero en la otra, hinchada° y dolorida,° tenía una barba de cinco días. El dentista vio en sus ojos marchitos° muchas noches de desesperación. Cerró la gaveta con la punta de los dedos° y dijo suavemente:°

—Siéntese.

—Buenos días —dijo el alcalde.

—Buenos —dijo el dentista.

Mientras hervían° los instrumentos, el alcalde apoyó el cráneo° en el cabezal° de la silla y se sintió° mejor. Respiraba un olor glacial.[2] Era un gabinete pobre: una vieja silla de madera, la fresa de pedal, y una vidriera con pomos de loza.° Frente a la silla, una ventana con un cancel de tela° hasta la altura de un hombre. Cuando sintió que el dentista se acercaba,° el alcalde afirmó los talones° y abrió la boca.

Don Aurelio Escovar le movió la cara hacia la luz. Después de observar la muela dañada,° ajustó° la mandíbula° con una cautelosa° presión° de los dedos.

—Tiene que ser sin anestesia —dijo.

—¿Por qué?

he held	
a... squinting	
All the better.	
cajita... small cardboard box	
(dental) bridge	
pieces	
te... he will shoot you	
hurrying	
extremely	
drawer / bottom	
to shoot me	
He rolled / **hasta...** until it was opposite	
leaning on / edge	
doorway / cheek	
swollen / in pain	
tired	
punta... fingertips / softly	
were boiling	
head / headrest / he felt	
pomos... porcelain flasks	
cancel... curtain	
approached / **afirmó...** braced his heels	
infected / he adjusted	
jaw / light / pressure	

---

[2] **Respiraba un olor glacial.** His breath was cold (*with fright*). Literally, he was breathing out icy air.

—Porque tiene un absceso.[3]

El alcalde lo miró en los ojos.

—Está bien —dijo, y trató de sonreir. El dentista no le correspondió.° Llevó a la mesa de trabajo la cacerola° con los instrumentos hervidos° y los sacó del agua con unas pinzas° frías, todavía sin apresurarse. Después rodó la escupidera° con la punta del zapato y fue a lavarse las manos en el aguamanil.° Hizo todo sin mirar al alcalde. Pero el alcalde no lo perdió de vista.°

Era una cordal inferior.° El dentista abrió las piernas y apretó° la muela con el gatillo° caliente. El alcalde se aferró° a las barras° de la silla, descargó toda su fuerza en los pies° y sintió un vacío helado en los riñones,[4] pero no soltó un suspiro. El dentista sólo movió la muñeca.° Sin rencor,° más bien con una amarga° ternura,° dijo:

—Aquí nos paga veinte muertos,° teniente.[5]

El alcalde sintió un crujido° de huesos° en la mandíbula y sus ojos se llenaron de lágrimas. Pero no suspiró hasta que no sintió salir la muela. Entonces la vio a través de las lágrimas. Le pareció° tan extraña° a su dolor, que no pudo entender la tortura de sus cinco noches anteriores. Inclinado° sobre la escupidera, sudoroso, jadeante,° se desabotonó° la guerrera° y buscó a tientas° el pañuelo en el bolsillo del pantalón. El dentista le dio un trapo° limpio.

—Séquese° las lágrimas —dijo.

El alcalde lo hizo. Estaba temblando. Mientras el dentista se lavaba las manos, vio el cielorraso° desfondado° y una telaraña° polvorienta° con huevos de araña° e insectos muertos. El dentista regresó secándose las manos. «Acuéstese —dijo— y haga buches° de agua de sal.» El alcalde se puso de pie,° se despidió con un displicente° saludo° militar, y se dirigió a la puerta estirando° las piernas, sin abotonarse la guerrera.

—Me pasa° la cuenta —dijo.

—¿A usted o al municipio?°

	didn't return the smile / container
	sterilized
	tongs
	spittoon
	washbasin
	no... didn't lose sight of him
	lower wisdom tooth
	grasped / dental forceps
	seized / arms
	descargó... braced his feet with all his strength
	wrist / rancor
	bitter / tenderness
	Aquí... Now you are paying for 20 of our men who died
	crunch / bones
	it (the tooth) seemed / unrelated
	Leaning
	panting / unbuttoned / tunic / **buscó...** groped for
	rag
	Dry
	= **cielo raso** flat ceiling / crumbled
	spider web / dusty / spider
	gargle
	stood up / casual
	salute / stretching
	will you send
	town

[3] **un absceso** an abscess. Because of the pus and inflammation, the dentist is afraid to give an injection of Novocain.

[4] **sintió . . . riñones.** He had a sinking feeling in the pit of his stomach. Literally, he felt an icy emptiness in his kidneys. For Spanish speakers, the kidneys, rather than the stomach or the heart, symbolize the center of the body.

[5] **teniente** lieutenant. The mayor is part of the military junta, which the dentist opposes.

El alcalde no lo miró. Cerró la puerta, y dijo, a través
de la red° metálica.   screen
—Es la misma vaina.[6]

¿Qué pasó?

1. ¿Cuál es la profesión de don Aurelio Escovar?
2. ¿A qué hora abrió el dentista el gabinete?
3. ¿Qué estaba haciendo don Aurelio esa madrugada?
4. ¿Cómo estaba vestido esa mañana?
5. ¿Qué estaba puliendo?
6. ¿Qué lo distrajo?
7. ¿Qué vino a decirle su hijo?
8. ¿De qué manera reaccionó a lo que le dijo su hijo?
9. ¿Cómo amenazó el alcalde al dentista?
10. ¿Qué tenía don Aurelio en la gaveta inferior de la mesa?
11. ¿Parecía tener miedo el dentista?
12. ¿Qué observó el dentista en los ojos del alcalde?
13. ¿Por qué no usó anestesia el dentista?
14. ¿Cómo se preparó el dentista para la operación?
15. ¿Qué diente tenía que sacar el dentista?
16. ¿Cómo trató el dentista al alcalde?
17. ¿Cuánto tiempo había sufrido el alcalde con ese diente?
18. ¿Cómo salió el alcalde de la operación?
19. ¿Qué le recomendó el dentista al alcalde?
20. Cuando el alcalde pidió a don Aurelio que le pasara la cuenta, ¿qué le preguntó el dentista?
21. ¿Cómo respondió el alcalde?

Interpretación

1. ¿Por qué amenazó el alcalde al dentista? ¿Por qué estaba el dentista preparado a responder a la amenaza de la misma manera?
2. ¿Por qué trató tan fríamente el dentista al alcalde?
3. ¿Por qué no hay diferencia entre el municipio y el alcalde?
4. Describa la actitud que tiene el autor hacia el dentista y hacia el alcalde.
5. ¿Por qué le dijo el dentista al alcalde, «Aquí nos paga veinte muertos, teniente»?
6. ¿Cómo produce el autor el efecto de tensión en el cuento?
7. ¿Piensa usted que la justicia tiene un papel importante en este cuento? Explique.

---

[6] **Es la misma vaina.** It all comes out of the same pocket. That is, whether
the bill goes directly to the mayor or to city hall, it is the municipality that
will pay. Literally, **la vaina** is a pod.

OBSERVACIÓN

Las acciones progresivas

In Spanish, actions in progress for a specific period of time can be expressed by the constructions **estar** or **seguir** + present participle (**-ando** or **-iendo** form of the verb).

Estaba puliendo un diente de oro.	*He was (in the act of) polishing a gold tooth.*
Estaba temblando.	*He was trembling.*
Siguió trabajando…	*He kept on working . . .*
…**siguió examinando** el diente.	*. . . he continued examining the tooth.*

¡Otra vez!

Cambiando los verbos en itálicas al presente, vuelva usted a contar la narración.

1. El dentista *abrió* su gabinete a las seis.
2. *Llevaba* una camisa a rayas.
3. *Era* un hombre rígido y enjuto.
4. El dentista *estaba* ordenando los instrumentos de mayor a menor sobre la mesa.
5. *Se sentó* y *empezó* a trabajar.
6. *Siguió* puliendo una dentadura postiza.
7. Después de las ocho, *hizo* una pausa.
8. *Estaba* mirando al cielo por la ventana.
9. Su hijo lo *llamó* para informarle de la llegada del alcalde.
10. El dentista no *quería* sacarle la muela al alcalde.
11. El alcalde *siguió* insistiendo y *amenazó* al dentista.
12. El dentista *estaba* abriendo la gaveta inferior de la mesa donde *tenía* el revólver.
13. El dentista *decidió* no sacar el revólver de la gaveta y *dejó* entrar al alcalde.
14. El alcalde, que *estaba* sufriendo de un absceso en un diente, *sintió* un crujido de huesos en la mandíbula porque el dentista le *sacó* la muela.
15. El alcalde que todavía *estaba* temblando, *se secó* sus lágrimas, *se puso* de pie y *se despidió* sin pagar.

FUENTE DE PALABRAS

Familia de palabras

In nouns derived from stem-changing verbs, the same vowel shift occurs when the syllable containing that vowel is accented.

contar   (*to count*) → **la cuenta**   (*bill, account*)
BUT:
la contabilidad   (*accounting*) → **el contador**   (*accountant*)

TRANSFORMACIONES

Dé los verbos que corresponden a cada sustantivo. Después dé el significado del sustantivo y utilice cada sustantivo en una frase original.

1. el almuerzo   _____ ar   (to have lunch)
2. el gobierno   _____ ar   (to govern)
3. el comienzo   _____ ar   (to begin)
4. el recuerdo   _____ ar   (to remember)
5. el sueño   _____ ar   (to dream)
6. la fuerza   _____ ar   (to force)
7. el encuentro   _____ ar   (to meet)
8. el juego   _____ ar   (to play)
9. la muerte   _____ ir   (to die)

Composiciones dirigidas

1. Describa a don Aurelio Escovar.

   PALABRAS CLAVES   dentista / título / madrugada / hijo / camisa / pantalones / ser / rígido / enjuto / corresponder / pensar / obstinación

2. Describa usted el consultorio del dentista.

   PALABRAS CLAVES   ser / viejo / polvoriento / madera / tener / silla / haber / gaveta / revólver / tela / puerta / fresa / instrumentos

Composiciones libres

1. Imagínese que usted es el alcalde. ¿Qué pensamientos tiene antes de ir al consultorio del dentista?
2. Imagínese que el hijo del dentista estaba observando el encuentro entre su padre y el alcalde. ¿Cuáles opina usted eran los pensamientos y los sentimientos del niño?

Otros temas

1. ¿Qué sensación le produjo a usted la escena en la que el dentista le sacó la muela al alcalde? ¿Qué piensa usted de los dentistas?
2. ¿Con quién simpatiza usted en el relato — con el alcalde o con el dentista? ¿Por qué?
3. Explique cómo debe de ser la relación entre el gobierno y el pueblo.
4. ¿Cómo interpreta Ud. el título del cuento — «Un día de estos»?

No oyes ladrar los perros

Juan Rulfo

Juan Rulfo

Juan Rulfo (1918–   ), born in a small village in the state of Jalisco, Mexico, was orphaned as a young boy and educated first in Guadalajara and then in Mexico City. In 1953 he gained recognition as an accomplished stylist with the publication of *El llano en llamas,* a collection of fifteen stories describing the difficult life of the *campesinos.* In "No oyes ladrar los perros,"[1] Rulfo explores the theme of *mala sangre* — the child who has gone astray — and the complexity of family relationships. As the story opens, the old father is carrying his injured son to the nearest village for medical attention.

—Tú que vas allá arriba, Ignacio, dime si no oyes alguna señal de algo o si ves alguna luz en alguna parte.[2]

—No se ve nada.

—Ya debemos estar cerca.

—Sí, pero no se oye nada.

—Mira bien.

—No se ve nada.

—Pobre de ti,° Ignacio.   You poor thing

La sombra° larga y negra de los hombres siguió°   shadow / continued
moviéndose de arriba abajo,° trepándose° a las piedras, dis-   up and down / climbing
minuyendo y creciendo según° avanzaba por la orilla° del   as / bank
arroyo.° Era una sola sombra, tambaleante.°   stream / wavering

La luna venía saliendo° de la tierra, como una   venía... was rising
llamada° redonda.   flare

—Ya debemos estar llegando a ese pueblo, Ignacio.
Tú que llevas las orejas de fuera,[3] fíjate° a ver si no oyes   notice
ladrar° los perros. Acuérdate° que nos dijeron que Tonaya   to bark / Remember
estaba detrasito° del monte. Y desde qué horas que hemos   right behind
dejado el monte. Acuérdate, Ignacio.

—Sí, pero no veo rastro° de nada.   trace

—Me estoy cansando.

—Bájame.

[1] «No oyes ladrar los perros»   "You Don't Hear the Dogs Barking."

[2] As the story opens, the father asks his son whether he sees any lights or hears any sign (**señal**), such as the barking of dogs, which would indicate that they are finally approaching the village of Tonaya.

[3] **Tú... afuera** You, who can hear well. Literally, you who have your ears in the open. The son is being carried on the father's shoulders, and his legs are hugging the father's ears, thus making it hard for the father to hear.

El viejo se fue reculando° hasta encontrarse con el paredón° y se recargó° allí, sin soltar° la carga° de sus hombros. Aunque se le doblaban° las piernas, no quería sentarse, porque después no hubiera podido levantar el cuerpo de su hijo, al que allá atrás, horas antes, le habían ayudado a echárselo° a la espalda. Y así lo había traído desde entonces.

—¿Cómo te sientes?

—Mal.

Hablaba poco. Cada vez menos. En ratos° parecía dormir. En ratos parecía tener frío. Temblaba. Sabía cuando le agarraba a su hijo el temblor[4] por las sacudidas° que le daba, y porque los pies se le encajaban en° los ijares° como espuelas.° Luego las manos del hijo, que traía trabadas en° su pescuezo,° le zarandeaban° la cabeza como si fuera° una sonaja.°

Él apretaba° los dientes para no morderse la lengua° y cuando acababa aquello le preguntaba:

—¿Te duele mucho?

—Algo— contestaba él.

Primero le había dicho: «Apéame° aquí… Déjame aquí… Vete tú° solo. Yo te alcanzaré° mañana o en cuando me reponga° un poco». Se lo había dicho como cincuenta veces. Ahora ni siquiera° eso decía.

Allí estaba la luna. Enfrente de ellos. Una luna grande y colorada° que les llenaba de luz los ojos y que estiraba° y oscurecía° más su sombra sobre la tierra.

—No veo ya por dónde voy —decía él.

Pero nadie le contestaba.

El otro iba allá arriba, todo iluminado por la luna, con su cara descolorida,° sin sangre,° reflejando una luz opaca. Y él acá abajo.

—¿Me oíste, Ignacio? Te digo que no veo bien.

Y el otro se quedaba callado.°

Siguió caminando, a tropezones.° Encogía el cuerpo° y luego se enderezaba° para volver a tropezar° de nuevo.

—Éste no es ningún camino. Nos dijeron que detrás del cerro° estaba Tonaya. Ya hemos pasado el cerro. Y Tonaya no se ve, ni se oye ningún ruido que nos diga que está cerca. ¿Por qué no quieres decirme qué ves, tú que vas allá arriba, Ignacio?

—Bájame, padre.

—¿Te sientes mal?

---

[4]**cuándo… temblor** when his son would start to have a seizure. Literally, when a seizure would come upon (overpower) his son.

Glossary (right margin):

se… backed up

thick wall / shifted the weight (of his son) / to set down / load (= Ignacio)
were buckling

load him on

At times

shakes
would stick into / buttocks
spurs
traía… were grabbing / neck / would shake
as if it were / rattle
would clench / to bite his tongue

Let me down
You go / will catch up
I get my strength back
not even

reddish / was stretching
was darkening

pale / blood

silent
stumbling / He would hunch over
he would straighten himself up / to stumble

hill

—Sí.

—Te llevaré a Tonaya a como dé lugar.° Allí en-contraré quien te cuide.° Dicen que allí hay un doctor. Yo te llevaré con él. Te he traído cargando desde hace horas y no te dejaré tirado° aquí para que acaben contigo quienes sean.°

Se tambaleó° un poco. Dio dos o tres pasos de lado y volvió a enderezarse.°

—Te llevaré a Tonaya.

—Bájame.

Su voz se hizo quedita,° apenas° murmurada:°

—Quiero acostarme un rato.

—Duérmete allí arriba.° Al cabo° te llevo bien agarrado.°

La luna iba subiendo, casi azul, sobre un cielo claro. La cara del viejo, mojada° en sudor,° se llenó de luz. Es-condió los ojos para no mirar de frente, ya que no podía agachar° la cabeza agarrotada° entre las manos de su hijo.

—Todo esto que hago, no lo hago por usted.[5] Lo hago por su difunta° madre. Porque usted fue su hijo. Por eso lo hago. Ella me reconvendría° si yo lo hubiera dejado tirado allí, donde lo encontré, y no lo hubiera recogido° para llevarlo a que lo curen,° como estoy haciéndolo. Es ella la que me da ánimos,° no usted. Comenzando porque a usted no le debo más que puras dificultades, puras mortifica-ciones, puras vergüenzas.°

Sudaba al hablar. Pero el viento de la noche le secaba° el sudor. Y sobre el sudor seco, volvía a sudar.°

—Me derrengaré,° pero llegaré con usted a Tonaya, para que le alivien° esas heridas° que le han hecho. Y estoy seguro de que, en cuanto° se sienta usted bien, volverá a sus malos pasos.° Eso ya no me importa. Con tal que° se vaya lejos, donde yo no vuelva a saber de usted.° Con tal de eso... Porque para mí usted ya no es mi hijo. He maldecido° la sangre que usted tiene de mí. La parte que a mí me toca° la he maldecido. He dicho: «¡Que se le pudra en los riñones la sangre que yo le di!»[6] Lo dije desde que supe que usted andaba trajinando° por los caminos, viviendo del robo y matando gente... Y gente buena. Y si no,° allí está mi compadre° Tranquilino. El que lo bautizó° a usted. El que

a como... somehow	
someone who can take care of you	
abandoned	
acaben... whoever comes by can finish you off	
He swayed	
volvió... straightened up again	
became muffled / barely / whispering	
up there (*on my shoulders*) / At least	
te... I am holding you very tightly	
wet / with sweat	
lower / caught	
= **muerta**	
would reprimand	
picked up	
a... to people who can make you well	
courage	
shame	
dried	
he started sweating again	
I will break my back	
they cure / wounds	
as soon as	
bad ways / Provided that	
yo... I won't hear about you again	
cursed	
que... that is my share	
going here and there	
if you don't believe me	
friend / baptized	

---

[5] Here the father is reprimanding his son and he switches from **tú** to **usted**. This shift in form of address is common when a parent scolds a child or a loved one.

[6] **¡Que... di!** May the blood I gave you rot in your heart. Literally, in your kidneys, that is, in the center of the body.

le dio su nombre. A él también le tocó la mala suerte de
encontrarse con usted.[7] Desde entonces dije: «Ése no puede
ser mi hijo».

—Mira a ver si ya ves algo. O si oyes algo. Tú que
puedes hacerlo desde allá arriba, porque yo me siento
sordo.

—No veo nada.

—Peor para ti, Ignacio.

—Tengo sed.

—¡Aguántate!° Ya debemos estar cerca. Lo que pasa es
que ya es muy noche° y han de haber apagado° la luz en el
pueblo. Pero al menos° debías de oír si ladran los perros.
Haz por oír.°

—Dame agua.

—Aquí no hay agua. No hay más que piedras.
Aguántate. Y aunque la hubiera,° no te bajaría a tomar agua.
Nadie me ayudaría a subirte° otra vez y yo solo no puedo.

—Tengo mucha sed y mucho sueño.

—Me acuerdo cuando naciste. Así eras entonces. Des-
pertabas con hambre y comías para volver a dormirte. Y tu
madre te daba agua, porque ya te habías acabado° la leche
de ella. No tenías llenadero.° Y eras muy rabioso.° Nunca
pensé que con el tiempo se te fuera a subir aquella rabia a la
cabeza...[8] Pero así fue. Tu madre, que descanse° en paz,
quería que te criaras° fuerte. Creía que cuando te crecieras°
irías a ser su sostén.° No te tuvo más que a ti.° El otro hijo
que iba a tener la mató.[9] Y tú la hubieras° matado otra vez
si ella estuviera viva° a estas alturas.°

Sintió que el hombre aquel que llevaba sobre sus
hombros dejó de apretar las rodillas° y comenzó a soltar° los
pies, balanceándolos° de un lado para otro.° Y le pareció
que la cabeza, allá arriba, se sacudía° como si sollozara.°

Sobre su cabello° sintió que caían gruesas° gotas, como
de lágrimas.

—¿Lloras, Ignacio? Lo hace llorar a usted el recuerdo
de su madre, ¿verdad? Pero nunca hizo usted nada por ella.
Nos pagó siempre mal. Parece que, en lugar de cariño, le

Bear it!	
very dark / **han**... they must have turned off	
at least	
Try to hear	
there were some	
to lift you up	
finished	
You couldn't be filled. / bad-tempered	
may she rest	
you grow / grew up	
support / No... She had nobody but you.	
would have	
were alive / now	
dejó... stopped holding on with his knees / to relax	
swinging them / from side to side	
was moving / he were sobbing	
hair / big	

---

[7] **A él... usted.** He, too, had the bad luck of meeting you. Literally, the
bad luck befell him of meeting you. (The father implies that the son
attacked his own godfather on the highway.)

[8] **Nunca... cabeza...** I never thought that, as you grew older, such a crazy
rage would take hold of your mind. . . . Literally, that with (the passage
of) time such a rage would go to your head. (The father is referring to the
fact that his son has become a highway robber and murderer.)

[9] **El otro... mató.** The other son she was going to have killed her. (The
mother died in childbirth, as did the second son.)

hubiéramos retacado el cuerpo° de maldad.° ¿Y ya ve? **le...** we filled your body / wickedness
Ahora lo han herido.° ¿Qué pasó con sus amigos? Los   wounded
mataron a todos. Pero ellos no tenían a nadie. Ellos bien
hubieran podido decir:° «No tenemos a quien darle nuestra   could have said
lástima°». ¿Pero usted, Ignacio?   sorrow

Allí estaba ya el pueblo. Vio brillar los tejados° bajo la   roofs
luz de la luna. Tuvo la impresión de que lo aplastaba° el   was crushing
peso° de su hijo al sentir que las corvas° se le doblaban° en   weight / backs of his knees / were
el último esfuerzo.° Al llegar al primer tejabán° se recostó°   buckling under
sobre el pretil de la acera[10] y soltó el cuerpo, flojo,° como si   effort / roofed house / he leaned
lo hubieran descoyuntado.°   limp
    disjointed

Destrabó° difícilmente los dedos con que su hijo había   He unfastened
venido sosteniéndose° de su cuello y, al quedar libre, oyó   holding himself
cómo por todas partes ladraban perros.

—¿Y tú no los oías, Ignacio? —dijo. No me ayudaste
ni siquiera con esta esperanza.

¿Qué pasó?

1. ¿Quiénes son los dos personajes principales?
2. ¿Qué se oye? ¿Qué se ve?
3. ¿Por qué hay una sola sombra larga y negra?
4. ¿Dónde están?
5. ¿Cómo es el camino?
6. ¿Qué hora es?
7. ¿A dónde van los dos hombres?
8. ¿Qué esperan ellos oir? ¿Por qué?
9. ¿Dónde está Tonaya?
10. ¿Quién carga a quién? ¿Cómo?
11. ¿Cómo está el padre?
12. ¿Qué le dice Ignacio a su padre?
13. ¿Qué le pregunta el padre a Ignacio?
14. ¿Por qué lleva a su hijo a Tonaya?
15. ¿Cuál es la razón por la cual hace el padre todo esto?
16. ¿Por qué maldice el padre al hijo?
17. ¿Qué le pasa al compadre Tranquilino?
18. ¿Cómo es Ignacio de niño?
19. ¿Qué creía su madre que sería Ignacio cuando creciera?
20. ¿De qué murió la madre?

---

[10] **el pretil de la acera** the stone wall along the walk. In Mexican villages, especially those built against a hillside, there are often retaining walls at the edge of the footpaths.

21. ¿Cómo reacciona el hijo a lo que dice el padre?
22. ¿Qué les ocurre a los amigos de Ignacio? ¿y a Ignacio?
23. ¿Qué oye el padre al llegar al pueblo?
24. ¿Qué le dice entonces al hijo?

Interpretación

1. Describa el significado que tiene el ladrar de los perros para el padre y para el hijo.
2. ¿Por qué opina usted que Ignacio le pedía a su padre que lo bajara?
3. ¿Por qué casi no habla Ignacio? ¿Hay una falta de comunicación entre padre e hijo? Explique.
4. Analice los diálogos entre padre e hijo. ¿Cuál es la actitud del padre hacia el hijo? ¿Lo odia? ¿Lo quiere? Explique.
5. ¿Cree usted que lo peor que hizo el hijo fue destruir las esperanzas de los padres? ¿Cómo?
6. ¿Por qué está tan cansado el viejo al llegar a Tonaya? ¿Por qué parece estar tan frustrado el padre?
7. Explique el desenlace del cuento. ¿Qué cree usted que les pasa a Ignacio y a su padre?
8. ¿Por qué es tan importante la memoria de la madre en el desarrollo del cuento?
9. Al final, ¿cree usted que se muere el hijo? ¿Por qué?
10. Compare y contraste el dolor físico del hijo con el sufrimiento moral del padre.

OBSERVACIÓN

El verbo reflexivo impersonal

With inanimate subjects, a reflexive construction is often used in Spanish where a passive is used in English.

Tonaya no **se ve**.	*Tonaya **is not to be seen**.*
No **se oye** nada.	*Nothing **can be heard**.*
La cara del viejo **se llenó** de luz.	*The face of the old man **was filled** with light.*

¡Otra vez!

Vuelva a contar la historia cambiando los verbos entre paréntesis al tiempo pretérito o imperfecto.

1. El padre (cargar) _____ a su hijo Ignacio hacia el pueblo detrás del cerro.   2. El camino (ser) _____ difícil y (cansarse) _____ mucho el pobre viejo por la carga.   3. Sin embargo, el padre (seguir) _____ cargando al hijo.   4. El viejo no (poder) _____ ver nada.   5. Ignacio, que (ir) _____ allá arriba, no (ver) _____ nada tampoco.   6. De vez en cuando el padre le (preguntar) _____ a Ignacio cómo (sentirse) _____.   7. Tonaya (estar) _____ lejos y el viejo (impacientarse) _____.   8. Ignacio (tener) _____ ganas de (acostarse) _____.   9. El hijo no (querer) _____ seguir

el viaje, pero al padre la memoria de la madre le (dar) _____ ánimos de continuar.   10. El padre (acordarse) _____ de cuando (nacer) _____ Ignacio. También el viejo (regañar) _____ al hijo y (maldecir) _____ la sangre que (llevar) _____.   11. Ignacio (quedarse) _____ callado.   12. Al llegar al pueblo el viejo (oir) _____ que por todas partes (ladrar) _____ los perros.

FUENTE DE PALABRAS

Palabras con cambio de vocal

Spanish words with **ie** or **ue** in the stressed syllable are often related to English words with **e** or **o**. Knowing this relationship often lets you guess the meaning of the Spanish word.

ie ↔ **e**	la **tie**rra	[terrain]	*earth, ground*
ue ↔ **o**	el **cue**rpo	[corpse]	*body*

TRANSFORMACIONES

Complete cada palabra de la columna B con la vocal correcta. Entonces para cada palabra de la columna A, dé el significado inglés indicado en la columna C.

A	B	C
1. el diente	d __ ntist	t _____
2. el viento	v __ ntilator	w _____
3. ciento	c __ nt	h _____
4. la serpiente	s __ rpent	s _____
5. la puerta	p __ rtal	d _____
6. la muerte	m __ rtuary	d _____
7. fuerte	f __ rceful	s _____
8. la muela	m __ lar	t _____
9. el cuello	c __ llar	n _____

Composiciones dirigidas

1. ¿Cómo ha sido la vida del padre?

   PALABRAS CLAVES   esposa / otro / hijo / morir / sostén / Ignacio / robar / matar / dificultades / vergüenza / sangre / maldecir / importar / cansado / viejo / sudor / esperanza / rabia / nada

2. Describa usted los elementos de la naturaleza en el cuento.

   PALABRAS CLAVES   piedra / orilla / arroyo / noche / luz / haber / luna / colorado / tierra / monte / cielo

Composición libre

Imagínese que usted es el hijo. Cuente la historia desde su perspectiva.

Otros temas

1. ¿Es distinto el padre del cuento a otros padres que usted conoce? ¿Cómo?
2. ¿Qué espera usted de sus padres? ¿Qué esperan ellos de usted?
3. ¿Nos presenta el autor una visión optimista o pesimista de la vida? Explique.
4. ¿Qué es peor — el abuso mental o el abuso físico? ¿Por qué?
5. En su opinión, ¿cuáles son las responsabilidades de los hijos con respecto a sus padres?
6. ¿Piensa usted tener hijos algún día? ¿Cuáles son los valores más importantes que usted quiere enseñarles a sus hijos?

El décimo

Emilia Pardo Bazán

Emilia Pardo Bazán

(1852–1921), born in La Coruña, is one of Spain's most prolific and polished short-story writers. She was influenced by the theories of French naturalism and tried in her work to create a faithful portrayal of reality. In "El décimo," which first appeared in *En tranvía*, Pardo Bazán recounts the story of a bachelor in Madrid, who buys a winning lottery ticket and then misplaces it.

¿La historia de mi boda? Óiganla ustedes; es bastante original.

Una chica del pueblo, muy mal vestida,° y en cuyo rostro° se veía pintada el hambre,° fue quien° me vendió el décimo[1] de billete de lotería, a la puerta de un café, a las altas horas° de la noche. Le di por él° la enorme cantidad de un duro.[2] ¡Con qué humilde° y graciosa sonrisa respondió a mi generosidad!

    dressed
    face / hunger / the one who

    = **muy tarde** / = **el billete**
    humble

—Se lleva usted la suerte,° señorito° —dijo ella con la exacta y clara pronunciación de las muchachas del pueblo de Madrid.

    Se... you are lucky / young man

—¿Estás segura? —le pregunté en broma,° mientras yo metía° el décimo en el bolsillo del sobretodo° y me subía° el cuello° a fin de° protegerme del frío de diciembre.

    jest
    put / overcoat / raised
    collar / in order to

—¡Claro que estoy segura! ¡Ya lo verá usted, señorito! Si yo tuviera dinero no lo compraría usted[3]... El número es el 1.620; lo sé de memoria, los años que tengo,° diez y seis, y los días del mes que tengo sobre los años, veinte justos.° ¡Ya ve si lo compraría yo!

    los... my age
    exactly

—Pues, hija —respondí queriendo ser generoso—, no te apures:° si el billete saca premio°... la mitad° será para ti.

    don't worry / **saca**... wins / half the prize

Una alegría loca se pintó en los negros ojos de la chica, y con la fe más absoluta, cogiéndome° por un brazo, exclamó:

    holding

—¡Señorito! por° su padre y por su madre, déme° su

    in the name of / give me

---

[1] **el décimo** one-tenth share of a lottery ticket (**billete de lotería**).
[2] **un duro** Spanish coin worth five pesetas.
[3] **Si... usted** If I had the money, you would not (be able to) buy it. (If the girl had the money, she would have bought it herself.)

nombre y las señas° de su casa. Yo sé que dentro de ocho   address
días seremos° ricos.   we will be

Sin dar importancia a lo que la chica decía le di mi
nombre y mis señas; y diez minutos después ni recordaba el
incidente.

Pasados cuatro días, estando en la cama, oí gritar° la   oí... I heard (them) call out
lista de la lotería. Mandé que mi criado la comprara, y
cuando me la trajo, mis ojos tropezaron° inmediatamente   came upon
con el número del premio gordo.[4] Creí que estaba
soñando,° pero no, era la realidad. Allí, en la lista, decía   dreaming
realmente 1.620... ¡Era mi décimo, la edad° de la   age
muchacha, la suerte para ella y para mí! Eran muchos
miles de duros lo que representaban aquellos cuatro
números. Me sentía tan dominado por la emoción que me
era imposible decir palabra y hasta° mover las piernas.°   even / legs
Aquella humilde y extraña criatura, a quien nunca había
visto antes, me había traído la suerte, había sido mi
mascota[5]... Nada más justo que dividir la suerte con ella;
además, así se lo había prometido.

Al punto deseé sentir en los dedos el contacto del
mágico papelito. Me acordaba bien: lo había guardado en el
bolsillo exterior del sobretodo. ¿Dónde estaba el sobretodo?
Colgado° allí en el armario[6]... A ver... toco[7] aquí, busco   Hung up
allá... pero nada, el décimo no aparece.

Llamo al criado° con furia, y le pregunto si había   servant, butler
sacudido° el sobretodo por la ventana... ¡Ya lo creo que lo   shaken
había sacudido! Pero no había visto caer nada de los
bolsillos; nada absolutamente... En cinco años que hace
que está a mi servicio no le he cogido nunca mintiendo.° Le   no... I never caught him lying
miro a la cara; le he creído siempre, pero ahora, no sé qué
pensar. Me desespero,° grito, insulto, pero todo es inútil.   I become desperate
Me asusta° lo que me ocurre. Enciendo° una vela,° busco   frightens / I light / candle
en los rincones,° rompo armarios,[8] examino el cesto° de los   corners / basket
papeles viejos... Nada, nada.

A la tarde, cuando ya me había tendido° sobre la cama   stretched out
para ver si el sueño° me ayudaba a olvidarlo todo, suena° el   sleep / rings

---

[4] **el premio gordo** first prize. Literally, the fat prize. It is also called simply
el gordo. Sacar el gordo means *to win first prize.*

[5] **mascota** good-luck charm. **Una mascota** can be a person, an animal, or
an object that is thought to bring good luck.

[6] **el armario** free-standing wardrobe or "armoire," in which clothing is
kept.

[7] The narrator suddenly switches to the present tense to indicate how upset
he became upon not finding the winning lottery ticket, and how
frantically he began looking for it.

[8] **rompo armarios** I throw the contents of the wardrobes all over the floor.
Literally, I smash the wardrobes.

timbre.° Oigo al mismo tiempo en la puerta ruido de dis-   bell
cusión, voces de protesta de alguien que se empeña° en   persists
entrar, y al punto veo ante° mí a la chica, que se arroja° en   before / throws herself
mis brazos gritando y con las lágrimas en los ojos.

—¡Señorito, señorito! ¿Ve usted como yo no me en-
gañaba?° Hemos sacado el gordo.   was not fooling

¡Infeliz de mí!° Creía haber pasado lo peor del   = ¡**Pobre de mí!**
disgusto, y ahora tenía que hacer esta cruel confesión; tenía
que decir, sin saber cómo, que había perdido el billete, que
no lo encontraba en ninguna parte, y que por consiguiente°   consequently
nada tenía que esperar de mí la pobre muchacha, en cuyos
ojos negros y vivos temía ver brillar la duda y la desconfianza.[9]

Pero me equivocaba,° pues cuando la chica oyó la   I was mistaken
triste noticia, alzó° los ojos, me miró con la honda° ternura°   she raised / deep / tenderness
de quien siente la pena ajena° y encogiéndose de hombros°   someone else's sorrow / shrugging her
dijo: shoulders

—¡Vaya por la Virgen![10] Señorito... no nacimos ni
usted ni yo para ser ricos.

Es verdad que nunca pude hallar° el décimo que me   find
habría dado la riqueza, pero en cambio la hallé a ella, a la
muchacha del pueblo a quien, después de proteger y
educar,[11] di la mano de esposo° y en quien he hallado más   di... I married
felicidad que la que hubiera podido comprar° con los   I would have been able to buy
millones del décimo.

¿Qué pasó?

1. ¿Sobre qué era la historia?
2. ¿Dónde tuvo lugar? ¿Cuándo?
3. ¿Quién le vendió el billete de lotería al señor?
4. ¿Qué es un décimo?
5. ¿Cuánto le dió el señor a la chica? ¿Cómo reaccionó ella?
6. ¿Dónde puso el señor el billete de lotería?
7. ¿Qué mes era?
8. ¿Qué número tenía el billete de lotería? ¿Qué significado especial tenía?
9. ¿Qué le prometió él a la chica si ganaba? ¿Cómo respondió ella?

---

[9]**temía... desconfianza.** I was afraid I would see signs of doubt and
distrust. Literally, I was afraid to see doubt and distrust sparkle (in her
eyes).

[10]**¡Vaya por la Virgen!** If that's what the Virgin Mary wants! This expression indicates an unquestioning acceptance of one's fate.

[11]**después de proteger y educar** after becoming her guardian and looking
after her education.

10. ¿Qué le pidió la niña al señor?
11. ¿Cuándo salió la lista de números premiados?
12. ¿Cuánto había ganado el señor?
13. ¿Qué le había traído la chica?
14. ¿Qué creía el señor que había hecho el criado con el sobretodo?
15. ¿Qué hizo el señor para encontrar el billete?
16. ¿Quién llegó a la casa por la tarde? ¿Qué le dijo al señor?
17. Cuando el señor le explicó a la chica que había perdido el billete, ¿cómo le respondió ella?
18. Después de proteger y educar a la chica, ¿qué más hizo el señor? ¿Por qué?

Interpretación

1. Comente usted sobre el estilo que emplea la autora en el primer párrafo. ¿Qué efecto inmediato produce en el lector?
2. ¿Cómo es el narrador? ¿Qué clase de vida lleva? ¿Cuántos años tendrá?
3. ¿Por qué le fue más fácil a la vendedora de billetes aceptar la pérdida que al señor?
4. Esta historia tiene lugar alrededor de 1900. ¿Qué impresión se lleva usted de la ciudad de Madrid de aquella época?
5. Después de proteger y educar a la chica, el señor se casa con ella. ¿Por qué? ¿Qué se puede inferir de este hecho con respecto a la personalidad del narrador?

OBSERVACIÓN

El pluscuamperfecto

The pluperfect is formed with the imperfect tense of **haber** + past participle (**-ado** or **-ido** form of verb). It is used to describe completed events that occurred before another past event or point in past time.

… me **había traído** la suerte.	. . . *she **had brought** me luck.*
… se lo **había prometido.**	. . . *I **had promised** it to her.*

¡Otra vez!

Vuelva a contar la historia, cambiando los verbos en itálicas al pretérito, al imperfecto o al pluscuamperfecto.

1. El narrador *cuenta* la historia de su boda.
2. Una pobre chica del pueblo de Madrid le *vende* un décimo de billete de la lotería.
3. El señor le *da* un duro a la chica quien *responde* con una graciosa sonrisa.
4. La vendedora de billetes le *dice* al señor que se *lleva* la suerte.
5. El señor *mete* el billete en el bolsillo del sobretodo.
6. El señor le *asegura* que si el billete *saca* premio, *va* a darle la mitad.
7. La chica le *pide* su nombre y señas.

8. Cuatro días más tarde, la lista de números premiados *sale*.
9. El número del billete que *ha* sacado el premio gordo *es* el de su décimo.
10. Después de buscar el billete en todas partes, el señor no *puede* encontrarlo.
11. Cuando la chica *viene* a la casa, el señor *tiene* que confesarle que se le *ha* perdido el billete.
12. La chica le *contesta* con ternura que ni ella ni él *ha* nacido para ser ricos.
13. El señor, aunque nunca *halla* el décimo, *ha* conocido a la chica.
14. Después de proteger y educar a la chica, el señor se *casa* con ella y *viven* felices.

FUENTE DE PALABRAS

Substantivos derivados de verbos

Some Spanish nouns are derived from verbs according to this pattern: infinitive stem + suffix.

-or	**temer** (*to fear*)	→ **el temor** (*fear*)
-amiento (**-ar** verbs)	**pensar** (*to think*)	→ **el pensamiento** (*thought*)
-imiento (**-er**, **-ir** verbs)	**descubrir** (*to discover*)	→ **el descubrimiento** (*discovery*)

TRANSFORMACIONES

Dé el sustantivo que corresponde al infinitivo. Después, tradúzcalo.

-or

1. amar (*to love*)
2. doler (*to give pain*)
3. valer (*to be worth*)
4. temblar (*to tremble*)

-amiento

5. casarse (*to marry*)

-imiento

6. nacer (*to be born*)
7. remorderse (*to feel remorse*)
8. establecer (*to establish*)
9. consentir (*to consent*)
10. conocer (*to know*)
11. sentir (*to feel*)
12. mover (*to move*)
13. crecer (*to grow*)

Composición dirigida

Haga un retrato de la vendedora de billetes.

PALABRAS CLAVES   chica / pobre / mal / vestido / rostro / hambre / tener / diez y seis / ojo / negro / vender / lotería / señor / suerte / perder / felicidad

Composición libre

Cuente la historia desde el punto de vista de la vendedora de billetes.

Otros temas

1. ¿Jugaría usted a la lotería? ¿Por qué? ¿Qué número cree usted que le traería suerte?
2. ¿Qué hecho ha sidó el más feliz de su vida hasta ahora?
3. ¿Qué haría usted si hubiera comprado un billete de lotería premiado y lo hubiera perdido antes de cobrarlo?
4. ¿Cree usted en la suerte? ¿Ha tenido usted buena o mala suerte? Explique.
5. El profesor Higgins de la comedia musical *My Fair Lady* trata de educar a una chica del pueblo. Compare y contraste esta historia con la de *El décimo*.
6. Describa usted la mascota de su escuela.

Un perro, un niño, la noche

Amalia Rendic

Amalia Rendic

(1928–   ), born in Antofagasta, Chile, began her academic career as professor of literature at the University of Santiago. In her short stories, she combines realism and poetry to portray life in contemporary Chile. In "Un perro, un niño, la noche," which was first published in *Cuentos infantiles* (1967), a worker's son is asked to care for the dog of one of the American directors of the local copper mine.

El sol se diluía° en pequeños cuerpecillos de oro.° La luz
débil de los faroles° combatía° apenas la obscuridad y la
neblina° que avanzaban invadiendo todo el campamento.[1]
Una pequeña muchedumbre,° compuesta por palanqueros,
maquinistas, trabajadores de los molinos de piedra, barre-
teros, volvía al hogar.° El regreso era lento y silencioso por
efecto de la puna.[2] El mineral° de Chuquicamata[3] está a
más de dos mil ochocientos metros sobre el nivel del mar.

    Al llegar hacia el barrio Brinkeroft,[4] el grupo empezó a
desintegrarse hacia diferentes calles del campamento
obrero. A través de ventanas y puertas entreabiertas° se di-
visaban° claridades de hogar.° El obrero Juan Labra, ma-
quinista esforzado° y excelente compañero, seguía por una
de las tantas° callejuelas,° quejumbroso° aún por la es-
tridencia° de silbidos° y sirenas de las maestranzas.° En su
rostro° joven y ya surcado de cisuras como vetas[5] se disi-
paron° de pronto las preocupaciones y súbitas° ráfagas° de
ternura° le afloraron° a los ojos. Como algo natural, recibió

*faded softly / **pequeños…** golden rays*
*street lamps / **was fighting against***
fog
crowd

volvía… were going home
mine

half-open
*were visible / **claridades…** household lights*
*= **fuerte***
*numerous / = **calles cortas y estrechas** / sighing*
shrillness / whistles / work areas
*= **cara***
vanished / sudden / bursts
tenderness / filled

---

[1] **el campamento** mining camp. Workers (**obreros**) at the immense open-pit copper mine include the men handling the pile drivers (**palanqueros**), the machinists (**maquinistas**), those who crush the ore (**trabajadores de los molinos de piedra**) and the miners (**barreteros**).

[2] **la puna** breathing difficulty caused by the high altitude: over 9,000 feet above sea level.

[3] **Chuquicamata** (also referred to simply as **Chuqui** by the inhabitants) largest copper mining town in the Chilean Andes; population, 30,000.

[4] **el barrio Brinkeroft** Prior to nationalization in the 1970s, 90 percent of the mines were owned by Americans. Since Chuquicamata is located in a desert area, all housing, water, and supplies were provided by the mining companies like Brinkeroft.

[5] **surcado de cisuras como vetas** with deep wrinkles resembling veins of ore. Literally, furrowed with indentations like veins of ore.

la ofrenda° de cariño de su joven familia. Allí estaba
Juanucho,° esperándolo como todas las tardes en la puerta
de la casa. Mocito° de nueve años, de ojos vivaces° y
curiosos, bastante fornido° para su edad y de pies muy andariegos.° La mina para él no tenía secretos. Palmo a
palmo[6] conocía todos sus misterios. Parlanchino,° sólo la
sonrisa lograba° interrumpir su constante barbullar.° Con la
cara pegada a° la pequeña reja° del jardín, observó lleno de
curiosidad a un norteamericano de gran estatura° que venía
detrás de su padre.

—¡Papá, un gringo° te sigue, viene a nuestra casa! —le
susurró° asustado,° a manera de saludo, a su progenitor.° La
calle se veía desierta. Obsesionaba a Juanucho la presencia
de Black, el enorme perro pastor° que permanecía junto a
míster Davies, el amo.° Black era para éste° uno de esos
seres° que habían logrado entrar en sus afectos. Una
especie° de compañero en su existencia solitaria en tierra
extranjera.

—Pase usted, míster Davies; en lo que podamos
servirlo° —dijo el minero Juan Labra, sacándose° con
respeto su casco° metálico y abriendo la pequeña puerta de
la reja. Apenas disimulaba° su asombro° al ver a uno de los
jefes de la compañía frente a su puerta.

—Yo ser breve,[7] señor Labra. Yo necesitar° un favor
grande de parte suya. Pronto debo partir hacia Antofagasta[8]
y querer° dejar bajo su custodia, por unos días, a este mi
buen amigo Black. Usted ser° bondadoso. En Calama[9]
usted integrar° junta de protección a animalitos.° Todo
saberlo,° —dijo míster Davies, contemplando° a su perro.

—Muy bien, míster Davies, muchas gracias por la
confianza. Aquí estará a gusto.° Trataremos° que el perro
no sufra. Mi hijo Juanucho lo cuidará en su ausencia°
—respondió Labra, acomodándose° la chaqueta y sintiendo°
un raro cosquilleo° de satisfacción por dentro.

—Yo dejarlo° en sus manos y muchas gracias. Hasta
pronto, señor Labra. Ser hasta° muy pronto, Black… ¡Ah,

---

ofrenda°	= regalo
Juanucho,°	little Juan
Mocito°	= Niño / lively
fornido°	= fuerte
andariegos°	de… fond of walking
Parlanchino,°	Talkative
lograba°	managed / chattering
pegada a° / reja°	pressed against / iron gate
gran estatura°	= muy alto
gringo°	= norteamericano
susurró° asustado° / progenitor°	he whispered / frightened / father
pastor°	shepherd
amo° / éste°	owner, master / = M. Davies
seres°	beings
especie°	kind
servirlo° / sacándose°	en… what can we do for you? / taking off
casco°	miner's hat
disimulaba° / asombro°	concealed / astonishment
necesitar°	= Yo necesito
querer°	= quiero
ser°	= Usted es
integrar° / animalitos°	= usted integra / junta… society for the protection of animals
saberlo° / contemplando°	= Todos lo saben / = mirando
a gusto° / Trataremos°	= contento / We shall make sure
ausencia°	absence
acomodándose° / sintiendo°	adjusting / feeling
cosquilleo°	sensation
dejarlo°	= lo dejo
hasta°	= Volveré

---

[6] **Palmo a palmo** Inch by inch (see p. 41)

[7] **Yo ser breve** = (yo) **hablaré brevemente** "I shall speak briefly." Mr. Davies, an American who has been sent to manage the mine in Chile, speaks a pidgin Spanish. Note that he uses subject pronouns and infinitives rather than conjugated verb forms.

[8] **Antofagasta** major Chilean seaport, about 150 miles southwest of Chuquicamata, from which the copper is exported around the world.

[9] **Calama** small town at a lower altitude, twenty miles southwest of Chuquicamata.

olvidarme yo!° Aquí dejar° sus provisiones de carne envasada.° Ser° su alimento° predilecto.°

El amo y el perro se veían apesadumbrados.° Black tironeó° los pantalones a su dueño, éste° se inclinó y acariciando° la cabeza de puntiagudo hocico,° partió. El animal quiso seguirlo, pero lo retuvieron° como una especie de cadena° los brazos de Juanucho. Black ladró entrecortadamente,° olfateando° el aire. Sobresalía° su lengua roja y empapada.° Respiraba acezante.° El niño cerró la reja. Black se irguió° con cara de pocos amigos. Su pelaje° lustroso,° la esbeltez,° la dignidad de su porte,° acusaban° la rama heráldica[10] de su origen. Era un perro comprado en oro° y triunfador en muchos concursos° por su pedigree.

Como si se tratase de° un hermano menor, el niño empezó a hablarle. Largo rato se miraron sin siquiera pestañear.° Los ojos del perro estaban fijos, y en ellos, como pequeños puntos luminosos,° se reflejaba la imagen° del niño. Tímidamente acarició el lomo° del perro, quien olfateó el aire y tiempo después respondió con un desganado° movimiento de su cola.°

El pequeño Labra° continuó su extraño° soliloquio° con Black. Empezaron a cobrarse simpatía.° Tras las horas oscuras de la noche envuelta en camanchaca[11] llegó el amanecer° y luego el día, que como siempre despuntó° en medio de esas dos moles° inmensas que forman los volcanes San Pedro y San Pablo. Todo aparecía de un color azul mojado.

En el patio de la casa obrera, Black despertó con las primeras sirenas y al contemplar el desfile° de mineros fue como si a él también le hubiese amanecido° algo grande en el pecho.° Respondió a las nuevas impresiones con ladridos° que estallaban.° A primera hora,° Juanucho, desde su mundo de fantasía, fue al encuentro° de su amigo improvisado° y durante días y más días salieron juntos a todas partes.

Desafiando° el viento, corrían por esa cinta° sinuosa° y gigantesca que es el camino a Calama. Sin conocer el cansancio,° penetraron en la inmensa vastedad de la puna.

Marginal glosses:

= se me olvidó   I forgot / = dejaré
canned / = Es / = comida / = favorito
sad
pulled / = Davies
patting / de... with pointed snout
held back
chain
falteringly / sniffing / was hanging out
wet / anxiously
stood erect
fur / shining / slenderness / bearing
were indications of
expensive / dog shows

Como... As if he were

sin... without even blinking
bright / face
back

reluctant / tail
= Juanucho / strange / monologue
a... to become fond of each other

dawn / broke
masses

procession
hubiese... had awakened
heart / barks
sounded like explosions / First thing in the morning
fue... went out to see
new

Challenging / ribbon / winding

fatigue

---

[10] **rama heráldica** pedigree. Literally, the branch of a family possessing a coat of arms: a noble lineage.

[11] **envuelta en camanchaca** foggy. Camanchaca is the name given to the low, thick, creeping fog characteristic of northern Chile. (A product of the cold Humboldt Current, this fog does not modify the desert climate of the area.)

Jugando se zambullían° en los grises residuos° de cobre° de la torta,° esa masa informe° y majestuosa° de tierra metálica. Trataban de coger° los reflejos luminosos verde-azules y amarillos que forman alucinantes coloraciones con el abrazo del sol.°

Así transcurrían° las horas y llegaban los anocheceres,° tornándose° cada vez más cálidos° los lazos° de amistad que lograban unirlos.° Una creciente° angustia nublaba° la efímera° dicha° del niño. Pensaba que el plazo° pronto se vencería.° Era indudable° el regreso de míster Davies.

—Papá, ¿no puedes pedirle al míster que nos regale° a Black? ¿Por qué no se lo compras?

—No, Juanucho, no será nunca nuestro. Es muy fino,° vale su precio en oro. Estos son perros de ricos. A los gringos les gusta pasearse con ellos y presentarlos a concursos —respondió con una sonrisa amarga° el obrero.

—Cuando yo sea grande se lo compraré —respondió Juanucho con decisión—. ¡No quiero que se lo lleven,° es mi amigo! —gritó casi a su padre.

Un día, al regresar de su paseo por las márgenes del Loa,[12] empezó a soplar° un feo viento de cordillera.° Venían empapados° con la seda húmeda° de la camanchaca. Al llegar frente a su puerta se detuvieron° como ante algo temido° y esperado.°

¡Míster Davies! Había vuelto. El pequeño trató de explicar lo que en su vida significaba° el perro, pero las palabras brotaron° en su corazón y quedaron en la garganta reseca.° Fue un momento triste.

—¡Adiós, amiguito, y buena suerte! —balbuceó° con las pupilas° mojadas y retorciéndose° las manos nerviosas.

Míster Davies le dio las gracias más sinceras. Con precoz hombría de bien,[13] el niño no aceptó gratificación° alguna.

Black echó a° caminar con desgano° tras su antiguo° dueño, y escudriñando° ávidamente° los rincones, se despidió de° los barrios obreros camino hacia° el campamento americano. Juanucho, pasado el primer acceso de desesperación,° reflexionó, porque sabía que un perro fino no era para él. Black siguió su marcha. La armonía logró establecerse en ambas partes.

---

[12] **las márgenes del Loa** the banks of the Loa River, which runs from Chuquicamata to Calama and then northwest to the Pacific Ocean.

[13] **Con precoz hombría de bien** Like a young gentleman. Literally, with a precocious sense of integrity (that implies he would not take payment for services rendered).

Glosses (right column):

they dove / residues
copper / mine pit / shapeless / majestic
collect

con... in the sunlight

= **pasaban** / nightfalls
becoming / affectionate / ties
= **unir a Juanucho y a Black** / growing / clouded
short-lived / happiness / time together
would come to an end / = **cierto**
give

fine, elegant

bitter

se... they take him (Black) away

to blow / **feo**... nasty mountain wind
wet / **seda**... silk-like mist
they stopped
feared / anticipated

meant
welled up
parched
he stammered
= **ojos** / wringing

payment

= **empezó a** / reluctance / former
examining / eagerly
se... said good-bye to / on the road towards

acceso... encounter with despair

Pero llegó la soledad de la noche, cuando las almas analizan hasta el último retazo° de la propia vida° y entonces todo fue inútil.° Se derrumbó° la defensa de Juanucho y rompió a sollozar.° Algo provocó una corriente° de comunicación entre los sentimientos del niño y del animal a través del espacio y en ese mismo instante, en el campamento americano, el perro empezó a aullar.° En el cerebro° del niño desfilaban° las imágenes° de Black, y como por una secreta influencia, el perro ladraba enfurecido,° pidiendo° al viento interpretara° su mensaje.° Primero fue un concierto lastimero,° luego se hizo ensordecedor.°

Juanucho sollozó la noche entera en una queja° suplicante° que también se convirtió° en un raro concierto que fustigaba° las quietas calles del mineral.

Míster Davies estaba perplejo ante Black. ¿Qué puede hacer un hombre frente a un perro que llora? Una nueva verdad tomó posesión del cerebro del gringo. Black ya no le pertenecía,° le había perdido el cariño.

Labra no encontraba cómo conformar° al hombrecito° lloroso° y afiebrado.° Porque, ¿qué puede hacer un hombre frente a un niño que llora? Labra quería ver otra vez la risa segura y fácil de su hijo. Sintió el deber de conquistarla.[14] A él la pobreza lo había aguijoneado° muchas veces, pero esto no lo soportaba.° Algo inusitado° tendría que suceder° en el mineral en esta noche de excitación.°

Como si hubiese llegado la hora en que todos los hombres fuesen hermanos,[15] se echó° su manta° a los hombros,° cogió la linterna° y partió hacia el barrio alto para ver si podría ser realidad un milagro.° Sí, tenía que darse ánimos° y atreverse.° Él, un modesto obrero, siempre apocado° y silencioso, iría a pedirle el fino, hermoso y premiado° perro Black a uno de los jerarcas° de la compañía. Aspiró con fuerzas° el aire frío de la noche y se estremeció° pensando en su audacia.° Subía hacia el campamento americano.

En forma sorpresiva,° unos ojos pardos° y fosforescentes° brillaron a la luz de su linterna. Labra se sobresaltó.° Un olor° a pipa y tabaco fino y unos ladridos familiares lo detuvieron°...

¡Míster Davies salía a su encuentro a esa hora y se dirigía hacia el pabellón° de los obreros!

---

fragment / **la**... life itself
useless / Collapsed
rompió... he began to sob
flow

to howl
mind / were parading by / memories

furiously / asking / transmit / message
plaintive
se... it became deafening

moan
imploring / turned into
whipped through

ya... no longer belonged to him
to comfort / = **Juanucho**
tearful / feverish

lo... had stung him
esto... this he was unable to bear /
  unexpected / **tendría**... would have
  to happen
uneasiness
he threw / poncho
shoulders / flashlight
miracle
to give himself courage / to be daring
= **tímido**
prize-winning / = **jefes**
He breathed deeply
shuddered / boldness

unexpected / brown
phosphorescent
was startled / smell
stopped

housing area

---

[14] **Sintió... conquistarla.** He felt obliged to win back Juanucho's smile.
[15] **Como... hermanos** As if the hour had arrived when all men would be brothers.

Algo mordió el corazón de los hombres.[16] No eran necesarias las palabras.

—Ya no pertenecerme° —balbuceó° el míster, depositando en las manos obreras la maciza° cadena° metálica de Black.

    = no me pertenece / stammered
    heavy / leash

Labra cogió al animal con manos temblorosas° y un regocijo° triste calentó° su sonrisa. No hubo gracias exaltadas, sólo una muda° y recíproca comprensión. Black, tironeando,° lo obligó a seguir las huellas° hacia el barrio de Juanucho.

    trembling
    happiness / warmed
    silent
    tugging / tracks

En el trance° del milagro, un nuevo calor entibió° la noche de Chuqui.

    = momento / tempered

¿Qué pasó?

1. ¿Dónde tiene lugar este cuento?
2. ¿Cómo es el ambiente del campamento?
3. ¿Cuáles son los trabajos de los mineros?
4. ¿Por qué es lento y silencioso el regreso al hogar?
5. ¿Qué hace Juan Labra en la mina?
6. ¿En qué estado regresa el padre del trabajo?
7. ¿Cómo lo recibe su joven familia?
8. ¿Cuántos años tiene Juanucho? ¿Cómo es?
9. ¿A qué vino míster Davies?
10. ¿Qué le obsesionaba a Juanucho?
11. ¿Que representaba Black en la vida de míster Davies?
12. ¿Por qué sentía asombro Juan Labra?
13. ¿Qué favor le pide míster Davies al padre de Juanucho?
14. ¿Qué hacían juntos Juanucho y Black?
15. ¿Por qué sentía Juanucho una creciente angustia?
16. ¿Qué quiere Juanucho que le pida su papa a míster Davies? ¿Qué le contesta el padre al hijo?
17. Al regresar míster Davies, ¿cómo reaccionó Juanucho? ¿y Black?
18. Después de separarse, ¿qué hicieron Black y Juanucho durante la noche?
19. ¿Cuál era el objetivo del padre de Juanucho cuando partió hacia el campamento americano?
20. ¿Cómo describe la autora los momentos en que Juan Labra y míster Davies se encuentran?
21. ¿Por qué sintió Juan Labra un «regocijo triste» al coger a Black?
22. ¿Quién esperaba a Black y Juan Labra en el barrio obrero?

---

[16]**Algo... hombres.** Something touched the hearts of the two men. Literally, **morder** means *to bite.*

Interpretación

1. ¿Qué influencia tiene la camanchaca en las personas de la comunidad minera?
2. ¿Cuál es el significado de la noche en este cuento? ¿Por qué es parte del título del cuento?
3. Describa usted la relación entre Juanucho y Black.
4. ¿Es el personaje de míster Davies un estereotipo? ¿Qué impresión se lleva el lector de él? ¿Y los mineros? Explique.
5. ¿Cómo funciona el elemento de la soledad en el relato?

OBSERVACIÓN

El subjuntivo y el indicativo

The subjunctive in Spanish is used to describe situations that are uncertain. The imperfect subjunctive and the past perfect subjunctive (formed with the imperfect subjunctive of **haber** + past participle) are always used after **como si** to stress the unreality of the condition introduced and to remove it from the present.

Como si se tratase de un hermano menor...	**As if he were** a younger brother . . .
Como si hubiese llegado la hora en que todos los hombres fuesen hermanos...	**As if** the hour **had arrived** when all men would be brothers . . .

The subjunctive is used after **cuando** when the main clause is in the future. This is because the action of the when-clause has not yet been realized.

Cuando yo sea grande, se lo compraré.	**When I am** big, I will buy it for you.

(NOTE: If the main clause is in the present or the past, the verb after **cuando** is in the indicative because no uncertainty exists.

Cuando era niño, mis padres me compraron un perro.	**When I was** a child, my parents bought me a dog.

¡Otra vez!

Vuelva a contar la historia, cambiando todos los verbos en itálicas al tiempo pasado apropiado. ¡Preste atención al subjuntivo!

1. Juan Labra *regresa* a su casa contento de que otro día de trabajo en la mina *haya* terminado.   2. *Es* bueno que su familia *reciba* con cariño al maquinista fuerte.   3. El hijo Juanucho *se asusta* que un gringo *siga* al padre a la casa.   4. El norteamericano les *pide* a los Labra que *cuiden* a su perro Black cuando él *esté* en Antofagasta.   5. El padre *dice* que *tratarán* que el perro no *sufra*.   6. *Está* agradecido y orgulloso de que míster Davies *tenga* tanta confianza en su familia.   7. Black no *quiere* que su amo lo *deje*.   8. Juanucho *tiene*

que retener a Black con sus brazos y le *impresiona* mucho que el perro *sea* tan fuerte y fino.   9. *Es* natural que el niño y el perro *jueguen* mucho y que *se hagan* buenos amigos. 10. *Es* seguro que míster Davies *regresará* dentro de poco pronto.   11. El hijo le *dice* al papá que *compre* el perro pastor.   12. Sin embargo, el padre *explica* al hijo que cuando *vuelva* míster Davies de Antofagasta, el perro se *irá* con su amo.   13. El niño y el perro se *pondrán* muy tristes cuando se *separen*.   14. *Es* lástima que Juanucho *llore* y que Black *ladre* tanto.   15. *Es* un milagro que, al final, míster Davies *regale* el perro a Juanucho.

FUENTE DE PALABRAS

Más cognados (es-)

Many Spanish words which begin with **es-** have English cognates that begin with **s-**.

> **la estatura** ↔ *stature*

TRANSFORMACIONES

Dé el cognado inglés de cada palabra.

1. la escuela
2. el espíritu
3. el estudio
4. el estado
5. el espacio
6. la escena
7. el escándalo
8. el esposo
9. el estilo
10. especial
11. estúpido
12. espectacular

Composiciones dirigidas

1. Describa usted a Juanucho.

   PALABRAS CLAVES mocito / nueve / ojos / curioso / vivaz / parlanchino / fornido / sonrisa / cariño / Black

2. Haga un retrato de Black.

   PALABRAS CLAVES ser / perro pastor / fino / hermoso / triunfador / concursos / amigo

Composiciones libres

1. Cuente usted esta historia desde el punto de vista de Juanucho.
2. Imagínese que usted es míster Davies. Escriba a una amiga una carta que describe los hechos de los últimos seis meses.
3. ¿Cómo describiría usted la actitud y las acciones de Black?

Otros temas

1. ¿Cuál es el milagro en el final del cuento? ¿Cree usted en los milagros?
2. Describa usted algunas diferencias sociales y económicas entre Juan Labra y míster Davies. La noche de la separación de Juanucho y Black, ¿en qué se parecían los dos hombres?
3. En su opinión, ¿cómo es la vida en la mina?
4. ¿Qué piensa usted de los perros? ¿Son buenos amigos?
5. Compare y contraste usted la vida de Juan Labra y míster Davies.
6. ¿Cómo se parecen y cómo se diferencian Panchito de *Cajas de cartón* y Juanucho de *Un perro, un niño, la noche*? Comente usted sobre la personalidad y la vida de los dos niños.

Continuidad de los parques

Julio Cortázar

Julio Cortázar

Julio Cortázar (1914–   ), who was born in Belgium and educated in Argentina, currently makes his home in Paris and has recently been made a French citizen. One of Latin America's finest writers, he uses the novel and the short story to explore the thin boundary between reality and fantasy. In "Continuidad de los parques," which first appeared in *Final del juego* (1964), a rancher, returning home after a business trip, settles into his green velvet armchair to finish a novel . . . and finds that he has unexpectedly become part of the plot.

Había empezado a leer la novela unos días antes. La abandonó por negocios urgentes, volvió a abrirla cuando regresaba en tren a la finca;° se dejaba interesar° lentamente por la trama,° por el dibujo° de los personajes. Esa tarde, después de escribir una carta a su apoderado° y discutir con el mayordomo° una cuestión° de aparcerías,° volvió al libro en la tranquilidad del estudio que miraba° hacia el parque de los robles.° Arrellanado° en su sillón° favorito, de espaldas° a la puerta que lo hubiera molestado° como una irritante posibilidad de intrusiones, dejó que su mano izquierda acariciara° una y otra vez el terciopelo° verde y se puso a leer los últimos capítulos. Su memoria retenía sin esfuerzo los nombres y las imágenes° de los protagonistas; la ilusión novelesca° lo ganó° casi en seguida. Gozaba° del placer casi perverso de irse desgajando° línea a línea de lo que lo rodeaba,° y sentir a la vez° que su cabeza descansaba cómodamente° en el terciopelo del alto respaldo,° que los cigarrillos seguían° al alcance° de la mano, que más allá de los ventanales° danzaba el aire del atardecer° bajo los robles. Palabra a palabra, absorbido por la sórdida disyuntiva° de los héroes, dejándose ir hacia las imágenes que se concertaban° y adquirían° color y movimiento, fue testigo° del último encuentro en la cabaña° del monte. Primero entraba la mujer, recelosa;° ahora llegaba el amante, lastimada la cara por el chicotazo de una rama.[1] Admirablemente restañaba ella la sangre° con sus besos, pero él rechazaba° las

Margin glosses:
farm / se... he let himself get interested
plot / description
attorney
estate manager / an issue / share-cropping
looked out
oaks / Comfortable / armchair
with his back / bothered

caress / velvet

faces
novelistic / won him over / He was enjoying
irse... separating himself
de... from what surrounded him / at the same time
comfortably / back (of the chair)
= **estaban** / at his reach
large windows / early evening
dilemma

went together / acquired / **fue...** he witnessed
cabin
fearful

restañaba... she stopped the bleeding / rejected

---

[1] **lastimada la cara por el chicotazo de una rama** his face was bleeding where it had been scratched by a branch. Literally, his face injured by the whipping of a branch.

caricias,° no había venido para repetir las ceremonias de
una pasión secreta, protegida° por un mundo de hojas°
secas y senderos° furtivos. El puñal se entibiaba contra su
pecho,[2] y debajo latía° la libertad agazapada.° Un diálogo
anhelante° corría por las páginas como un arroyo de ser-
pientes,° y se sentía que todo estaba decidido desde siempre.
Hasta esas caricias que enredaban° el cuerpo del amante
como queriendo retenerlo y disuadirlo, dibujaban abominablemente la figura de otro cuerpo que era necesario
destruir. Nada había sido olvidado: coartadas,° azares,°
posibles errores. A partir de° esa hora cada instante tenía su
empleo minuciosamente° atribuido.° El doble repaso despiadado[3] se interrumpía apenas para que una mano
acariciara una mejilla.° Empezaba a anochecer.°

    Sin mirarse ya, atados° rígidamente a la tarea que los
esperaba,° se separaron en la puerta de la cabaña. Ella debía
seguir por la senda° que iba al norte. Desde la senda opuesta
él se volvió un instante para verla correr con el pelo suelto.°
Corrió a su vez, parapetándose en° los árboles y los setos,°
hasta distinguir° en la bruma° malva° del crepúsculo° la
alameda° que llevaba a la casa. Los perros no debían ladrar,
y no ladraron. El mayordomo no estaría° a esa hora, y no
estaba. Subió° los tres peldaños° del porche y entró. Desde
la sangre galopando° en sus oídos° le llegaban las palabras
de la mujer: primero una sala azul, después una galería,°
una escalera alfombrada.° En lo alto,° dos puertas. Nadie
en la primera habitación, nadie en la segunda. La puerta
del salón,° y entonces el puñal en la mano, la luz de los
ventanales, el alto respaldo de un sillón de terciopelo verde,
la cabeza del hombre en el sillón leyendo una novela.

Glosses (right margin):

caresses
protegida / leaves
paths
was beating / hidden
anxious
arroyo… dry river bed inhabited by snakes
entangled

alibis / lucky breaks
Starting from
meticulously / assigned

cheek / to get dark
bound
los… awaited them
path
loose
sheltering himself behind / hedges
hasta… until he could make out / mist / mauve, purple / dusk
tree-lined path
was not supposed to be around
He (the lover) went up / steps
rushing / = **orejas**
corridor
carpeted / At the top

drawing room

¿Qué pasó?

1. ¿Qué leía el hombre?
2. ¿Por qué había abandonado la novela? ¿Cuándo volvió a leerla?
3. ¿Dónde vivía el hombre?
4. ¿Qué tareas hizo antes de sentarse a leer?
5. ¿Cómo era su sillón favorito? ¿Que actitud tenía hacia el sillón?
6. ¿De qué gozaba el hombre?
7. ¿En dónde entraron la mujer y el amante?
8. ¿Qué le había pasado al amante?

---

[2] **El puñal… pecho** The dagger was being warmed against his chest

[3] **El doble repaso despiadado** The reviewing of the plans (**el repaso**) by the two lovers (**doble**) who showed no signs of remorse for what they were about to do (**despiadado**).

9. ¿Qué tenía el hombre contra el pecho?
10. ¿Qué habían decidido hacer? ¿Por qué?
11. ¿Cuándo ocurrió la historia del hombre y la mujer?
12. ¿Qué hizo el hombre al salir de la casa?
13. ¿En qué cuarto de la casa entró el hombre?
14. ¿En dónde estaba sentada la víctima? ¿Qué hacía?

Interpretación

1. ¿Cree usted que la novela dentro del cuento podría ser verdad y que el hombre leyéndola podría haber sido asesinado? ¿Por qué?
2. ¿Por qué cree usted que habían decidido cometer un homicidio aquel hombre y aquella mujer?
3. ¿Qué significa el título? ¿Qué clase de parque existe en el cuento? ¿Le parece a usted que el título de este cuento es apropiado? Explique.
4. ¿Cómo se imagina usted que es la mujer del relato? ¿rubia? ¿morena? ¿pelirroja? ¿alta? ¿baja? ¿Cuántos años tendrá ella? ¿Qué hará?
5. ¿Cuál es la importancia del lector que lee la novela?
6. Explique usted la relación entre el tono tranquilo y lento al principio del cuento y el desenlace rápido y violento.

OBSERVACIÓN

El participio presente

The present participle (**-ando** or **-iendo** form) is used frequently in Spanish descriptions.

la sangre **galopando** en sus oídos	*the blood **rushing** (= pulse beating) in his ears*
la cabeza del hombre en el sillón **leyendo** una novela	*the head of the man in the chair **reading** a novel*

The present participle may be used with direct, indirect, or reflexive pronouns that are attached to it.

Corrió... **parapetándose** en los árboles   *He ran . . . **taking cover** among the trees*

¡Otra vez!

Cambiando los verbos entre paréntesis al participio presente, vuelva usted a contar la historia.

1. El hombre no pudo seguir (leer) _____ la novela porque tenía unos negocios urgentes.
2. Sin embargo, (regresar) _____ a la finca en tren, logró volver a leerla.   3. Después de hacer

ciertas tareas fue a su estudio y, (sentarse) ＿＿ en su sillón de terciopelo verde, gozaba del libro.   4. (Sentir) ＿＿ que su cabeza descansaba cómodamente en el terciopelo del alto respaldo, y (saber) ＿＿ que los cigarrillos estaban al alcance de la mano, el hombre se puso a leer los últimos capítulos. La novela trataba de una mujer y su amante que planeaban un homicidio.   5. Leía que se separaban en la puerta de la cabaña, la mujer (seguir) ＿＿ la senda que iba al norte y el amante (esconderse) ＿＿ en los árboles.   6. Entonces el amante, (subir) ＿＿ los tres peldaños del porche y (llevar) ＿＿ consigo un puñal, entró en la casa rápidamente.   7. La víctima —el hombre— se sentaba en el sillón de terciopelo verde (leer) ＿＿ una novela.

FUENTE DE PALABRAS

Sufijos cognados (**-dad, -mente**)

Both English and Spanish expand word families by the use of suffixes. Note the following common patterns.

-dad ↔ *-ty*	**la continuidad**	*continuity*
-mente ↔ *-ly*	**rígidamente**	*rigidly*

TRANSFORMACIONES

Dé los cognados ingleses de cada palabra.

1. la tranquilidad
2. la originalidad
3. la intensidad
4. la inconformidad
5. la eternidad

6. fríamente
7. extremadamente
8. brevemente
9. ansiosamente
10. literalmente

Composiciones dirigidas

1. Resuma usted la acción en la cabaña.

   PALABRAS CLAVES   entrar / mujer / receloso / amante / sangre / rechazar / besos / caricias / puñal / diálogo / anhelante / tarea / destruir / separarse

2. ¿Cuál es la relación entre el sillón del personaje principal y el ambiente al principio del cuento?

   PALABRAS CLAVES   estar / estudio / favorito / terciopelo / verde / descansar / cómodo / cigarrillos / gozar / tranquilidad / robles / parque / leer / novela

Composición libre

1. ¿Cómo se imagina usted que sería la personalidad y la apariencia física del hombre leyendo la novela?
2. ¿Cómo se imagina usted al amante de la mujer?

Otros temas

1. ¿Cuáles son las características de un roble? ¿Por qué opina usted que el autor ha escogido este árbol para su cuento?
2. ¿De qué manera absorbe la novela al lector en el cuento? ¿Qué diferencias habría si el hombre estuviera mirando televisión?
3. ¿Cree usted en el azar (*chance*)? Explique.

Appendix

Verb Tables

I. REGULAR VERBS

A. Simple Tenses

Infinitive (Infinitivo)

hablar to speak   **comer** to eat   **vivir** to live

Present Participle (Gerundio o Participio Presente)

hablando speaking   **comiendo** eating   **viviendo** living

Past Participle (Participio Pasado)

hablado spoken   **comido** eaten   **vivido** lived

· Indicative Mood (Modo indicativo)

Present (Presente)

I speak, do speak am speaking, etc.	*I eat, do eat, am eating, etc.*	*I live, do live, am living, etc.*
hablo	como	vivo
hablas	comes	vives
habla	come	vive
hablamos	comemos	vivimos
habláis	coméis	vivís
hablan	comen	viven

Imperfect (Imperfecto)

I was speaking, used to speak, spoke, etc.	*I was eating, used to eat, ate, etc.*	*I was living, used to live, lived, etc.*
hablaba	comía	vivía
hablabas	comías	vivías
hablaba	comía	vivía
hablábamos	comíamos	vivíamos
hablabais	comíais	vivíais
hablaban	comían	vivían

Preterite (Pretérito)

I spoke, did speak, etc.	I ate, did eat, etc.	I lived, did live, etc.
hablé	comí	viví
hablaste	comiste	viviste
habló	comió	vivió
hablamos	comimos	vivimos
hablasteis	comisteis	vivisteis
hablaron	comieron	vivieron

Future (Futuro)

I shall (will) speak, etc.	I shall (will) eat, etc.	I shall (will) live, etc.
hablaré	comeré	viviré
hablarás	comerás	vivirás
hablará	comerá	vivirá
hablaremos	comeremos	viviremos
hablaréis	comeréis	viviréis
hablarán	comerán	vivirán

Conditional (Condicional)

I should (would) speak, etc.	I should (would) eat, etc.	I should (would) live, etc.
hablaría	comería	viviría
hablarías	comerías	vivirías
hablaría	comería	viviría
hablaríamos	comeríamos	viviríamos
hablaríais	comeríais	viviríais
hablarían	comerían	vivirían

Subjunctive Mood (Modo subjuntivo)

Present (Presente)

I may speak, etc.	I may eat, etc.	I may live, etc.
hable	coma	viva
hables	comas	vivas
hable	coma	viva
hablemos	comamos	vivamos
habléis	comáis	viváis
hablen	coman	vivan

Imperfect (Imperfecto):   ra

I might speak, etc.	I might eat, etc.	I might live, etc.
hablara	comiera	viviera
hablaras	comieras	vivieras
hablara	comiera	viviera

hablá**ramos**	comié**ramos**	vivié**ramos**
hablarais	comierais	vivierais
hablaran	comieran	vivieran

Imperfect (Imperfecto): se

I might speak, etc.	*I might eat, etc.*	*I might live, etc.*
hablase	comiese	viviese
hablases	comieses	vivieses
hablase	comiese	viviese
hablá**semos**	comié**semos**	vivié**semos**
hablaseis	comieseis	vivieseis
hablasen	comiesen	viviesen

Imperative (Modo imperativo)

speak	*eat*	*live*
habla (tú)	come (tú)	vive (tú)
hable (Ud.)	coma (Ud.)	viva (Ud.)
hablemos (nosotros)	comamos (nosotros)	vivamos (nosotros)
hablad (vosotros)	comed (vosotros)	vivid (vosotros)
hablen (Uds.)	coman (Uds.)	vivan (Uds.)

B. Compound Tenses

Perfect Infinitive (Infinitivo perfecto)

| *to have spoken* | *to have eaten* | *to have lived* |
| **haber hablado** | **haber comido** | **haber vivido** |

Perfect Participle (Participio perfecto)

| *having spoken* | *having eaten* | *having lived* |
| **habiendo hablado** | **habiendo comido** | **habiendo vivido** |

Indicative Mood (Modo indicativo)

Present Perfect (Presente perfecto o Pretérito perfecto)

I have spoken, etc.	*I have eaten, etc.*	*I have lived, etc.*
he hablado	**he** comido	**he** vivido
has hablado	**has** comido	**has** vivido
ha hablado	**ha** comido	**ha** vivido
hemos hablado	**hemos** comido	**hemos** vivido
habéis hablado	**habéis** comido	**habéis** vivido
han hablado	**han** comido	**han** vivido

Pluperfect (Pluscuamperfecto)

I had spoken, etc.	*I had eaten, etc.*	*I had lived, etc.*
había hablado	**había** comido	**había** vivido
habías hablado	**habías** comido	**habías** vivido
había hablado	**había** comido	**había** vivido
habíamos hablado	**habíamos** comido	**habíamos** vivido
habíais hablado	**habíais** comido	**habíais** vivido
habían hablado	**habían** comido	**habían** vivido

Future Perfect (Futuro perfecto)

I shall have spoken, etc.	*I shall have eaten, etc.*	*I shall have lived, etc.*
habré hablado	**habré** comido	**habré** vivido
habrás hablado	**habrás** comido	**habrás** vivido
habrá hablado	**habrá** comido	**habrá** vivido
habremos hablado	**habremos** comido	**habremos** vivido
habréis hablado	**habréis** comido	**habréis** vivido
habrán hablado	**habrán** comido	**habrán** vivido

Conditional Perfect (Condicional perfecto)

I should (would) have spoken, etc.	*I should (would) have eaten, etc.*	*I should (would) have lived, etc.*
habría hablado	**habría** comido	**habría** vivido
habrías hablado	**habrías** comido	**habrías** vivido
habría hablado	**habría** comido	**habría** vivido
habríamos hablado	**habríamos** comido	**habríamos** vivido
habríais hablado	**habríais** comido	**habríais** vivido
habrían hablado	**habrían** comido	**habrían** vivido

Subjunctive Mood (Modo subjuntivo)

Present Perfect (Presente perfecto o Pretérito perfecto)

I (may) have spoken, etc.	*I (may) have eaten, etc.*	*I (may) have lived, etc.*
haya hablado	**haya** comido	**haya** vivido
hayas hablado	**hayas** comido	**hayas** vivido
haya hablado	**haya** comido	**haya** vivido
hayamos hablado	**hayamos** comido	**hayamos** vivido
hayáis hablado	**hayáis** comido	**hayáis** vivido
hayan hablado	**hayan** comido	**hayan** vivido

Pluperfect (Pluscuamperfecto): **ra**

I might have (had) spoken, etc.	I might have (had) eaten, etc.	I might have (had) lived, etc.
hubiera hablado	**hubiera** comido	**hubiera** vivido
hubieras hablado	**hubieras** comido	**hubieras** vivido
hubiera hablado	**hubiera** comido	**hubiera** vivido
hubiéramos hablado	**hubiéramos** comido	**hubiéramos** vivido
hubierais hablado	**hubierais** comido	**hubierais** vivido
hubieran hablado	**hubieran** comido	**hubieran** vivido

Pluperfect (Pluscuamperfecto): **se**

hubiese hablado	**hubiese** comido	**hubiese** vivido
hubieses hablado	**hubieses** comido	**hubieses** vivido
hubiese hablado	**hubiese** comido	**hubiese** vivido
hubiésemos hablado	**hubiésemos** comido	**hubiésemos** vivido
hubieseis hablado	**hubieseis** comido	**hubieseis** vivido
hubiesen hablado	**hubiesen** comido	**hubiesen** vivido

II. STEM-CHANGING VERBS

A. Verbs ending in **-ar, -er:** e → ie; o → ue

Verbs of this type change the stressed vowel e to **ie** and the stressed vowel o to **ue**. These changes occur in the first-, second-, third-person singular and third-person plural of the present indicative, present subjunctive, and imperative.

pensar to think

PRES. IND.	**pienso, piensas, piensa,** pensamos, penséis, **piensan**
IMPERATIVE	**piensa** (tú), pensad (vosotros)
PRES. SUBJ.	**piense, pienses, piense,** pensemos, penséis, **piensen**

contar to tell, count

PRES. IND.	**cuento, cuentas, cuenta,** contamos, contáis, **cuentan**
IMPERATIVE	**cuenta** (tú), contad (vosotros)
PRES. SUBJ.	**cuente, cuentes, cuente,** contemos, contéis, **cuenten**

Other verbs that follow this pattern are:

acostar(se)	to put (go) to bed	**empezar**	to begin
almorzar	to have lunch	**encontrar**	to find
atender	to attend	**entender**	to understand
atravesar	to cross	**enterrar**	to bury
costar	to cost	**extender**	to extend
defender	to defend	**forzar**	to force
despertarse	to wake up	**gobernar**	to govern
doler	to ache	**llover**	to rain

mostrar	to show	**rogar**	to beg
mover	to move	**sembrar**	to plant
negar	to deny	**temblar**	to tremble
perder	to lose	**tender**	to stretch out
probar	to prove	**volar**	to fly
recordar	to remember	**volver**	to return
resolver	to resolve		

B. Verbs ending in **-ir: e → ie, i; o → ue, u**

Verbs of this type change the stressed vowel **e** to **ie**, and **o** to **ue**. Unstressed **e** changes to **i** and unstressed **o** changes to **u** before stressed **a, ie,** or **ió.**

sentir   to feel

PRES. PART.		**sintiendo**
PRES. IND.		**siento, sientes, siente,** sentimos, sentís, **sienten**
PRETERITE		sentí, sentiste, **sintió,** sentimos, sentisteis, **sintieron**
IMPERATIVE		**siente** (tú), sentid (vosotros)
PRES. SUBJ.		**sienta, sientas, sienta, sintamos, sintáis, sientan**
IMPF. SUBJ.	(ra)	**sintiera, sintieras, sintiera, sintiéramos, sintierais, sintieran**
	(se)	**sintiese, sintieses, sintiese, sintiésemos, sintieseis, sintiesen**

morir   to die

PRES. PART.		**muriendo**
PRES. IND.		**muero, mueres, muere,** morimos, morís, **mueren**
PRETERITE		morí, moriste, **murió,** morimos, moristeis, **murieron**
IMPERATIVE		**muere** (tú), morid (vosotros)
PRES. SUBJ.		**muera, mueras, muera, muramos, muráis, mueran**
IMPF. SUBJ.	(ra)	**muriera, murieras, muriera, muriéramos, murierais, murieran**
	(se)	**muriese, murieses, muriese, muriésemos, murieseis, muriesen**

Other important verbs that follow this pattern are:

adquirir	to acquire	**herir**	to wound
advertir	to warn, to notice	**hervir**	to boil
arrepentirse	to repent	**inferir**	to infer
consentir	to consent	**mentir**	to lie
convertir	to convert	**preferir**	to prefer
discernir	to discern	**referir**	to refer
divertir(se)	to amuse (oneself)	**sugerir**	to suggest
dormir	to sleep		

C. Verbs ending in **-ir: e → i, i**

Verbs of this type change the stressed vowel **e** to **i**. Unstressed **e** changes to **i** before stressed **a, ie,** or **ió.**

pedir   to ask for

PRES. PART.	**pidiendo**
PRES. IND.	**pido, pides, pide,** pedimos, pedís, **piden**

PRETERITE		pedí, pediste, **pidió**, pedimos, pedisteis, **pidieron**
IMPERATIVE		**pide** (tú), pedid (vosotros)
PRES. SUBJ.		**pida, pidas, pida, pidamos, pidáis, pidan**
IMPF. SUBJ.	(ra)	**pidiera, pidieras, pidiera, pidiéramos, pidierais, pidieran**
	(se)	**pidiese, pidieses, pidiese, pidiésemos, pidieseis, pidiesen**

Other important verbs that follow this pattern are:

competir	to compete	**proseguir**	to continue
concebir	to conceive	**reñir**	to quarrel
corregir	to correct	**repetir**	to repeat
despedir(se)	to dismiss, to say goodbye	**seguir**	to follow
elegir	to elect	**servir**	to serve
fingir	to pretend	**vestir(se)**	to dress

III. VERBS WITH SPELLING CHANGES

A. Some verbs have spelling changes in certain forms so that the final consonant sound of the stem remains unchanged.

Verbs ending in -car: c → qu before e.

sacar   to take out

PRETERITE	(yo) **saqué**
PRES. SUBJ.	**saque, saques, saque, saquemos, saquéis, saquen**

(also: **acercarse** to approach; **atacar** to attack; **buscar** to look for; **chocar** to hit; **desempacar** to unpack; **dedicar** to dedicate; **educar** to educate; **equivocar** to be wrong; **explicar** to explain; **indicar** to indicate; **secar** to dry; **significar** to mean; **tocar** to touch)

Verbs ending in gar: g → gu before e.

pagar   to pay

PRETERITE	(yo) **pagué**
PRES. SUBJ.	**pague, pagues, pague, paguemos, paguéis, paguen**

(also: **cargar** to carry; **encargar** to have charge of; **llegar** to arrive; **negar** to deny; **mendigar** to beg; **obligar** to obligate)

Verbs ending in guar: gu → gü before e.

averiguar   to ascertain

PRETERITE	yo **averigüé**
PRES. SUBJ.	**averigüe, averigües, averigüe, averigüemos, averigüéis, averigüen**

Verbs ending in -zar: z → c before e.

	gozar to enjoy
PRETERITE	yo **gocé**
PRES. SUBJ.	**goce, goces, goce, gocemos, gocéis, gocen**

(also: **alcanzar** to reach; **almorzar** to have lunch; **analizar** to analyze; **avanzar** to advance; **caracterizar** to characterize; **comenzar** to commence; **empezar** to begin; **organizar** to organize; **rechazar** to reject; **simbolizar** to symbolize; **simpatizar** to like; **sollozar** to sob; **utilizar** to utilize)

Verbs ending in consonant plus -cer or -cir: c → z before a or o.

	vencer to conquer
PRES. IND.	yo **venzo**
PRES. SUBJ.	**venza, venzas, venza, venzamos, venzáis, venzan**

(also: **convencer** to convince)

Verbs ending in -ger or -gir: g → j before a or o.

	escoger to choose
PRES. IND.	yo **escojo**
PRES. SUBJ.	**escoja, escojas, escoja, escojamos, escojáis, escojan**

	dirigir to direct
PRES. IND.	yo **dirijo**
PRES. SUBJ.	**dirija, dirijas, dirija, dirijamos, dirijáis, dirijan**

(also: **coger** to take; **elegir** to choose; **fingir** to pretend; **proteger** to protect; **recoger** to gather)

Verbs ending in -guir: gu → g before a or o.

	distinguir to distinguish
PRES. IND.	yo **distingo**
PRES. SUBJ.	**distinga, distingas, distinga, distingamos, distingáis, distingan**

B. In some verbs there are spelling changes that may modify the sound of the stem.

Verbs ending in -eer, -aer: unstressed i → y.

		creer to believe
PRES. PART.		**creyendo**
PRETERITE		él **creyó**, ellos **creyeron**
IMPF. SUBJ.	(ra)	**creyera, creyeras, creyera, creyéramos, creyerais, creyeran**
	(se)	**creyese, creyeses, creyese, creyésemos, creyeseis, creyesen**

(also: **leer**   to read; **caer(se)**   to fall)

Verbs ending in **-uir** (except **-guir** and **-quir**: unstressed **i** → **y** between vowels; also, **y** is inserted between the stem-vowel **u** and the ending vowels **a, e,** or **o.**

construir   to build

PRES. PART.	**construyendo**
PRES. IND.	**construyo, construyes, construye,** construimos, construís, **construyen**
PRETERITE	(él) **construyó,** (ellos) **construyeron**
PRES. SUBJ.	**construya, construyas, construya, construyamos, construyáis, construyan**
IMPF. SUBJ. (ra)	**construyera, construyeras, construyera, construyéramos, construyerais, construyeran**
(se)	**construyese, construyeses, construyese, construyésemos, construyeseis, construyesen**
IMPERATIVE	**construye** (tú), construid (vosotros)

(also: **destruir**   to destroy; **huir**   to flee)

Verbs ending in **-iar** and **-uar** (except **-guar**):   a written accent is required on the **i** and the **u** when these vowels are stressed.

enviar   to send

PRES. IND.	**envío, envías, envía,** enviamos, enviáis, **envían**
PRES. SUBJ.	**envíe, envíes, envíe,** enviemos, enviéis, **envíen**

continuar   to continue

PRES. IND.	**continúo, continúas, continúa,** continuamos, continuáis, **continúan**
PRES. SUBJ.	**continúe, continúes, continúe,** continuemos, continuéis, **continúen**

(also: **criar**   to raise)

Stem-changing verbs ending in **-eir:**   a written accent is required on stressed **i**; also one **i** is dropped when the stem-vowel **i** precedes the dipththongs **ie** and **io.**

reir   to laugh

PRES. PART.	**riendo**
PAST PART.	**reído**
PRES. IND.	**río, ríes, ríe, reímos, reís, ríen**
PRETERITE	**reí, reíste, rio, reímos, reísteis, rieron**
PRES. SUBJ.	**ría, rías, ría, riamos, ríais, rían**
IMPF. SUBJ. (ra)	**riera, rieras, riera, riéramos, rierais, rieran**
(se)	**riese, rieses, riese, riésemos, rieseis, riesen**
IMPERATIVE	**ríe** (tú), reíd (vosotros)

(also **sonreír**   to smile)

Verbs ending in **-llir** and **-ñir:**   the **i** of the diphthong **ie** and **io** is dropped.

	bullir to boil
PRES. PART.	**bullendo**
PRETERITE	(él) **bulló**, (ellos) **bulleron**
IMPF. SUBJ.	**bullera, bulleras, bullera, bulléramos, bullerais, bulleran**

		reñir to scold, to quarrel
PRES. PART.		**riñendo**
PRETERITE		(él) **riñó**, (ellos) **riñeron**
IMPF. SUBJ.	(ra)	**riñera, riñeras, riñera, riñéramos, riñerais, riñeran**
	(se)	**riñese, riñeses, riñese, riñésemos, riñeseis, riñesen**

(also: **gruñir**   to growl)

IV. SELECTED IRREGULAR VERBS

Most of the irregular verbs in this section have irregular stems in the preterite tense as well as certain other irregular forms.

		andar to walk
PRETERITE		**anduve, anduviste, anduvo, anduvimos, anduvisteis, anduvieron**
IMPF. SUBJ.	(ra)	**anduviera, anduvieras, anduviera, anduviéramos, anduvierais, anduvieran**
	(sa)	**anduviese, anduvieses, anduviese, anduviésemos, anduvieseis, anduviesen**

	caber to be contained in, to fit
PRES. IND.	(yo) **quepo**
PRES. SUBJ.	**quepa, quepas, quepa, quepamos, quepáis, quepan**
FUTURE	**cabré, cabrás, cabrá, cabremos, cabréis, cabrán**
CONDITIONAL	**cabría, cabrías, cabría, cabríamos, cabríais, cabrían**
PRETERITE	**cupe, cupiste, cupo, cupimos, cupisteis, cupieron**

		caer to fall
PRES. PART.		**cayendo**
PAST PART.		**caído**
PRES. IND.		(yo) **caigo**
PRES. SUBJ.		**caiga, caigas, caiga, caigamos, caigáis, caigan**
PRETERITE		**caí, caíste, cayó, caímos, caísteis, cayeron**
IMPF. SUBJ.	(ra)	**cayera, cayeras, cayera, cayéramos, cayerais, cayeran**
	(se)	**cayese, cayeses, cayese, cayésemos, cayeseis, cayesen**

	conducir to conduct, to drive
PRES. IND.	(yo) **conduzco**
PRES. SUBJ.	**conduzca, conduzcas, conduzca, conduzcamos, conduzcáis, conduzcan**

PRETERITE	**conduje, condujiste, condujo, condujimos, condujisteis, condujeron**

(also: all verbs ending in **-ducir**, like **producir** to produce)

conocer to know

PRES. IND.	(yo) **conozco**
PRES. SUBJ.	**conozca, conozcas, conozca, conozcamos, conozcáis, conozcan**

(also: all verbs ending in **-cer** and **-cir** preceded by a vowel: **anochecer** to get dark; **establecer** to establish; **estremecer** to shudder; **nacer** to be born; **ofrecer** to offer; **palidecer** to get pale; **parecer** to seem; **reconocer** to recognize)

Exceptions: **cocer** to cook, **decir** to say or tell, **hacer** to do, plus their compounds

dar to give

PRES. IND.		(yo) **doy**
PRES. SUBJ.		**dé, des, dé, demos, deis, den**
PRETERITE		**di, diste, dio, dimos, disteis, dieron**
IMPF. SUBJ.	(ra)	**diera, dieras, diera, diéramos, dierais, dieran**
	(se)	**diese, dieses, diese, diésemos, dieseis, diesen**

decir to say

PRES. PART.	**diciendo**
PAST PART.	**dicho**
PRES. IND.	**digo, dices, dice, decimos, decís, dicen**
PRES. SUBJ.	**diga, digas, diga, digamos, digáis, digan**
FUTURE	**diré, dirás, dirá, diremos, diréis, dirán**
CONDITIONAL	**diría, dirías, diría, diríamos, diríais, dirían**
PRETERITE	**dije, dijiste, dijo, dijimos, dijisteis, dijeron**
IMPERATIVE	**di** (tú)

estar to be

PRES. IND.	**estoy, estás, está, estamos, estáis, están**
PRES. SUBJ.	**esté, estés, esté, estemos, estéis, estén**
PRETERITE	**estuve, estuviste, estuvo, estuvimos, estuvisteis, estuvieron**

haber to have

PRES. IND.	**he, has, ha, hemos, habéis, han**
PRES. SUBJ.	**haya, hayas, haya, hayamos, hayáis, hayan**
FUTURE	**habré, habrás, habrá, habremos, habréis, habrán**
CONDITIONAL	**habría, habrías, habría, habríamos, habríais, habrían**
PRETERITE	**hube, hubiste, hubo, hubimos, hubisteis, hubieron**

hacer to do, to make

PRES. PART.	**hecho**
PRES. IND.	(yo) **hago**

PRES. SUBJ.	haga, hagas, haga, hagamos, hagáis, hagan
FUTURE	haré, harás, hará, haremos, haréis, harán
CONDITIONAL	haría, harías, haría, haríamos, haríais, harían
PRETERITE	hice, hiciste, hizo, hicimos, hicisteis, hicieron
IMPERATIVE	haz (tú)

ir   to go

PRES. PART.	yendo
PRES. IND.	voy, vas, va, vamos, vais, van
PRES. SUBJ.	vaya, vayas, vaya, vayamos, vayáis, vayan
IMPF. INDIC.	iba, ibas, iba, íbamos, ibais, iban
PRETERITE	fui, fuiste, fue, fuimos, fuisteis, fueron
IMPF. SUBJ. (ra)	fuera, fueras, fuera, fuéramos, fuerais, fueran
(se)	fuese, fueses, fuese, fuésemos, fueseis, fuesen
IMPERATIVE	ve (tú)

oir   to hear

PRES. PART.	oyendo
PAST PART.	oído
PRES. IND.	oigo, oyes, oye, oímos, oís, oyen
PRES. SUBJ.	oiga, oigas, oiga, oigamos, oigáis, oigan
PRETERITE	oí, oíste, oyó, oímos, oísteis, oyeron
IMPF. SUBJ. (ra)	oyera, oyeras, oyera, oyéramos, oyerais, oyeran
(se)	oyese, oyeses, oyese, oyésemos, oyeseis, oyesen
IMPERATIVE	oye (tú)

poder   to be able

PRES. PART.	pudiendo
PRES. IND.	puedo, puedes, puede, podemos, podéis, pueden
PRES. SUBJ.	pueda, puedas, pueda, podamos, podáis, puedan
FUTURE	podré, podrás, podrá, podremos, podréis, podrán
CONDITIONAL	podría, podrías, podría, podríamos, podríais, podrían
PRETERITE	pude, pudiste, pudo, pudimos, pudisteis, pudieron

poner   to put

PAST PART.	puesto
PRES. IND.	(yo) pongo
PRES. SUBJ.	ponga, pongas, ponga, pongamos, pongáis, pongan
FUTURE	pondré, pondrás, pondrá, pondremos, pondréis, pondrán
CONDITIONAL	pondría, pondrías, pondría, pondríamos, pondríais, pondrían
PRETERITE	puse, pusiste, puso, pusimos, pusisteis, pusieron

querer   to want

PRES. IND.	quiero, quieres, quiere, queremos, queréis, quieren
PRES. SUBJ.	quiera, quieras, quiera, queramos, queráis, quieran
FUTURE	querré, querrás, querrá, querremos, querréis, querrán

CONDITIONAL	querría, querrías, querría, querríamos querríais, querrían
PRETERITE	quise, quisiste, quiso, quisimos, quisisteis, quisieron

saber   to know

PRES. IND.	(yo) sé
PRES. SUBJ.	sepa, sepas, sepa, sepamos, sepáis, sepan
FUTURE	sabré, sabrás, sabrá, sabremos, sabréis, sabrán
CONDITIONAL	sabría, sabrías, sabría, sabríamos, sabríais, sabrían
PRETERITE	supe, supiste, supo, supimos, supisteis, supieron

salir   to go out, to leave

PRES. IND.	(yo) salgo
PRES. SUBJ.	salga, salgas, salga, salgamos, salgáis, salgan
FUTURE	saldré, saldrás, saldrá, saldremos, saldréis, saldrán
CONDITIONAL	saldría, saldrías, saldría, saldríamos, saldríais, saldrían
IMPERATIVE	sal (tú)

ser   to be

PRES. IND.	soy, eres, es, somos, sois, son
PRES. SUBJ.	sea, seas, sea, seamos, seáis, sean
IMPF. IND.	era, eras, era, éramos, erais, eran
PRETERITE	fui, fuiste, fue, fuimos, fuisteis, fueron
IMPF. SUBJ. (ra)	fuera, fueras, fuera, fuéramos, fuerais, fueran
(se)	fuese, fueses, fuese, fuésemos, fueseis, fuesen
IMPERATIVE	sé (tú)

tener   to have

PRES. IND.	tengo, tienes, tiene, tenemos, tenéis, tienen
PRES. SUBJ.	tenga, tengas, tenga, tengamos, tengáis, tengan
FUTURE	tendré, tendrás, tendrá, tendremos, tendréis, tendrán
CONDITIONAL	tendría, tendrías, tendría, tendríamos, tendríais, tendrían
PRETERITE	tuve, tuviste, tuvo, tuvimos, tuvisteis, tuvieron
IMPERATIVE	ten (tú)

traer   to bring

PRES. PART.	trayendo
PAST PART.	traído
PRES. IND.	(yo) traigo
PRES. SUBJ.	traiga, traigas, traiga, traigamos, traigáis, traigan
PRETERITE	traje, trajiste, trajo, trajimos, trajisteis, trajeron

valer   to be worth

PRES. IND.	(yo) valgo
PRES. SUBJ.	valga, valgas, valga, valgamos, valgáis, valgan
FUTURE	valdré, valdrás, valdrá, valdremos, valdréis, valdrán
CONDITIONAL	valdría, valdrías, valdría, valdríamos, valdríais, valdrían

venir   to come

PRES. PART.	**viniendo**
PRES. IND.	**vengo, vienes, viene, venimos, venís, vienen**
PRES. SUBJ.	**venga, vengas, venga, vengamos, vengáis, vengan**
FUTURE	**vendré, vendrás, vendrá, vendremos, vendréis, vendrán**
CONDITIONAL	**vendría, vendrías, vendría, vendríamos, vendríais, vendrían**
PRETERITE	**vine, viniste, vino, vinimos, vinisteis, vinieron**
IMPERATIVE	**ven** (tú)

ver   to see

PAST PART.	**visto**
PRES. IND.	(yo) **veo**
PRES. SUBJ.	**vea, veas, vea, veamos, veáis, vean**
IMPF. IND.	**veía, veías, veía, veíamos, veíais, veían**

Vocabulary

This vocabulary contains all the words that appear in the text except most common determiners, proper names, and exact cognates. Irregular noun and adjective plurals are listed as well as selected irregular verb forms. An asterisk * indicates an irregular verb whose conjugation or pattern may be found in the Appendix. The following abbreviations are also used.

adj. adjective	ger. gerund	prep. preposition
adv. adverb	imp. imperfect	pres. p. present participle
aux. auxiliary	ind. obj. indirect object	pret. preterite
com. command	inf. infinitive	pron. pronoun
conj. conjugation	interj. interjection	prep. pron. prepositional pronoun
dem. demonstrative	interrog. interrogative	refl. reflexive
dim. diminutive	m. masculine	rel. relative
dir. obj. direct object	neg. negative	s. singular
f. feminine	pl. plural	subj. subjunctive
fam. familiar	p.p. past participle	v. verb
for. formal	poss. possessive	

A

a to, at, by

abajo down

  acá abajo here below

  calle abajo down the street

  de arriba abajo up and down

abandonar to abandon, to desert

abierto (*p.p.* **abrir**) opened

abolladura *f.* dent

abollar to dent

abominablemente abominably

abotonarse to button

abrazar* to hug, to embrace

abrazo *m.* embrace

abrigo *m.* coat

abrir to open, to spread

absceso *m.* abscess

absolutamente absolutely

absoluto absolute

absorber to absorb

abstracción *f.* concentration; absorption

abuelo *m.* grandfather

abuso *m.* abuse

acá here

  acá abajo here below

acabar to finish, to come to an end

  acabar de to finish; to have just, e.g., **acaba de salir** he has just left

acariciar to caress; to cherish

acarrear to carry

acaso maybe, perhaps

acceso *m.* access; attack; fit

  acceso de desesperación outburst

acción *f.* action; share of stock

aceptar to accept

acera *f.* sidewalk, side of the street

acercarse* to draw near, to approach

acerqué (*pret.* **acercar***) I brought near

  me acerqué (*pret.* **acercarse***) I approached

acezante in an anxious way

ácido *m.* acid

acomodado placed

acomodarse to accommodate, to adjust

acompañar to accompany, to escort

acordarse* (ue) **de** to remember

acostarse* (ue) to go to bed

acostumbrarse to be accustomed to

acreditado accredited, distinguished

actitud *f.* attitude

  en actitud de mendigar in the posture of begging

actividad *f.* activity

actual present, present day

acuerdo *m.* accord; agreement

  estar de acuerdo con to be in agreement with

acusar to accuse

achatado flattened

achatar to flatten

adecuado fitting, suitable

adelante ahead; forward

  de aquí en adelante from now on

  más adelante further on; later

adelante (*interj.*) go ahead! come in!

adelgazar* to thin out; to lose weight

ademán *m.* gesture
además besides
  además de in addition to
adentro inside
  pase por adentro come in
adiós good-bye
adiosito (*dim.* **adiós**) bye-bye
adivino *m.* fortune teller;
  guesser
adjetivo *m.* adjective
admirablemente admirably
admiración *f.* admiration,
  wonder
adorable adorable
adorar to adore
adquirir* (**ie**) to acquire; to
  purchase, to buy
advertir* (**ie, i**) to warn
  advertirse* to become aware
advirtió (*pret. of* **advertir***)
  noticed, observed; notified;
  warned
aeropuerto *m.* airport
afanarse to work, to busy
  oneself
afectar to affect, to hurt
afecto *m.* affection, fondness;
  emotion
afeitarse to shave
aferrarse to seize
afiebrado feverish
afirmar to affirm; to brace
afligirse* to worry; to grieve
aflorar to fill, to emerge
afuera outside
agachar to lower; to bend
  down
agarrar to grasp, to hold on; to
  overpower
agarrotado caught, bound
agarrotar to bind
agazapar to hide
agencia *f.* agency
agitado shaken
agitar to agitate, to excite
agosto *m.* August
agradar to please, to be
  agreeable (to)
agradecer* to thank
agradecido thankful, grateful;
  appreciatively
agregar* to add
agua *f.* water
aguacero *m.* heavy shower;
  downpour

aguamanil *m.* washbasin
aguantar to tolerate, to bear,
  to hold up
aguar to water
aguijonear to sting
agujereado full of holes
agujero *m.* hole
ahí there, over there
  ahí mismo right there
ahijadero *m.* lambing
ahora now; presently
  ahora mismo right now
  ahora sí certainly now
  por ahora for the present
aire *m.* air
ajeno foreign; another's
ajuar *m.* trousseau; furniture
  set
ajustado tight-fitting
ajustar to adjust; to fit tightly
alameda *f.* tree-lined path
alargar* to extend; to hand a
  thing to another
alarido *m.* shout
alarmar to alarm
alarmarse to become alarmed
alba *f.* dawn
alcalde *m.* mayor
alcance *m.* reach
  al alcance within reach
alcanzar* to reach
alcé (*pret.* **alzar***) I raised
alcoba *f.* bedroom
aldea *f.* village
alegrarse to be glad, to rejoice
alegre happy
alegría *f.* gaiety, joy
alejar(se) to move aside, to
  move away; to leave, to go
  away
alfiler *m.* pin, brooch
alfombrado carpeted
algo something, some
algodón *m.* cotton
alguien someone, somebody
algún (*adj. & pron.*) some, any
alguno some, any; someone
alimento *m.* nourishment,
  food
  dar alimento to nourish
aliviar to alleviate
alivio *m.* relief
alma *f.* soul, heart, spirit;
  ghost
almuerzo *m.* lunch

alrededor *m.* environs
  a su alrededor around (himself)
  alrededor de around,
  surrounding
altillo *m.* attic
alto high, tall; top; loud
  en alto in the air; up high
  en lo alto at the top
altura *f.* height; altitude
  a estas alturas now; at this
  juncture
alucinante hallucinating
alzado constructed
alzar* to lift up, to raise; to
  construct
allá there
  allá arriba on top, above
  más allá beyond
allí there
amable amiable, kind;
  lovable; gracious; affable
amanecer *m.* dawn, daybreak
amanecer* to dawn
amante *m.* lover, sweetheart
amañar to secure, to fix
amar to love
amargo bitter
amarillo yellow
ambiente *m.* environment,
  atmosphere
ambos both
amenaza *f.* threat
amenazar* to menace, to
  threaten
americano American
amigo *m.* friend
  amigo de correrías cohort in
  escapades
amiguito *m.* (*dim.* **amigo**)
  dear friend, good friend
amistad *f.* friendship
amo *m.* owner; master
amor *m.* love
amparar to shelter, to protect
analizar* to analyze
anca *f.* rump; croup
anciana *f.* elderly woman
ancho wide
andamio *m.* scaffolding
andar* to walk; to run; to
  function
andariego wandering; swift
  de pies muy andariegos very
  fond of walking

andén *m.* railway; platform
andrajoso ragged
anestesia *f.* anesthesia
angustia *f.* anxiety
anhelante anxious
anillo *m.* ring
  me viene como anillo al dedo it fits me like a glove
animado animated, lively
animalitos *m. pl. (dim. animal)* dear animals
anoche last night
anochecer *m.* nightfall, dusk
anochecerse* to grow dark
ansiosamente anxiously
ante before, in front of; in the presence of
anterior former
antes before; sooner; earlier
  antes (de) que before
antes que rather than
anticipar to anticipate
  por anticipado in advance
antiguo former; old
antojársele a uno to take a notion or fancy to; to strike one's fancy
anunciar to announce
anuncio *m.* announcement
añadir to add
año *m.* year
apagado faded
apagar* to extinguish, to turn off, to put out; to soften colors; to die out
aparcería *f.* share-cropping
aparcero *m.* sharecropper
aparecer* to appear; to show up
aparentar to appear, to seem
apariencia *f.* appearance; aspect; sign, indication
apear to put down; to help dismount
apearse to get off
apenas barely
apéndice *m.* appendix
apesadumbrar to be anxious; to grieve
aplastar to crush
apocado timid
apoderado *m.* attorney
apogeo *m.* height
apoyar to support

aprender to learn
apresurar to hasten, to hurry
apresurarse to hurry
apretado tight, compact, thick
apretar* **(ie)** to tighten; to squeeze; to press; to clench
aprisionar to imprison; to fasten, to hold
apropiado appropriate
aproximarse to move near, to approach
apuntar to write down; to aim, to point
apurarse to worry, to hurry
  no te apures (*fam. neg. com.* **apurarse**) don't worry
aquel that
aquél that (one)
aquello that
aquí here
  de aquí en adelante from now on
  de por aquí in the vicinity, around here
  he aquí behold
  por aquí this way; through here, here, around here
aragonés *m.* Aragonese, of or from Aragon, Spain
araña *f.* spider
  huevos de araña spider eggs
árbol *m.* tree
arbusto *m.* bush
arena *f.* sand
aristocrático aristocratic
aritmética *f.* arithmetic
arma *f.* weapon, firearm
armario *m.* closet; wardrobe
armazón *f.* framework
armonía *f.* harmony
aroma *m.* aroma
arquitecto *m.* architect
arrancar* to uproot; to pull out
arrastrar to drag along
arreglar to adjust; to arrange; to settle; to fix; to put in order
  arreglarse to adjust; to settle; to arrange; to conform
arrellanado comfortable
arremolinar to whirl
arrepentido sorry, penitent
arriba up, upward; above, upstairs
  allá arriba on top, above

  de arriba abajo up and down
  escalera arriba upstairs
arrimarse to lean against or upon; to approach, to draw near
arrogante arrogant; spirited
arrojarse to throw oneself
arroyo *m.* stream; river bed
arrugar* to wrinkle
arsenal *m.* arsenal
artículo *m.* article
asa *f.* handle
asado roasted
asalto *m.* assault, attack
asegurar to assure; to secure
asemejarse to resemble
asesinar to murder, to assassinate
así so, thus; like this
  así es that is how
asiento *m.* seat
asignar to assign
asistir to attend
asomar to show, to appear
asombro *m.* astonishment; fright
aspecto *m.* aspect
áspero harsh, rough; bitter
aspiradora *f.* vacuum cleaner
aspirar to inhale, to breathe in; to aspire
asterisco *m.* asterisk
astro *m.* star
astucia *f.* cunning, craftiness
asustado frightened, scared
asustar to frighten, to scare
atar to tie, to fasten, to bind
  atar su lengua to prevent oneself from speaking
atardecer *m.* late afternoon, early evening
atardecer* to draw toward evening
atemorizar* to frighten
atender* **(ie)** to pay attention; to attend to, to take care of
atinar to manage
atónito astounded, aghast, astonished
atrás back; backwards, behind
  de atrás back
  echar para atrás to turn back
atravesar* **(ie)** to cross, to go across

atreverse to dare, to risk
atrevido daring
atrevimiento *m.* daring, audacity, effrontery
atribuir to assign; to attribute
audacia *f.* daring
auditivo auditory, relating to the sense of hearing
aullar to howl
aun even
  aun cuando although
aún still, yet;
aunque though, although
ausencia *f.* absence
ausente absent
auténtico authentic
automóvil *m.* automobile
autor *m.* author
autora *f.* author
autoridad *f.* authority
avanzar* to advance
avenida *f.* avenue
aventura *f.* adventure
aventurilla *f.* (*dim.* **aventura**) little adventure
ávidamente eagerly
ayer yesterday
ayuda *f.* help
ayudar to help
azar *m.* chance; fate; destiny
azotar to whip, to beat
azotea *f.* flat roof
azul blue

B

bajar to lower; to take down; to go down
  bajarse to bend down; to get off; to get down
bajo (*adj.*) low; short
bajo (*prep.*) under, beneath
bajo (*adv.*) low, softly
balancear to balance
balancearse to swing; to roll, to rock
balanceo *m.* balancing; rocking
balazo *m.* bullet
balbucear to stammer
balido *m.* bleat, bleating
banda *f.* band; border, edge; bank, shore
  Banda Oriental Uruguay
bañarse to bathe

baño *m.* bath
barba *f.* beard; chin
barbullar to blabber, to chatter
barra *f.* arm of a chair; bar; loaf
barrer to sweep
barrera *f.* barrier; obstacle
  barrera generacional generation gap
barretero *m.* miner, drill runner
barrio *m.* quarter; neighborhood, district
base *f.* base; basis
bastante enough
bastante (*adv.*) enough; fairly
bastar to be enough
bastón *m.* cane
batir(se) to beat, to batter, to bear down
bautizar* to baptize
bayoneta *f.* bayonet
beatífico beatific
belleza *f.* beauty
bello beautiful, fair
bellota *f.* acorn
beneficio *m.* benefit, profit
besar to kiss
beso *m.* kiss
bestia *f.* beast
Biblia *f.* Bible
bicho *m.* bug; animal
bien well; readily; very; indeed
  hombría de bien honor; honesty
  más bien rather
bifurcar* to divide, to branch, to fork
bigote *m.* moustache
billete *m.* ticket; bill
blanco white
boca *f.* mouth
boda *f.* wedding
bodega *f.* grocery store; wine vault, cellar, storeroom
bola *f.* battlefield; ball
bolígrafo *m.* ball-point pen
bolsillo *m.* pocket
bolso *m.* bag
bombón *m.* candy
bondad *f.* goodness, kindness
  tener la bondad please
bondadoso kind, generous
bonito pretty
boquiabierto open-mouthed

borde *m.* edge, border; side
borrar to erase, to rub out; to cross out; to obscure
bosque *m.* forest, woodland
bostezo *m.* yawn
bota *f.* boot
botica *f.* drugstore
botón *m.* button
bracero *m.* day laborer
brasa *f.* live coal, red-hot coal
bravo brave; fierce; mad
brazo *m.* arm
breve brief, short
brevemente briefly
brillante *m.* diamond
brillar to shine
brillo *m.* brightness, brilliance
  cobrar brillo to shine
brincar* to jump
brisa *f.* breeze
broma *f.* joke, jest; fun
  en broma in jest
brotar to well up; to gush
bruma *f.* mist
brutal brutal
buche *m.* mouthful
  haga buches gargle
buen good (*before masculine singular nouns*)
bueno good; kind; well
burlarse de to make fun of
burro *m.* donkey
busca *f.* search
  en busca de in search of
buscar* to look for; to search
  busquen (*for. com.* **buscar***) search, look for
buzón *m.* letter box

C

caballeriza *f.* stable
caballero *m.* gentleman, sir
caballete *m.* roof, ridge
caballo *m.* horse
cabaña *f.* cabin
cabello *m.* hair
cabeza *f.* head
cabezal *m.* headrest
cabizbajo head down; melancholy
cabo *m.* end, tip
  al cabo finally, at least
cacerola *f.* container; pot
cachorro *m.* cub

cada   each, every
cada vez   each time
cadena *f.*   chain; leash
caer*   to fall
   a mí me caía bien   I liked him
   caer bien   to like
   dejar caer   to drop
café *m.*   cafe; coffee
caído (*p.p.* caer*)   fallen
caja *f.*   box
cajita *f.* (*dim.* caja)   small box
cajón *m.*   crate, box
calcular   to calculate
calentar* (ie)   to warm
cálido   warm
caliente   hot
calma *f.*   calm
calmar   to calm, to soothe; to
   abate
   calmarse   to calm down
calor *m.*   heat; warmth
   hacer* calor   to be hot, to be
      warm (*weather*)
   tener* calor   to be hot or
      warm (*people*)
callado   silent, mysterious
calle *f.*   street
   calle abajo   down the street
callejuela *f.*   side street, back
   street
cama *f.*   bed
camanchaca *f.*   dense fog
cambiar   to change
cambio *m.*   change, alteration
   en cambio   on the other hand
caminar   to walk; to go; to
   travel, to journey
camino *m.*   road, way; journey
   a medio camino   halfway
   de camino   on the road
camión *m.*   truck
camisa *f.*   shirt; gown, dress
campamento *m.*   camp; mining
   camp
campeón *m.*   champion
campesino *m.*   peasant, farmer
campito *m.* (*dim.* campo)   dear
   land; little field
campo *m.*   field, countryside;
   camp; land
cancel *m.*   screen
   cancel de tela   curtain
canción *f.*   song
cansado   tired, weary, ex-
   hausted, worn out

cansancio *m.*   tiredness, fatigue
cansar   to tire
cantar   to sing
cantidad *f.*   quantity; amount
cantinela *f.*   ballad, song
cañón *m.*   cannon; barrel (*of
   a gun*)
capaces (*pl. of* capaz)   capable
capataz *m.*   foreman
capaz   capable
capitalino   relative to the capital city
capítulo *m.*   chapter
capota *f.*   roof
cara *f.*   face
   cara a cara   face to face
carabina *f.*   carbine, rifle
carácter *m.*   character
característica *f.*   characteristic
caracterizar*   to characterize
carcanchita *f.* (*dim.* carcancha)
   jalopy
cárcel *f.*   jail, prison
carga *f.*   load
cargadores *m. pl.*   suspenders
cargar*   to load; to carry; to
   burden; to charge; to en-
   trust with
   cargar* con   to carry
caricia *f.*   caress
caridad *f.*   charity
cariño *m.*   affection
cariñosamente   affectionately
carne *f.*   meat; flesh
carnear   to butcher, to slaugh-
   ter; to kill
carnet *m.*   identification card
caro   expensive
carpa *f.*   tent; tarp; awning
carrera *f.*   run; race; bet
   una carrera mal ganada   a
      wager unfairly won
carretera *f.*   highway
carro *m.*   car; wagon, cart
carta *f.*   letter
cartero *m.*   mailman
cartón *m.*   cardboard
cartucho *m.*   cartridge; supermarket bag
casa *f.*   house
   ir a casa   to go home
casado   married
casarse   to marry, to get married

casco *m.*   miner's hat
casi   almost
castañetear   to chatter
castaño *m.*   chestnut tree
castaño   chestnut-colored
católico   Catholic
catorce   fourteen
causa *f.*   cause
   a causa de   because of, on
      account of
cauteloso   cautious
cautivar   to captivate, to charm
cayado *m.*   walking stick
cayó (*pret.* caer*)   he/she/it
   fell
celeste   heavenly
cenar   to have supper
ceniza *f.*   ash
   Miércoles de ceniza   Ash
      Wednesday
centavo *m.*   cent
cerca   near
   cerca de   near
cerca *f.*   fence
cerebro *m.*   mind, brain
ceremonia *f.*   ceremony
cerrar* (ie)   to close
   a medio cerrar   to half-close
cerro *m.*   hill
cesar   to cease
cesto *m.*   basket
Cid *m.*   chief, Lord; famous
   eleventh-century Spanish
   hero immortalized in
   legend and literature
cielo *m.*   sky, heavens
cielorraso *m.*   flat ceiling
cien   hundred, a hundred, one
   hundred
cierto   certain, sure; true
cigarrillo *m.*   cigarette
cima *f.*   top
cinco   five
cincuenta   fifty
cinta *f.*   strip, ribbon; tape
circunstancia *f.*   circumstance;
   condition
cisura *f.*   scar; incision
ciudad *f.*   city
claridad *f.*   clarity, brightness
   claridad de hogar   household
      light
claro   clear; indisputable
   claro que   of course
claro (*adv.*)   clearly

clase *f.*   classroom; kind, class
  sala de clase   classroom
clavar   to nail
clavarse   to rivet
clave *f.*   key
clima *m.*   climate
coartada *f.*   alibi
cobarde *m.*   coward
cobrar   to recover, to acquire,
  to get, to collect
  cobrar brillo   to shine
  cobrarse simpatía   to become fond of each other
cobre *m.*   copper
cocido   cooked
cocina *f.*   kitchen
coger*   to grab, to catch; to
  hold
cognado *m.*   cognate
cojo (*pres.* **coger***)   I grab
col *f.*   cabbage
cola *f.*   tail
colchón *m.*   mattress
colector *m.*   collector
  colector general   tax collector
colectorcillo *m.*   (*dim.* **colector**) small-minded collector
coletazo *m.*   pang, slap of the
  tail
colgar* (**ue**)   to hang, to
  suspend
coloquial   colloquial
color *m.*   coloring; complexion
coloración *f.*   coloring
colorado   reddish
combatir   to combat, to fight
  against
comedia *f.*   comedy
comején *m.*   termite
comentar   to comment on; to
  gossip
comenzar* (**ie**)   to begin, to
  commence
comer   to eat
comercio *m.*   business
cometer   to commit
comida *f.*   food; meal
comienzo *m.*   beginning
como   as, like; how; since
  a como dé lugar   somehow
  como si   as if
  como si le costara   as if it
  were hard for him
cómoda *f.*   bureau

cómodamente   comfortably
compadre *m.*   friend;
  godfather
compañero *m.*   companion
compañía *f.*   company
comparar   to compare
compartir   to share
compasivo   sympathetic
competir* (**i, i**)   to compete
complacerse*   to take pleasure
  or satisfaction (in); to be
  content
complementar   to complement
completamente   completely
completo   complete
  por completo   completely
cómplice *m.* & *f.*   accomplice,
  partner
componente *m.*   component
comportamiento *m.*   behavior,
  conduct
composición *f.*   composition
comprar   to buy
comprender   to understand, to
  comprehend
compuesto (*p.p.* **componer***)
  composed of
comunicarse   to communicate
comunidad *f.*   community
con   with
  con lentitud   slowly
  con prisa   hurriedly
  para con   towards
conceder   to concede, to grant;
  to agree
concertarse   to go together; to
  agree on
conciencia *f.*   conscience
concierto *m.*   concert
concurso *m.*   competition;
  (dog) show
condenar   to condemn; to con-
  vict
condición *f.*   condition
condicional   conditional
confesar* (**ie**)   to confess
confesión *f.*   confession
confianza *f.*   confidence, trust
conflicto *m.*   conflict
conformar   to conform
confrontar   to bring face to face
  confrontarse con   to face, to
  confront
confuso   confused
conmigo   with me, with myself

conmigo mismo   with me
  myself
conocer*   to know; to meet
conquistador *m.*   conqueror
conquistar   to conquer
conseguir* (**i, i**)   to obtain, to
  get; to manage
consejo *m.*   counsel, advice;
  council
  consejo sumarísimo   court
  martial
consentir* (**ie, i**)   to consent,
  to allow, to agree
consigo   with himself
consiguiente   consequent
  por consiguiente   consequently; therefore
consola *f.*   console table; wall
  table
constante   constant
constelación *f.*   constellation
construcción *f.*   construction
construir*   to construct
consultar   to consult
consultorio *m.*   medical office
contacto *m.*   contact
contar* (**ue**)   to count; to tell
contemplar   to contemplate
contento   happy, content
contestación *f.*   answer
contigo   with you
continuar*   to continue
continuidad *f.*   continuity
contra   against; toward;
  facing
contrastar   to contrast
contratista *m.*   contractor
convencer*   to convince
convenir*   to agree
conversación *f.*   conversation
conversar   to converse
convertir* (**ie, i**)   to convert
convertirse* (**ie, i**)   to convert
convicción *f.*   conviction
coqueteo *m.*   flirtation
corazón *m.*   heart
corbata *f.*   necktie
cordal *f.*   wisdom tooth
corderito *m.*   (*dim.* **cordero**)
  lamb
cordial   cordial
cordialmente   cordially
cordillera *f.*   mountain range
cordoncillo *m.*   little lace cord
cornisa *f.*   cornice

corral *m.* corral, barnyard
correcto correct
corredor *m.* corridor
corregir* (i, i) to correct
correo *m.* mail; post office
correr to run
correría *f.* short trip
  amigo de correrías cohort in escapades
correspondencia *f.* correspondence
corresponder to correspond
corrido *m.* folk song
corriente *f.* current, flow
cortar to cut
cortés courteous, polite
cortesía *f.* courtesy
cortina *f.* curtain
corva *f.* back of the knee
cosa *f.* thing
cosecha *f.* harvest
cosquilleo *m.* tickle
costado *m.* side, flank
costar* (ue) to cost
  como si le costara as if it were hard for him
costillar *m.* rib, back
  un costillar de cordero a side of lamb
costumbre *f.* custom, habit
  de costumbre usual
cráneo *m.* head
crear to create
crecer* to grow; to increase; to rise; to swell; to grow up
creciente growing
crecimiento *m.* growth
creer* to believe
crepúsculo *m.* dusk
creyendo (*pres. p.* **creer***) believing, thinking
creyó (*pret.* **creer***) he/she/it believed, thought
criada *f.* servant, maid
criado *m.* servant
criar to bring up, to rear; to nourish; to grow
criatura *f.* creature
crimen *m.* crime
crin *f.* mane
cristal *m.* crystal; glass
cristalino crystalline
crueldad *f.* cruelty
crujido *m.* cracking, creaking; crushing

cruzar* to cross
cuadra *f.* stable; block, group of houses
cuadro *m.* picture; portrait; square
  a cuadros plaid
cual (*adj. & pron.*) such as
  el cual which; who
  lo cual which
  por lo cual for which reason
cuál (*interr. adj. & pron.*) which; what; which one
cualquier any; anyone; whichever
cuan as
cuán how; how much
cuando when; although; in case; since
  aun cuando even if, even though
  cuando menos at least
  cuando más at most
  cuando quiera whenever
  de cuando en cuando from time to time
cuándo *adv.* when
cuanto as much as; respecting
  en cuanto as soon as
  en cuanto a with regard to
cuánto how much
cuaresma *f.* Lent
cuarto *m.* quarter; room
cubierta *f.* cover
cubierto covered
  cubierto de sal covered with salt
cucurucú *m.* cooing
cuello *m.* neck; collar
cuenta *f.* bill
cuento *m.* short story
cuerpecillo *m.* (*dim.* **cuerpo**) little body
  cuerpecillos de oro golden rays
cuerpo *m.* body; matter; corporation
cuestión *f.* question; quarrel; matter
  por cuestión de because of the matter of
cuidar to take care of; to watch over
culpa *f.* blame, guilt, fault; sin
  tener la culpa to be guilty

culpabilidad *f.* guilt
culpable guilty
cumplir to become true; to be fulfilled
curar to cure
curiosear to snoop, to peak; to observe with curiosity
curiosidad *f.* curiosity
curioso curious; neat; careful
custodia *f.* custody
cuyo of which; whose, of whom

CH

chal *m.* shawl
chaleco *m.* waistcoat, vest
chaqueta *f.* jacket
charlar to talk, to chat; to chatter
chico small
chico *m.* boy
chicotazo *m.* lashing; whipping
chillar to sizzle; to squeak; to shriek
chimenea *f.* fireplace
chiquillo *m.* (*dim.* **chico**) little child, youngster; lad, little boy
chirrido *m.* chirping; creaking
chiste *m.* joke
chocar* to collide, to hit
chocita *f.* (*dim.* **choza**) little hut, little shack
choza *f.* hut, shack

D

danzar* to dance
dañar to injure, to harm
dar* to give
  dar alimento to feed
  dar ánimos to encourage
  dar de comer to feed
  dar las ocho to be eight o'clock
  dar lástima to be pitiful
  dar vueltas to fuss about; to shift back and forth
  darle conversación to converse with
  darle gusto to please
  darse to give up
  darse ánimo to be encouraged

dar (*continued*)
  darse el gusto   to give himself the pleasure, to enjoy
  darse cuenta de   to realize
  darse por satisfecho   to consent; to be content
dé (*for. com.* **dar***)   give
de   of, from
  de sobre   on top of
debajo   beneath
deber *m.*   obligation
deber de   to have to, ought to
  deber de   should, must
débil   weak, feeble, faint
decidido   determined, decided
decidir   to decide
décimo *m.*   tenth; one tenth share of a lottery ticket
decir*   to say, to tell
  decir* palabra   to speak
decirse*   to be called; to say
decisión *f.*   decision
declarar   to declare, to make known
declinar   to decline; to draw to a close
dedicar*   to dedicate
dedicarse*   to devote oneself
dedo *m.*   finger
  punta de los dedos   fingertips
  me viene como anillo al dedo   it fits me like a glove
defenderse   to defend
defensa *f.*   defense
definir   to define
definitivo   definitive
dejar   to leave; to let go; to allow
  dejar de   to stop
  dejó de pedalear   he stopped pedaling
dejarse   to allow oneself
dejo *m.*   effect
dejó caer (*pret.* **dejar caer**)   he/she/it dropped
delantal *m.*   apron
delante   before, ahead, in front
  delante de   before, ahead of, in front of
demás   other
  lo demás   the rest
  los demás   the others

demasiado   too, too much
déme (*for. com.* **dar***)   give me
demora *f.*   delay
dentadura *f.*   set of teeth
dentista *m.* & *f.*   dentist
dentro   inside; within
  dentro de   within
  por dentro   on the inside
depender de   to depend on
dependienta *f.*   clerk
depositar   to deposit
derecha *f.*   right hand; right-hand side
  a la derecha   right, on the right, to the right
derecho *m.*   right; privilege
derivar   to derive
derramar   to spill
derrengar*   to cripple, to bend
derribar   to destroy; to knock down; to shoot
derrumbarse   to collapse, to crumble
desabotonar   to unbutton
desafiar   to challenge
desahogo *m.*   comfort
  con desahogo   comfortably
desaparecer*   to disappear
desarrollar(se)   to develop, to unroll; to unfold; to take place
desarrollo *m.*   development
desasosegar   to worry; to disturb
desayunar   to have breakfast
desayuno *m.*   breakfast
desazonar   to upset, to displease
descansar   to rest
descaradamente   impudently
descargar*   to unload; to discharge; to free; to brace
descolorido   pale
desconfianza *f.*   lack of confidence
desconocido   unknown; strange
descortés   rude
descoyuntar   to dislocate; to disjoint
describir   to describe
descripción *f.*   description
descubierto   discovered, revealed
descubrimiento *m.*   discovery
descubrir   to discover

desde   since; from; after
  desde entonces   since then
  desde hace horas   for hours
  desde lejos   from a distance, from afar
  desde siempre   from the beginning of time
desear   to desire, to wish done
desempacar*   to unpack
desenlace *m.*   outcome, result
desensillar   to unsaddle
desentonar   to wound someone's pride; to be out of place
deseo *m.*   desire, wish
desesperación *f.*   desperation
  acceso de desesperación   outburst
desesperado   desperate, without hope
desesperarse   to become irritated, to become annoyed
desfilar   to parade
desfile *m.*   parade
desfondado   crumbled
desgajar   to separate
  irse desgajando   separating himself
desganado   reluctant; half-hearted, listless
desganar   to be listless, to be without appetite
desgano *m.*   reluctance
desgracia *f.*   misfortune
deshonra *f.*   disgrace
desierto *m.*   desert
desierto   deserted
desilusionante   disillusioning
desilusionar   to disillusion
desintegrarse   to disintegrate, to break up
desinteresado   disinterested, unselfish, fair
desistir   to desist, to abandon
deslizar*   to slip
deslizarse*   to slip; to glide
desmentir* (**ie, i**)   to contradict
desocupado   free, vacant; unemployed
desollar   to spin
despacio   slow, slowly; at leisure; in a low voice
despedida *f.*   farewell; leaving
despedir* (**i, i**)   to dismiss

despedirse* (i, i) to take leave; to say good-bye

despegar* to separate, to detach

despertarse* (ie) to wake up

despiadado pitiless, cruel

despidió (*pret.* **despedir***) he/she/it dismissed

  se despidió (*pret.* **despedirse***) he/she/it took leave of

despiojar to delouse, to clean oneself of lice

desplegar* to unfold

después after, afterward

  después de after

despuntar to dawn

destemplado disagreeable, unpleasant; shrill

desteñido faded

desteñir* (i, i) to discolor; to fade

destrabar to unbind, to loosen

destripar to gut; to crush, to mangle

destrucción *f.* destruction

destruido (*p.p.* **destruir***) destroyed

destruir* to destroy

detectar to detect

detención *f.* detention, detainment

detener* to detain

  detenerse* to stop; to linger, to tarry

detenidamente attentively, cautiously

determinación *f.* determination

detrás behind

detrasito (*dim.* **detrás**) right behind

detuve (*pret.* **detener***) I detained

  me detuve (*pret.* **detenerse***) I stopped

detuvo (*pret.* **detener***) he/she/it detained

  se detuvo (*pret.* **detenerse***) he/she/it stopped

devolver* (ue) to return, to give back

devoto devout, pious, devoted

di (*pret.* **dar***) I gave

día *m.* day

  de día by day, in the daytime

hoy en día nowadays

un día de estos one of these days

diablo *m.* devil

diálogo *m.* dialogue

diamante *m.* diamond

dibujo *m.* drawing; outline; description

diciembre *m.* December

diciéndome (*pres. p.* **decir***) telling me

dictadura *f.* dictatorship

dicha *f.* happiness

dicho (*p.p.* **decir***) said, told

diente *m.* tooth

diez ten

diferencia *f.* difference

diferenciar to differentiate

diferenciarse to differ

diferente different

difícilmente with difficulty

dificultad *f.* difficulty

difunto deceased, dead

dignidad *f.* dignity

dijo (*pret.* **decir***) he/she/it said, told

díle (*fam. com.* **decir***) tell him

diluirse* to fade, to become faded

diminutivo *m.* diminutive

dinamita *f.* dynamite

dinero *m.* money

dio (*pret.* **dar***) he/she/it gave

dios *m.* god

director *m.* director

dirigido directed, addressed; guided

dirigir* to direct, to lead; to address; to guide; to manage, to steer

dirigirse* to go; to turn

discernir* (ie) to discern, to distinguish

disculparse to excuse oneself, to apologize

discusión *f.* discussion

discutir to discuss

diseño *m.* design

disgusto *m.* displeasure

disimular to conceal, to hide

disiparse to disappear, to dissipate

disminuir* to diminish

disminuyendo (*pres. p.* **disminuir***) diminishing

disparar to shoot, to fire

displicente casual

disponerse* to get ready

dispuesto ready, prepared; arranged; clever, skillful

disputa *f.* dispute; fight; struggle

distancia *f.* distance

distante distant, remote

distinguir* to distinguish, to differentiate

distinto distinct; different

distintos various, several

distraer to distract

distraídamente distractedly

distrajo (*pret.* **distraer***) he/she/it distracted

disuadir to dissuade

disyuntiva *f.* dilemma

diversión *f.* diversion

diverso diverse; different

diversos several

dividir to divide

divisar to be invisible; to distinguish

divorciar(se) to obtain a divorce

doblar to bend; to turn

doblarse to fold; to double; to give in; to buckle

doble double

doctor *m.* doctor

dólar *m.* dollar

doler* (ue) to ache, to hurt; to grieve

dolor *m.* ache; pain; grief, sorrow

dolorido in pain

dominar to dominate, to check, to restrain; to master, to control

domingo *m.* Sunday

dónde where

  por dónde where

donjuanesco like Don Juan

dorado golden

dormir* (ue, u) to sleep, to be sleeping

  un mal dormir a bad night's sleep

dormirse* (ue, u) to sleep, to fall asleep

dormitar to doze

dos two
doscientos two hundred
dote *f.* dowry
  de dote as a dowry
drama *m.* drama
dramático dramatic
droga *f.* drug
duda *f.* doubt
  sin duda without a doubt, certainly
dudar to doubt, to question; to hesitate
dueña *f.* owner, proprietress, mistress
dueño *m.* owner, proprietor, master
dulce sweet, pleasant
dulzura *f.* gentleness, sweetness
durante during, while
durar to last; to remain
duro hard
duro *m.* Spanish coin

E

e and (*used for* y *before* i-, hi-)
económico economic
echar to throw; to dismiss; to expel; to drive away; to toss; to cast
  echar a to begin to; to burst out (*in tears*)
  echar al correo to mail
  echar flores to toss flowers; to court
  echarse a to begin
  echárselo to load him on
  echó para atrás he threw back
edad *f.* age
edificio *m.* building
efectivamente effectively
efecto *m.* effect
  en efecto indeed, as a matter of fact
  por efecto de as a result of
efímero fleeting
él he; him; it
elástico elastic
  cargadores elásticos suspenders
elogio *m.* praise, eulogy
ella she; her; it
ellas (*pl. of* ella) they; them

ellos (*pl. of* él) they; them
embarazo *m.* embarrassment
embargo *m.* embargo
  sin embargo nevertheless
embutir to insert; to pack tightly
embutirse to be crammed; to be packed tightly
empacar* to pack; to crate
empalizada *f.* (stockade) fence
empapar to wet, to soak
empecé (*pret.* **empezar*** [ie]) I began
empedrado *m.* cobblestone pavement
empellón *m.* push, shove
empeñarse to persist
empezar* (ie) to begin
empleado *m.* employee
emplear to employ
empleo *m.* job; task
empujar to push, to shove
empujón *m.* push
en in; at; on
  en alto in the air; up high
enamorado in love
encajar to stick in
encaje *m.* lace
encantar to enchant, to charm
encarar to aim
  encararse con to confront
encargado *m.* person in charge
encender* (ie) to light; to ignite; to start (*a car*); to kindle, to inflame
encía *f.* gum
encima above, overhead; besides, in addition
encoger* to shrivel, to shrink; to bend over
encontrar* (ue) to encounter, to meet; to find
  encontrarse* to meet, to meet each other; to be situated; to find oneself
  encontrarse con to come upon
encuentro *m.* encounter, meeting; clash
endemoniado devilish, possessed by the devil
enderezarse* to straighten oneself up, to stand up
endurecer* to harden

endurecido hard; strong; obstinate
energéticamente energetically
energía *f.* energy
enfadar to anger
  enfadarse to get angry
enfermarse to get sick
enfrente facing, opposite
  de enfrente in front of; opposite
  enfrente a in front of
  enfrente de in front of; opposite
enfurecerse* to become furious
engañar to deceive
enjuto slender
enloquecer* to make crazy
enojar to get angry
enorme enormous
enredar to hamper, to entangle
enrollar to wind; to roll
enrollarse to peel off
ensabanar to cover
ensangrentado gory, bloody
enseguida immediately, right away
enseñar to teach
ensordecedor deafening
entender* (ie) to understand
enterar to inform
  enterarse de to find out about
enterrar* (ie) to bury
entibiar to temper; to make lukewarm, to be lukewarm
entonces then
  de entonces at that time
  desde entonces since then
  por entonces around that time
entrada *f.* entrance
entraña *f.* internal organ, entrail
entrar to enter
entre between, among
entreabierto half-open
entrecortadamente falteringly
entregado delivered; given up
entregar* to deliver; to give up
entremezclar to mix
entretenerse* (ie) to amuse each other
entristecer* to sadden
entusiasmado enthused

entusiasmo *m.* enthusiasm
envasado canned
envasar to can
enviar* to send
envidiable enviable
envolver* (ue) to envelop
envuelto (*p.p.* envolver*) enveloped
época *f.* epoch
equivocar* to mistake
  equivocarse* to make a mistake; to be wrong, to be mistaken
erguir* to raise, to lift up
  erguirse* to straighten up
error *m.* error
esbeltez *f.* slenderness
escalera *f.* stairs, stairway, staircase
  escalera arriba upstairs
escalón *m.* step
escándalo *m.* scandal
escapar to free, to save; to escape, to flee
  escaparse to escape; to flee, to run away
escaparate *m.* show window; glass case
escena *f.* scene
escenario *m.* stage, scene
escoger* to select, to choose, to pick out
escombro *m.* debris, rubbish
esconderse to hide
escondite *m.* hiding place
escribir to write
escritorio *m.* desk
escuchar to listen to
escudriñar to examine
escuela *f.* school
escupidera *f.* spittoon
ese that
ése that (one)
esforzado strong
esfuerzo *m.* effort
esmeralda *f.* emerald
eso that
  a eso de around
  eso sí that indeed
  por eso therefore
espacio *m.* space
espalda *f.* back
  de espaldas with his back
espantar to frighten
espanto *m.* fright; terror; threat

espantoso frightening
especial special
especie *f.* kind
específico specific
espectacular spectacular
espejo *m.* mirror
espera *f.* wait, waiting
esperanza *f.* hope
esperar to hope; to wait for; to expect
espesarse to become thick, to thicken
espíritu *m.* spirit; mind
esposa *f.* wife
esposo *m.* spouse, husband
espuela *f.* spur
espumadera *f.* colander
esquina *f.* corner
establecer* to establish
establecimiento *m.* establishment
establo *m.* stable
estación *f.* season; station
estacionarse to park; to station
estado *m.* state
estallar to burst, to explode
estar* to be
estatua *f.* statue
estatura *f.* stature
este this
éste this (one)
estereotipo *m.* stereotype
estilístico stylistic
estilo *m.* style
estirar to stretch
esto this
estómago *m.* stomach
estrecho narrow, tight
estrella *f.* star
estremecer* to tremble
estremecerse* to shudder
estridencia *f.* stridence; shrillness
estuche *m.* jewel box, case
estudiar to study
estudio *m.* study; studio
estúpido stupid
estuve (*pret.* estar*) I was
estuviéramos (*imp. subj.* estar*) we were
eternidad *f.* eternity
eterno eternal
evidente evident, plain
exactamente exactly
exacto exact

exagerar to exaggerate
exaltado extreme; exalted
examinar to examine; to inspect
excelente excellent
excepción *f.* exception
excitación *f.* uneasiness
exclamar to exclaim
excusarse to excuse oneself; to apologize
existencia *f.* existence
existente existent
existir to exist
experiencia *f.* experience
experimentar to experience, to undergo, to feel; to test, to try out
explicar* to explain
explicarse* to explain oneself; to speak one's mind
explique (*for. com.* explicar*) explain
explosión *f.* explosion, outburst
exponer* to expose; to explain
exposición *f.* exposition, arrangement
expresión *f.* expression
extensivo extensive
exterior exterior, outer
extranjero strange; foreign
extrañarse to marvel; to seem strange
extrañeza *f.* strangeness, oddity; wonderment, surprise
  con extrañeza with surprise, surprisedly
extraño strange
extremadamente extremely

F

fácil easy
fácilmente easily
fachada *f.* facade, front (of a building)
falta *f.* fault
faltar to be lacking, to be wanting; to falter; to fail; not to fulfill one's promise
fama *f.* rumor
familia *f.* family
familiar familiar
famoso famous
fantasía *f.* fantasy; fancy

fantasma *m.*   phantom, ghost
farol *m.*   lamp; street light
fase *f.*   phase
fastidiado   annoyed
favor *m.*   favor
  por favor   please
favorito   favorite
fe *f.*   faith
febrero *m.*   February
federal   federal
felices (*pl. of* **feliz**)   happy
felicidad *f.*   happiness
feliz   happy; lucky; felicitous
femenino   feminine
feo   ugly
festín *m.*   banquet
fideo *m.*   noodle
fiesta *f.*   party
figura *f.*   shape, figure
figurar   to figure
fijamente   intently
fijarse (en)   to notice
fijeza *f.*   steady gaze
fijo   fixed; fun; solid
fila *f.*   row
filosofía *f.*   philosophy
fin *m.*   end; aim; purpose
  a fin de   in order to
  a fines de   at the end of
  al fin   at last
  por fin   at last
final *m.*   end
finalmente   finally
finca *f.*   farm
fingir*   to feign, to pretend
fino   fine, delicate; elegant
firma *f.*   signature
firme   firm
firmeza *f.*   firmness
física *f.*   physics
físico   physical
fleco *m.*   fringe
flechar   to wound with an
  arrow; to pierce
flojo   limp; weak; lazy
flor *f.*   flower
floral   floral
fondo *m.*   bottom, depth;
  background
fondos *m. pl.*   funds
forma *f.*   form
formar   to form
fornido   husky, sturdy, robust
fortificar*   to fortify, to
  strengthen
forzar* (**ue**)   to force

fosforescente   phosphorescent
foto *f.*   photo
fragmentar   to reduce to frag-
  ments
frase *f.*   phrase; sentence;
  idiom
frente *m.*   front, front line;
  facade
frente *f.*   brow; forehead
frente   in front of
  frente a   in front of;
    compared with; faced with
  de frente   straight ahead
fresa *f.*   strawberry; dentist's drill
fresco   fresh, cool
fríamente   coldly, rigidly, coolly
frijol *m.*   bean
frío   cold; dull; weak
frío *m.*   cold
  hacer frío   to be cold
    (*weather*)
  tener frío   to be
    cold   (*people*)
frito   fried
frondoso   leafy
frotar   to rub
frustrado   frustrated
fruta *f.*   fruit
fuego *m.*   fire; light
fuente *f.*   fountain; source
fuera (*imp. subj.* **ser***)   were
fuera   outside, off, away
  de fuera   from outside, on
    the outside
fuerte   strong, hard, loud,
  heavy
fuerza *f.*   force; strength; power
  aspiró con fuerza   he
    breathed deeply
fuese (*imp. subj.* **ser***)   were
fuesen (*imp. subj.* **ser***)   were
fugaces (*pl. of* **fugaz**)   fleeting
función *f.*   function
furia *f.*   fury
  con furia   furiously
furtivo   furtive, stealthy
fusilamiento *m.*   shooting
fusilar   to shoot, to execute
fustigar*   to whip through
futuro *m.*   future

G

gabinete *m.*   office; cabinet
galante   gallant, attentive to
  women

galería *f.*   corridor
galopar   to rush
galvanizar*   to galvanize
gallinazo *m.*   buzzard
ganado *m.*   flock
ganar   to earn; to win; to win
  over; to gain
garaje *m.*   garage
garganta *f.*   throat
gastado   run down, worn out
gastar   to spend; to waste; to
  wear out
gatillo *m.*   forceps
gato *m.*   cat
gaucho *m.*   herdsman; skilled
  horseman
gaveta *f.*   drawer
generacional   generational
  barrera generacional   genera-
    tion gap
general (*adj. & m.*)   general
  colector general *m.*   tax col-
    lector
  en general   in general, gen-
    erally
  por lo general   generally
generosidad *f.*   generosity
generoso   generous
Génesis *m.*   Genesis
gente *f.*   people; folks; race;
  nation
gerundio *m.*   gerund
gesto *m.*   gesture
gigantesco   gigantic
girar   to roll
glacial   icy
gloria *f.*   glory
gobierno *m.*   government
golosina *f.*   delicacy; goody,
  treat
golpe *m.*   blow, stroke, hit,
  knock
golpecito *m.* (*dim.* **golpe**)   tap
gordo   fat; rash; heavy
  premio gordo   first prize
  sacar* **el gordo**   to win the
    first prize
gordo *m.*   first prize in the
  lottery
gorra *f.*   cap
gota *f.*   drop
gotear   to drip
gozar*   to enjoy, to delight in
grabar   to engrave
gracejo *m.*   grace; humor, wit
gracia *f.*   grace

gracioso witty, funny, amusing; graceful; pleasing
grado *m.* degree; grade
gran great, large (*before masculine singular nouns*)
grande big, large; great
grandeza *f.* grandeur
granizo *m.* hail
grasa *f.* fat, grease
gratificación *f.* payment
gringa *f.* non-Hispanic American
gringo *m.* non-Hispanic American, foreigner, North American
gris grey
gritar to shout
grueso big; thick; heavy
gruñir* to growl
grupo *m.* group
guapo handsome
guardar to guard, to watch over; to protect; to put away; to show; to observe; to save, to keep; to put
  guardar silencio to remain silent
güero blond
guerra *f.* war
guerrera *f.* tunic
guiso *m.* stew
gustar to be pleasing
gustativo relating to the sense of taste
gusto *m.* taste; pleasure
  a gusto content, happy
  darle gusto to please
  darse el gusto to give oneself the pleasure, to enjoy

H

haber* (*aux. v.*) to have
  haber* de + *inf.* to be to; to have to
  habría que ver we would just have to see
  había there was, there were
habitación *f.* room; dwelling, residence
habituado accustomed
habituar to accustom
hablar to speak
hacer* to make; to do
  hace (+ *time*) ago, for
  desde hace horas for hours

hacer el papel to play the role
hacer mal tiempo to have bad weather
hacer preguntas to ask questions
hacía rato after a little while
haga buches gargle
haz por oir try to hear
hecho (*p.p.* **hacer***) done, made
  no hacer caso de to ignore
hacia toward, in the direction of
haga (*for. com.* **hacer***) make
  haga buches gargle
hallar to find
hambre *f.* hunger
  pasar hambre to be hungry
  tener* hambre to be hungry
harina *f.* flour
harmonía *f.* harmony
harto tired, fed up
  estar harto de to be fed up with
hasta until; to; as far as; even
  hasta que until
hay there is, there are
hecho *m.* fact, event
hecho (*p.p.* **hacer***) made; done; transformed
helado frozen
helado *m.* ice cream
helarse* (ie) to freeze, to harden
heno *m.* hay
heráldico heraldic
  rama heráldica noble lineage
heredar to inherit
herencia *f.* inheritance
herida *f.* wound
herido hurt, wounded
hermanito (*dim.* **hermano**) little brother
hermano *m.* brother
  hermanos brother(s) and sister(s)
hermoso beautiful, lovely; handsome
héroe *m.* hero
hervir* (ie, i) to boil
hice (*pret.* **hacer***) I made; I did
hielo *m.* ice

hierba *f.* grass
hierro *m.* iron
hijo *m.* son
  hijos children; descendants
hilera *f.* row
hinchado swollen
hispano Hispanic
histeria *f.* hysteria
historia *f.* history; story
histórico historical
hizo (*pret.* **hacer***) he/she made, did
  se me hizo un nudo I got a lump
hocico *m.* snout
hogar *m.* fireplace, hearth; home
hoja *f.* leaf; sheet of paper; page; lid
hojear to leaf, to turn the pages of; to browse
holganza *f.* freeloading
hombre *m.* man
hombrecito *m.* (*dim.* **hombre**) little man
hombría *f.* manliness
  hombría de bien honor, honesty
hombro *m.* shoulder
homicidio *m.* homicide
hondo deep
honor *m.* honor
hora *f.* hour; time
  a las altas horas very late
  ¿a qué hora? at what time?
  desde hace horas for hours
hosco sullen
hospitalidad *f.* hospitality
hoy today
  hoy (en) día nowadays
hubiera (*imp. subj.* **haber***) (*aux.*) had
hubiese (*imp. subj.* **haber***) (*aux.*) had
hubo (*pret.* **haber***) there was, there were
huella *f.* track
huerta *f.* orchard, garden
huerto *m.* garden, orchard
hueso *m.* bone
huevo *m.* egg
  huevos de araña spider eggs
huir* to flee
humedecer* to dampen, to moisten, to wet

húmedo humid
humilde humble
hundir to submerge; to crush; to sag

I

idílico idyllic
iglesia *f.* church
ignorar not to pay attention to, to be unaware of
igual equal
　igual que equal to
ijar *m.* buttock
iluminado illuminated
ilusión *f.*. illusion
imagen *f.* image
imaginación *f.* imagination
imaginado imagined
imaginarse to imagine
impacientarse to get impatient
imperfecto *m.* imperfect
impertinente impertinent
importante important, significant
importar to be important
imposible impossible
impresión *f.* impression
impresionar to impress
improvisado sudden, new
improviso unexpected, unforeseen
　de improviso unexpectedly
impulsar to impel, to drive
incidente *m.* incident
inclemente inclement, unfavorable
inclinado leaning, bent
inclinar to bend
inclinarse to bend, to bow
incluso even
inconformidad *f.* nonconformity; impatience
inconsciente unconscious
inconveniente *m.* obstacle; objection
inconveniente inconvenient; improper
incrédulo incredulous, unbelieving
indeciso indecisive, vague; questioning
independientemente independently
indicado appropriate

indicar* to indicate
indicativo *m.* indicative
índole *f.* disposition; kind, type
indudable doubtless, inevitable
inesperado unexpected
infantil infant, infantile
infelicidad *f.* misery, unhappiness
infeliz unhappy
　¡infeliz de mí! wretched me!
inferior inferior; lower
inferir* (ie, i) to infer
infierno *m.* hell
infinitivo *m.* infinitive
infinito infinite
infinito (*adv.*) greatly
influencia *f.* influence
informar to inform
informe shapeless, formless
ingenuidad *f.* candor, unaffected simplicity
　con ingenuidad innocently
inglés English
inicial *f.* initial
injuriar to insult
inmediatamente immediately
inmediato immediate
　de inmediato right away
inmenso big, immense
inmóvil motionless
inocente innocent
inquietante restless; unsettling
inquirir* (ie) to inquire, to investigate
insecto *m.* insect
insistir to insist
insolencia *f.* insolence, impudence
insolente insolent, impudent
instante *m.* instant
instintivamente instinctively
insultar to insult
insulto *m.* insult
integrar to integrate
intencionadamente intentionally
intencionado deliberate; knowing; loaded
intensidad *f.* intensity
intenso intense
interés *m.* interest
interesar to interest
　interesar por to be interested in

intereses (*m. pl. of* **interés**) interests; property
interior *m.* inside
interpretación *f.* interpretation
interpretar to interpret
interrumpir to interrupt
intervenir* to intervene, to mediate
intrusión *f.* intrusion
inusitado unusual
inútil useless
invadir to invade
inventar to invent, to concoct
invierno *m.* winter
invisible invisible
invitar to invite
ir* to go
　ir a (+ *inf.*) to be going to
　vámonos let's go
　vaya por la Virgen in the name of the Virgin (Mary)
ira *f.* anger
ironía *f.* irony
irguió (*pret.* **erguir***) he/she/it put up straight; straightened
　se irguió (*pret.* **erguirse***) he stood erect
irregular irregular
irresistible irresistible
irritante irritating
irritar to irritate
irse* to go away
　vete (*fam. com.* **irse***) go away
itálico italic
izquierda *f.* left hand; left-handed side
　a la izquierda left, on the left, to the left

J

¡ja! (*interj.*) ha!
　¡ja! ¡ja! ¡ja! ha! ha! ha!
jadeante breathless, panting
jardín *m.* garden
jarra *f.* jar
jefe *m.* chief, boss, leader
jerarca *m.* head
joven *f.* young woman
joven *m.* youth, young person
joven young
joya *f.* jewel
　joyas *f. pl.* jewelry, jewels
joyería *f.* jeweler's shop

juego *m.*   game
jugar* **(ue)**   to play
  jugar a las muñecas   to play
    with dolls
juguete *m.*   toy
julio *m.*   July
junio *m.*   June
junta *f.*   group
  junta de protección a
    animalitos   Society for the
    Protection of Animals
juntar   to join
junto   joined; united
  juntos   together
  junto *(adv.)*   together; at the
    same time
  junto a   near, close to
  junto con   along with, to-
    gether with
jurar   to swear; to promise
    upon oath; to take an oath
justamente   exactly, precisely
justicia *f.*   justice
justificar(se)*   to justify
justo   just, equitable, fair; exact
  veinte justos   exactly twenty
juventud *f.*   youth
juzgar*   to judge

L

la   the; her; it; you
labio *f.*   lip
lado *m.*   side; direction
  de lado   sideways; tilted
  de lado a lado   from side to
    side
ladrar   to bark
ladrido *m.*   bark, barking
ladrón *m.*   thief
lágrima *f.*   tear
  de lagrimas   with tears
laguna *f.*   lagoon
lamentación *f.*   sorrow;
    mourning
lámpara *f.*   lamp
langosta *f.*   locust; lobster
lanzar*   to hurl, to fling; to re-
    lease
lapicero *m.*   pencil *(mechan-*
    ical pencil with an adjust-
    able lead)
lápiz *m.*   pencil
largo   long, extended
  a lo largo (de)   along

lástima *f.*   pity
lastimar   to bruise, to hurt
lastimero   plaintive
lata *f.*   tin, tin can
latir   to beat
lavarse   to wash
lazo *m.*   rope, tie, band
lector *m.*   reader
leche *f.*   milk
leer*   to read
lejanía *f.*   distance; distant
    place
lejos   far, far away
  desde lejos   from a distance,
    from afar
lengua *f.*   tongue; language
  ató su lengua   she prevented
    herself from speaking
lentamente   slowly
lentitud *f.*   slowness
  con lentitud   slowly
lento   slow
levantar   to raise, to lift, to
    elevate
  levantarse   to stand up, to
    get up; to straighten up
leve   light
leyenda *f.*   legend
leyendo *(pres. p.* **leer***)   read-
    ing
leyera *(imp. subj.* **leer***)   I read
leyó *(pret.* **leer***)   he/she read
liberar   to free, to liberate
libertad *f.*   liberty, freedom
libre   free
libro *m.*   book
  libro de ventas   salesbook
licor *m.*   liquor
ligero   light
limeñita *f.* *(dim.* **limeña***)*
    native girl of Lima, Peru
limitar   to limit
limonada *f.*   lemonade
limpiar   to clean
limpiecito *(dim.* **limpio***)*   quite
    clean
limpio   clean
lindo   pretty, nice; fine; perfect
línea *f.*   line
  línea a línea   line by line
linterna *f.*   lantern
lista *f.*   list
  pasar la lista   to take roll
listo   clever, sharp; ready,
    quick, alert

literalmente   literally
lo   the; him, it; you
  lo demás   the rest
  lo mismo   just the same
  lo que   that which, what
  lo que sea   whatever it might
    be
loco   mad, crazy
lodo *m.*   mud
lograr   to get, to obtain; to
    achieve, to attain
loma *f.*   small hill, hillock
lomo *m.*   back
lotería *f.*   lottery
loza *f.*   porcelain
lozano   abundant; lush
luciente   shining, bright
lucir*   to show off; to show up
lucha *f.*   fight; quarrel; struggle
luego   later, afterward
lugar *m.*   place
  a como dé lugar   somehow
  en lugar de   instead of
  tener* lugar   to take place
luminoso   luminous, bright
  puntos luminosos   bright
    mirrors
luna *f.*   moon
lunes *m.*   Monday
lustroso   shining
luz *f.*   light
  a la luz   in the light

Ll

llama *f.*   flame
llamada *f.*   call
llamar   to call, to name; to in-
    voke; to attract
  llamar la atención   to attract
    attention
llamarada *f.*   flare
llano *m.*   plain
llanura *f.*   evenness, smooth-
    ness; plain
llegada *f.*   arrival
llegar*   to arrive
  al llegar   upon arriving
llegue *(pres. subj.*
    llegar*)   arrive
llenadero *m.*   container; bot-
    tom
  no tenías llenadero   you
    couldn't be filled

llenar to fill
  se me llenaron los ojos my
    eyes filled up
lleno full, plenty
llevar to carry; to wear; to
    have; to take; to lead to
  llevar a cabo to carry
    through, to accomplish
  llevar puesto to wear
llevarse to get along; to take; to
    carry away; to put
  llevarse la suerte to be lucky
llorar to weep (over), to
    mourn, to lament; to cry
lloroso tearful
llover* (ue) to rain
lluvia *f.* rain

M

macizo solid; massive
  maciza cadena heavy leash
macho male, strong
madera *f.* wood
madero *m.* board
madre *f.* mother
madrugada *f.* early morning,
    dawn
madrugador *m.* early riser
madurez *f.* maturity
maduro ripe
maestranza *f.* work area
maestro *m.* teacher
mágico magical
magullar to bruise
maíz *m.* corn
majestuoso majestic
mal bad
mal *m.* evil, harm
maldad *f.* wickedness, evil
maldecido cursed
maldecir* to curse
maldito wicked, damned
malicioso malicious; wicked
maligno evil
malo bad; evil; ill; poor;
    naughty
  por malo que no matter
    how bad
maltrecho battered, worn
malvo purple, mauve
mamá *f.* mama
manchado stained; clouded
manchar to spot; to stain; to
    cloud

mandados *m. pl.* groceries
mandar to command, to order;
    to send
  mandar hacer to have made
mandato *m.* command
mandíbula *f.* jaw
manejar to drive
manera *f.* manner, way
  a la manera de in the man-
    ner of; like
  a manera de in the form of
  de manera que so that
  de todas maneras anyway
manga *f.* sleeve
manguera *f.* hose
mano *f.* hand
  de la mano hand in hand
manta *f.* poncho
mantener* to support
mañana *f.* tomorrow; morning
  de la mañana in the morn-
    ing
  por la mañana in the morn-
    ing
  todas las mañanas every
    morning
maquinista *m. & f.* machinist
mar *m.* sea
maravilla *f.* marvel
maravilloso wonderful, mar-
    vellous
marca *f.* mark; make, brand
marco *m.* frame
marcha *f.* course; march
marchar to march; to run; to
    work; to leave
  marcharse to leave, to go
    away
marchito tired; withered
mareado nauseated, sick
margen *f.* border; area
más more, most
  a más de besides, in addi-
    tion to
  más allá beyond
  más bien rather
  más que more than
  más tarde later
  nada más nothing more
masa *f.* mass
mascota *f.* mascot
masticar* to chew
matar to kill
matices (*m. pl. of* **matiz**) tint,
    shade, hue

matricular to enroll
matrimonio *m.* matrimony
mayor older; larger; greater;
    oldest; largest; greatest
  de mayor a menor from
    largest to smallest
mayordomo *m.* estate
    manager
mecánico mechanical
medallón *m.* medallion
medicina *f.* medicine
médico *m.* physician, doctor
médico medical
medida measure
  a medida que in proportion
    to, as
medio half; middle
  a medio cerrar half closed
  en medio de in the middle
    of
  por medio de by means of
mediodía *m.* midday, noon
mejilla *f.* cheek
mejor better; best; highest
  a lo mejor unexpectedly
mejor (*adv.*) better; best
  mejor dicho rather
mella *f.* scratch
memoria *f.* memory; account,
    record
  de memoria by heart
mencionar to mention
mendigar* to beg
  an actitud de mendigar* in
    the posture of begging
menor smaller; younger; slight;
    less; least; smallest;
    youngest
  de mayor a menor from
    largest to smallest
menos less, least; fewer; fewest;
    except for
  a los menos at least
  al menos at least
  menos que less than
mensaje *m.* message
mentir (ie, i) to lie
mercancía *f.* merchandise
merecer* to deserve, to merit
  merecido deserved
mes *m.* month
mesa *f.* table
metálico metal
meter to put in, to insert, to
    put

meterse to interfere; to choose (*a profession*)
  meterse monja to become a nun
metro *m.* meter; subway
mexicano Mexican
mezclar to mix
miedo *m.* fear, dread
  tener miedo to be afraid
mientras while; whereas
  mientras que while; whereas
  mientras tanto meanwhile
miércoles *m.* Wednesday
  Miércoles de ceniza Ash Wednesday
mil thousand, a thousand, one thousand
milagro *m.* miracle
militar military
millón *m.* million
mina *f.* mine
mineral *m.* mineral; mine
minero *m.* miner
mintiendo (*pres. p.* **mentir***) lying
minuciosamente minutely
mirada *f.* glance, look, glaze
mirar to look (at)
misa *f.* mass; Catholic church service
miseria *f.* poverty
mismo same, similar; self
  ahí mismo right there
  ahora mismo right now
  lo mismo just the same
  mí mismo myself
  yo mismo myself
míster (*adj. + m.*) Mr.; mister
misterio *m.* mystery
mitad *f.* half
mito *m.* myth
mocito *m.* (*dim.* **mozo**) little boy
mocho blunt; flat
  su español mocho his broken Spanish
modelar to model, to form
modernista *m.* modernist
modesto modest
modo *m.* mood
  de tal modo que so much so that; in such a way that
  de un modo que with the result that

mojado wet
  azul mojado intense blue
mojar to wet, to moisten
  mojarse to get wet
molde *m.* mold
mole *f.* mass
molestar to disturb; to bother, to annoy; to tire
molestia *f.* hardship, bother
molino *m.* mill
momento *m.* moment
  de momento for a moment
moneda *f.* coin, money
monja *f.* nun
  meterse monja to become a nun
montaña *f.* mountain
montar to mount; to ride
  montar a caballo to ride horseback
monte *m.* mountain, mount
moral moral
moraleja *f.* moral (*of a story*)
morder* (**ue**) to bite; to pierce
moreno brunette; dark
morir* (**ue, u**) to die
  morirse de felicidad to be extremely happy
mortificación *f.* mortification
mostrador *m.* store counter
mostrar* (**ue**) to show, to exhibit
motivo *m.* motive; reason; grounds
motor *m.* motor
mover* (**ue**) to move; to stir up
  moverse* (**ue**) to move; to be moved
movimiento *m.* movement
mozo *m.* boy, waiter; servant
muchacha *f.* child; girl; servant, maid
muchacho *m.* young person; servant; boy
muchedumbre *f.* multitude, crowd
mucho much, a lot of, a lot
  muchísimo very much
mudanza *f.* move
mudarse to move
mudo dumb, mute; silent
mueble *m.* furniture
muela *f.* tooth
muellemente softly, smoothly

muerte *f.* death
muerto dead
muestrario *m.* book or collection of samples
mujer *f.* woman; wife
mulo *m.* mule
multitud *f.* multitude
mundo *m.* world
municipio *m.* town
muñeca *f.* wrist; doll
  jugar* a las muñecas to play with dolls
murió (se) (*pret.* **morirse***) he/she died
murmurar to whisper, to murmur
  apenas murmurando barely whispering
muro *m.* wall
músculo *m.* muscle
museable a museum place
música *f.* music
musical musical
muy very

N

nacer* to be born
nacimiento *m.* birth
nada nothing
  nada más nothing more
nadie no one
narración *f.* narration
narrador *m.* narrator
narradora *f.* narrator
narrar to narrate
natal natal, native
natural natural
naturaleza *f.* nature; disposition, temperament
naturalmente naturally
neblina *f.* fog
necesario necessary
necesitar to need
negocio *m.* business; affair
negro black
negruzco blackish
nerviosísimo extremely nervous
nervioso nervous
ni neither, nor
  ni siquiera not even
niebla *f.* fog
nieto *m.* grandson
ningún no, not any

ninguno *(adj. & pron.)* no, not any; none; neither; neither one
  en ninguna parte nowhere
niña *f.* girl
niño *m.* child, boy
nivel *m.* level
noche *f.* night; darkness
  a la noche tonight
  de la noche of the night
  de noche at night, by night
  por la noche at night
nombre *m.* name; fame; reputation
noreste *m.* northeast
normal normal
norte *m.* north
norteamericano *m.* North American
nosotros we; us; ourselves
nostalgia *f.* nostalgia
noticia *f.* news; notice; information
novela *f.* novel
novelero fond of fiction
novelesco novelistic
novia *f.* fiancée; bride; sweetheart
noviembre *m.* November
nube *f.* cloud
nublar to cloud
nuca *f.* nape of the neck
nudo *m.* knot
nueces *(f. pl. of* **nuez)** walnuts, nuts
nuestro our
nueva *f.* news
nueve nine
nuevo new
  de nuevo again
número *m.* number
nunca never
nupcial nuptial

O

objeto *m.* object
obligar* to oblige
obra *f.* work
obrero *(adj. & m.)* worker
obscuridad *f.* obscurity; darkness
obscuro dark; obscure
observar to observe
obsesionar to obsess

obstáculo *m.* obstacle, hindrance
obstinación *f.* stubbornness
obstinado obstinate, stubborn
ocasión *f.* occasion, opportunity
occidental western
ocurrir to occur
ocurrirse to occur
  se nos ocurrió occurred to us
ocho eight
  daban las ocho it was eight o'clock
ochocientos eight hundred
odiar to hate
odioso hateful
oficina *f.* office
ofrecer* to offer, to present
ofrenda *f.* offer
oído *m.* hearing; ear
oígan(la) *(for. pl. com.* **oir*)** listen (to her/it)
oigo *(pres.* **oir*)** I hear
oir* to hear; to listen to
  haz por oir try to hear
  no oyes ladrar you don't hear; don't you hear
  oí gritar I heard (them) call out
ojalá would that
ojera *f.* ring under the eye
ojillo *m. (dim.* **ojo)** little eye
ojo *m.* eye
ola *f.* wave
olfatear to sniff
olfatorio olfactory, relating to the sense of smell
oliente pungent-smelling
olivo olive
  verde olivo olive green
olor *m.* odor, fragrance, smell
  respiraba un olor glacial his breath was icy
oloroso delicious-smelling
olvidado forgotten
olvidar(se) to forget
olla *f.* big cooking pot
ollita *f. (dim.* **olla)** little pot
once eleven
opaco opaque
operación *f.* operation
operar to operate
opinar to think, to have an opinion, to pass judgment

opinión *f.* opinion
opíparamente splendidly
optimista *m. & f.* optimist
opuesto opposite
oración *f.* sentence
ordenar to order, to command; to put in an order
ordinariamente ordinarily
ordinario ordinary; normal
oreja *f.* ear
organizar* to organize
orgulloso proud
origen *m.* origin
originalidad *f.* originality
oriental eastern
  Banda Oriental Uruguay
orilla *f.* bank, shore
oro *m.* gold
  cuerpecillos de oro golden rays
oscurecer* to darken, to grow dark; to dim
oscuro dark, obscure
oso *m.* bear
otro other, another
oveja *f.* ewe, female sheep
oyendo *(pres. p.* **oir*)** hearing
oyó *(pret.* **oir*)** he/she/it heard

P

pabellón *m.* pavilion, area
pacer* to graze
pacto *m.* agreement, pact
padre *m.* father
  padres *pl.* parents
pagar* to pay, to pay back; to treat
página *f.* page
paisaje *m.* landscape
país *m.* country
paja *f.* straw
  el (techo) de paja thatched *(roof)*
palabra *f.* word
  decir* palabra to speak
palacio *m.* palace
palanquero *m.* pile driver
palidecer* to grow pale
palidez *f.* paleness
pálido pale, pallid
palito *m. (dim.* **palo)** little stick

palmo *m.* span of the hand, about eight inches
  palmo a palmo inch by inch
paloma *f.* dove
palpar to feel; to touch
pampa *f.* pampas, plains
pan *m.* bread
panorama *m.* panorama
pantalón *m.* pant, trouser
pañuelo *m.* handkerchief; shawl
papa *f.* potato
papá *m.* dad
papel *m.* paper; role
  hacer* el papel to play the role
  papelito *m.* (*dim.* **papel**) little paper
par *m.* pair
para for, in order to
  ¿para qué? for what reason?
  para que so that
paraíso *m.* paradise
paralizado paralyzed
parapetarse to shelter oneself
pararse to stop
pardo brown
parecer* to seem
  al parecer apparently
  parecer*se a to resemble, to look alike
pared *f.* wall
paredón *m.* thick wall
pareja *f.* pair, couple
parejo even, smooth
paréntesis *m.* parenthesis
parientes *m. pl.* relatives
parlanchino talkative, jabbering
parque *m.* park
parra *f.* grapevine
párrafo *m.* paragraph
parte *f.* part
  a todas partes everywhere
  en ninguna parte nowhere
participar to participate
participio *m.* participle
partir to divide; to share; to depart
  a partir de starting with
pasado past; gone by; done, spent
pasado *m.* past
pasador *m.* bolt

pasar to pass; to happen; to spend time, to move
  pasar la lista to take roll
  pasar para adentro to come in
pasearse to stroll
paseo *m.* walk
pasión *f.* passion
paso *m.* step, footstep; pace
  malos pasos bad ways
pastar to graze
pasto *m.* pasture, grass
pastor: perro pastor shepherd dog
patio *m.* patio, yard, courtyard
pausa *f.* pause
paz *f.* peace
pecho *m.* chest, heart
pedal *m.* pedal
pedalear (en) to pedal; to pump
pedazo *m.* piece
pedido requested
pedigree *m.* pedigree
pedir* (i, i) to ask for, to beg; to solicit
  pedir* la mano to ask for (her) hand in marriage
pegar* to hit, to strike, to beat, to slap; to press; to stick; to paste; to fasten
  no pegar* el ojo not to sleep a wink
  te pega un tiro he will shoot you
pelado bald; hairless
pelaje *m.* fur
peldaño *m.* step
pelear to fight; to struggle; to quarrel
película *f.* movie
peligroso dangerous
pelirrojo redhead
pelo *m.* hair
pena *f.* pain, shame, sorrow
  toque sin pena don't hesitate to knock
pendiente *f.* slope
penetrar to penetrate; to enter
pensamiento *m.* thought
pensar* (ie) to think; to intend to
  pensar* de to think of (*to offer an opinion of*)

pensar* en to think of (*to turn one's thoughts to*)
pensativo pensive, thoughtful
penumbra *f.* penumbra; darkness
peor (*adj. & adv.*) worse; worst
pequeñez *f.* smallness
pequeño small, little
perder* (ie) to lose; to fade
  perder colores y carnes to become pale and thin
pérdida *f.* loss
perdido lost
perdonar to pardon, to forgive
perfecto perfect
perfumar to perfume
perico *m.* parakeet
periódico *m.* newspaper
perla *f.* pearl
permanente permanent
permitir to permit, allow
pero but
perplejo puzzled, perplexed
perro *m.* dog; vermin
  perro pastor *m.* shepherd dog
persogar* to stake out
persona *f.* person
personaje *m.* personage; character
personalidad *f.* personality
perspectiva *f.* perspective
pertenecer* to belong
peruano Peruvian
perverso perverted; wicked
pesado heavy, harsh
pesar *m.* sorrow, regret
  a pesar de in spite of
pescuezo *m.* neck
pesimista *m. & f.* pessimist
peso *m.* weight; burden; monetary unit in some Latin American countries
pestañear to blink
petróleo *m.* oil
picar* to poke; to puncture; to chop; to pick
picardía *f.* roguery, malice
  con picardía playfully
pida (*pres. subj.* **pedir***) ask, request
pidiendo (*pres. p.* **pedir***) asking, begging

pidió (*pret.* **pedir***) he/she/it asked for, requested
pie *m.* foot, base, bottom; caption
  de pie standing, firm, steady
  de pies muy andariegos very fond of walking
piedad *f.* pity
piedra *f.* rock
piel *f.* skin
pierna *f.* leg
pieza *f.* piece
pila *f.* pile, heap
  pilas de heno haystacks
pintado painted, portrayed, depicted
pintar to paint; to hang around
pintarse to depict, to describe
pinza *f.* tong
pipa *f.* pipe
  a pipa of a pipe
piropo *m.* flattery; compliment
pisar to step on; to pound, to beat
piso *m.* floor; apartment
pistola *f.* pistol
pizcador *m.* picker
pizcar* to pick
placer *m.* pleasure
plana *f.* page; side (*of a sheet*)
plano *m.* plan
plata *f.* silver
plato *m.* dish
plaza *f.* plaza; public square
plazo *m.* time
plomo *m.* lead
  a plomo vertically; directly
pobre poor
  pobre de ti you poor thing
pobreza *f.* poverty
poco little, small
  poco a poco little by little
  pocos few
  ser* **poco** to be of little importance
  un poco (de) a little
poder* (**ue**) to be able, can
  no poder* **más** to be able to stand something no longer
  a más no poder to the utmost
  poder* **con** to be able to bear, to manage
policía *f.* police

policial police
polvo *m.* dust
polvoriento dusty
pomo *m.* flask
poner* to put, to place; to set (*the table*)
  al ponerse el sol at sunset
  llevar puesto to wear
  ponerse to become
  ponerse a to begin to
  se puso a began to
póngase (*for. com.* **ponerse***) put yourself
por by; through; over; by means of; during; in; per
  por anticipado in advance
  por eso for that reason, therefore
  por favor please
  ¿por qué? why?
  por teléfono by telephone
porche *m.* porch, portico
pordiosero *m.* beggar
porque because
  porque si because if
portal *m.* hallway
porte *m.* bearing
posada *f.* inn; lodging
posadera *f.* innkeeper
posadero *m.* innkeeper
posar(se) to perch; to alight; to rest
posesión *f.* possession
posibilidad *f.* possibility
posible possible
posición *f.* position; status
posterior back
postigo *m.* shutter; gate
postizo false
poyo *m.* stone seat or bench
pozo *m.* well
precio *m.* price
precipitado precipitate, hasty, rash
preciso necessary
precoz precious
predilecto favorite
preferible preferable
preferir* (**ie, i**) to prefer
pregunta *f.* question
preguntar to ask a question, to ask
premiado prize-winning
premio *m.* prize
  premio gordo first prize

sacar* **el premio** to win the prize
prenda *f.* jewel; pledge; token
prender to grasp, to catch; to fasten
prendido fastened, filled
preocupación *f.* preoccupation; worry
preocupado worried
preocupar to preoccupy
preocuparse to worry
preparar to prepare
preparativo *m.* preparation
presencia *f.* presence
presentar to present, to show; to introduce
  presentarse to present oneself; to appear, to show up
presente present, actual
  presente perfecto present perfect
presión *f.* pressure
prestar to loan, to lend
  prestar atención to pay attention
pretender to pretend, to claim
pretérito *m.* preterite
pretil *m.* walk; edge
prima *f.* cousin
primer first
  a primera hora first thing in the morning
primero first, first of all
primitivo primitive
princesa *f.* princess
principio *m.* start, beginning
  al principio in the beginning
prisa *f.* haste
  con prisa hurriedly
prisión *f.* imprisonment; prison
probable probable
probar* (**ue**) to try; to taste
probarse* (**ue**) to try on
problema *m.* problem
procurar to try
producir* to produce
produjo (*pret.* **producir***) he/she/it produced
profesión *f.* profession
profesor *m.* professor
profusión *f.* profusion, lavishness; extravagance

progenitor *m.*   parent
prometer   to promise; to offer
pronto   quick, fast; ready, soon
  de pronto   suddenly
  tan pronto como   as soon as
pronunciación *f.*   pronuncia-
  tion
propio   proper, suitable
  propia vida   life itself
proponer*   to propose
propuso (*pret.* **proponer***)
  he/she/it proposed
proseguir   to continue
prosiguió (*pret.* **proseguir***)
  he/she/it continued
protagonista *m. & f.*   protago-
  nist
protección *f.*   protection
proteger*   to protect
protesta *f.*   protest
protestar   to protest
provisión *f.*   provision; supply,
  stock
provocar*   to provoke
próximo   next; near; neighboring; close
público *m.*   public
pude (*pret.* **poder***)   I was
  able, could
pudrir   to rot
pueblo *m.*   town; people
pueblecito *m.* (*dim.* **pueblo**)
  small town
puente *m.*   bridge
puerta *f.*   door
puertecilla *f.* (*dim.* **puerta**)
  little door; gate
pues   then; well
puesto (*p.p.* **poner***)   put,
  placed; focused
pulido   polished
pulir   to polish, to finish, to
  give polish to
puna *f.*   breathing difficulty;
  mountain sickness
puntiagudo   sharp, pointed
punta *f.*   end; tip; point, toe of
  shoes
  punta de los dedos   fingertips
punto *m.*   point
  a punto de   on the point of,
  about to
  al punto   right away, immediately

punto de vista   point of view
puntos luminosos   bright
  mirrors
punzante   sharp
puñado *m.*   handful
puñal *m.*   dagger
puñetazo *m.*   blow with the
  fist
pupila *f.*   pupil
pupitre *f.*   desk
puro   pure; sheer; clear; out-
  right, out and out
púrpura *f.*   purple
puse (*pret.* **poner***)   I put, I
  placed; I pitched (*a tent*), I
  set up (*a tent*)
pusieron (*pret.* **poner***)   they
  put, placed

Q

que   that which; who,
  whom
  el que   he who
  sino que (*conj.*)   but
¡qué! (*interj.*)   what! what a!
  how!
quebrar   to break
quedar   to be left, end up
  quedarle ajustado   to fit
  quedarse   to stay, to remain
  quedarse con   to keep
quedito (*dim.* **quedo**)   very
  quiet
quedo   quiet, still, gentle
queja *f.*   moan
quejarse   to complain
quejumbroso   sighing; com-
  plaining
quemar   to burn
querer* (**ie**)   to wish, to want,
  to love, to desire
quien   who, whom
quién   who, whom
quieto   quiet, calm, still, tranquil
quietud *f.*   quiet, calm,
  stillness
quince   fifteen
quise (*pret.* **querer***)   I
  wanted
quiso (*pret.* **querer***)   he/she/it
  wanted
quizás   perhaps

R

rabia *f.*   rage, anger
rabioso   bad-tempered, rabid,
  mad, raging, furious
racimo *m.*   bunch
ráfaga *f.*   flash
rama *f.*   branch, bough
  rama heráldica   noble
  lineage
rancho *m.*   ranch
rapidez *f.*   rapidity
rápido   rapid
raro   rare; strange
rascar*   to scratch
rastro *m.*   trace
rata *f.*   rat
rato *m.*   short time, little while
  a ratos   from time to time
  al poco rato   in a little while
  en los ratos   during the short
  times
  en ratos   at times, for short
  periods
  hace rato   a little while ago
  hacía rato   after a little
  while
  un rato   awhile
raya *f.*   stripe
  a rayas   striped
razón *f.*   reason
razonable   reasonable
reaccionar   to react
real *m.*   Spanish coin
realidad *f.*   reality; truth
  en realidad   really, truly
realista   realistic
realizar*   to accomplish
realmente   really
reanudar   to renew; to resume
rebelarse   to rebel
recargar*   to reload; to shift
receloso   fearful, distrustful
recibir   to receive
recién   recently, just, newly
recientemente   recently
recíproco   reciprocal
recitar   to recite
reclamar   to claim
recoger*   to gather, to collect,
  to pick up
recomendar* (**ie**)   to recom-
  mend
recomenzar* (**ie**)   to begin
  again

recompensa *f.* compensation, return
reconocer* to recognize; to admit; to acknowledge
reconvenir* to reprimand, to reproach, to rebuke
recordar (ue) to remember
recortar* to trim; to shorten; to outline
recostarse* (ue) to lean, to lay against
recreo *m.* recreation; recess
recuerdo *m.* memory
recular to back up
recuperar to recuperate
rechazar* to reject
rechoncho chubby
red *f.* screen
redoble *m.* repeating; beating
redondo round
reducir* to reduce
reemplazar* to replace
referencia *f.* reference
reflejar to reflect
reflejarse to reflect, to be reflected
reflejo *m.* reflection
reflexión *f.* reflection
reflexionar to reflect
regalar to give, to present as a gift
regañar to scold; to quarrel
regocijo *m.* happiness
regresar to return; to go back
regreso *m.* return
regular regular
reir* (i, i) to laugh
reja *f.* iron gate
rejilla *f.* lattice; cane work
relación *f.* relationship
relato *m.* story
religión *f.* religion
reloj *m.* clock, watch
rematar to finish off; to perfect; to give the finishing touch
remedio *m.* remedy; choice
sin remedio without help
remolinar to whirl about, to spin
remorderse* (ue) to feel remorse
remordimiento *m.* remorse
remozado rejuvenated
remozar* to rejuvenate
rencor *m.* rancor

renovación *f.* renovation
renunciar to renounce; to reject; to forego
renunciar a to renounce
reparar to repair, to restore
repaso *m.* revision; review
repente *m.* sudden outburst
de repente suddenly
repetidamente repeatedly
repetir* (i, i) to repeat
repitiendo (*pres. p.* **repetir***) repeating
replicar* to reply, to answer
reponer* to regain, to restore, to recover; to reply
reposado restful
reposar to rest
representación *f.* representation; performance
representar to represent; to perform
reprimir to repress
repuso (*pret.* **reponer***) he/she/it replied
resaltar to stand out; to jut out
resbalar to slip; to glide
reseco dry, parched
residuo *m.* residue
resignar to resign
resistir to resist
resolver* (ue) to resolve; to solve; to decide on
resorte *m.* spring
sillón de resortes *m.* padded dental stool
respaldo *m.* back
respecto *m.* relation; proportion; respect
con respecto a in regard to
respecto a considering; with regard to
respirar to breathe
resplandor *m.* brightness
responder to answer, to respond
responsabilidad *f.* responsibility
restañar to stop the flow of
restauración *f.* restoration, renovation
restaurado restored, repaired
restaurar to restore; to repair
resto *m.* rest, remainder
restos remains
resumen *m.* summary, résumé

resumir to summarize
retacar* to fill up
retazo *m.* fragment
retener* to stop, to withhold
retirar to retire; to hold; to pull back
retirarse to withdraw, to retreat, to leave
retorcerse* (ue) to wring, to twist; to writhe
retorno *m.* return
retrato *m.* portrait; photograph; picture
retumbar to echo, to resound
retuvieron (*pret.* **retener***) they held, they retained
reunir to gather, to assemble, to meet
revelar to reveal
revista *f.* magazine
revivir to revive; to relive
revolución *f.* revolution
revólver *m.* revolver
rico rich; wealthy; delicious; exquisite
rifle *m.* rifle
rígidamente rigidly, strictly
rígido rigid, stiff
rincón *m.* corner
riñón *m.* kidney
río *m.* river
riqueza *f.* wealth, richness
risa *f.* laughter
rivalidad *f.* rivalry
roadster *m.* automobile
robar to rob
roble *m.* oak
robo *m.* robbery, theft
rodar* (ue) to roll, to revolve
rodear to surround; to go around
rodearse to turn, to twist, to toss about
rodeo *m.* campsite
rodilla *f.* knee
de rodillas on my knees
rogar* (ue) to implore, to entreat; to request
roído gnawed; corroded; damaged, destroyed
rojo red
rollo *m.* roll
romance *m.* ballad; verse
romper* to break, to destroy

rompió (*pret.* **romper***) he/she broke
  rompió a sollozar he/she began to sob
rosa *f.* rose
rosal *m.* rose bush
rostro *m.* face
roto (*p.p.* **romper***) broken
rubio blond
rudo rough, uneducated, unpolished, crude
ruido *m.* noise
rumbo *m.* bearing, course, direction
  rumbo a bound for, in the direction of
rural rural

S

saber* to know, to know how to
saborear to savor
sabroso delicious, tasty
sacar* to get, to obtain; to pull out, to take out, to remove, to extract; to pull up; to draw to; to win
  sacar* el gordo to win first prize
  sacar* las mejores notas to get the best grades
sacrificio *m.* sacrifice
sacudida *f.* shake, jolt
sacudido shaking
sacudir to shake
sacudirse to shake, to move
sal *f.* salt
sala *f.* hall; drawing room, living room, room
  sala de clase classroom
  sala de espera waiting room
salida *f.* exit
  salida del sol sunrise
salir* to leave, to go out, to come out; to go away, to depart; to result; to turn out
  la luna venía saliendo the moon was coming out
  salírsele del pecho to leap out from (her) chest
salita *f.*(*dim.* **sala**) little room
  salita de espera small waiting room
salón *m.* drawing room

saltar to jump; to burst; to crack; to leap, to hop
  saltar a to jump into
salto *m.* jump, leap, bound
saludo *m.* salute, greeting
salvador saving, having a potential for saving
sangre *f.* blood
sartén *f.* frying pan
satisfacción *f.* satisfaction
satisfacerse* to satisfy
satisfecho satisfied
sé (*pres.* **saber***) I know
sea (*pres. subj.* **ser***) so be it
secamente dryly
secar* to dry, to wipe dry
secarse* to dry; to dry oneself, to get dry; to wither
seco dry
secreto secret
secundario secondary
seda *f.* silk
seguida *f.* series, succession; following
  en seguida at once, immediately
seguido successive
  seguido de followed by
seguir* (i, i) to follow; to pursue; to continue
  seguir (+ *ger.*) to keep on doing something
según according to
segundo second
seguramente surely, certainly
seguridad *f.* security, safety
seguro sure, certain; secure; safe; reliable; constant
seis six
sello *m.* postage stamp
semana *f.* week
sembrar* (ie) to sow, to seed, to plant
sencillo simple
senda *f.* path
sendero *m.* path
sensación *f.* sensation
sensual sensual
sentado seated
sentar* (ie) to seat; to settle; to fit
sentarse* (ie) to sit, to sit down; to settle; to sit down to
sentido *m.* sense; meaning

sentido felt; deeply felt; sensitive
sentimental sentimental
sentimiento *m.* sentiment; feeling; sorrow, regret
sentir* (ie, i) to feel; to hear; to be or feel sorry for; to sense, to perceive
sentirse* to feel; to feel oneself to be; to be resentful; to crack
señal *f.* signal, sign
señalar to point out; to mark; to show; to signal; to point
señas *f. pl.* address
señor *m.* Lord; sir, gentleman, mister, owner
señora *f.* madam, missus; lady
señorito *m.* sir; master; young gentleman
sepa (*pres. subj.* **saber***) know
separación *f.* separation
separar to separate
sepulcro *m.* sepulcher, tomb; grave
séquese (*for. com.* **secarse***) dry
ser *m.* being; essence; life
ser* to be
serie *f.* series
serio serious; reliable; firm; strong
  en serio seriously
serpiente *f.* serpent, snake
servicio *m.* service
servir* (i, i) to serve
servirse* to use
  no se servía de ella he wasn't using it
sesenta sixty
seto *m.* hedge
sexto sixth
si if
sí yes; indeed
siempre always
  desde siempre from the beginning of time
sierra *f.* mountain range
siete seven
siga (*for. com.* **seguir***) follow; continue
significar* to signify, to mean
siguiente following, next
silbido *m.* whistle
silencio *m.* silence

silencioso silent
silla *f.* seat
sillón *m.* armchair; chair
  sillón de resortes dental
    stool
simbolizar* to simbolize
simpatía *f.* affection, attach-
  ment, liking, friendliness
simpático nice, congenial
simple simple
sin without
  sin duda without a doubt
  sin embargo however,
    nevertheless
  sin remedio without help,
    without a solution
sincero sincere
sino but
  sino que but
sintiendo (*pres. p.* **sentir***)
  feeling
sinuoso winding
siquiera even; at least
  ni siquiera not even
  sin siquiera without even
siquiera (*conj.*) although,
  even though
sirena *f.* siren
sitio *m.* place, spot, room,
  location
situación *f.* situation
sobre above, on, about
  de sobre on top of
sobre *m.* envelope
sobresalir* to project; to hang
  out; to stand out
sobresaltarse to be startled, to
  be frightened
sobresalto *m.* fright, scare,
  start
sobretodo *m.* overcoat
sobrino *m.* nephew
social social
sociedad *f.* society
soeces (*pl. of* **soez**) dirty, vul-
  gar
sofá *m.* sofa
sofocar* to choke, to suffocate
sol *m.* sun
solamente only
soldado *m.* soldier
soledad *f.* loneliness, solitude
soliloquio *m.* soliloquy
solitario solitary, lonely
solo alone, sole

sólo only
soltar* (**ue**) to let out, to
  release
solterón *m.* bachelor
sollozar* to sob
sombra *f.* shade; shadow;
  darkness; ghost
sombrero *m.* hat
sonaja *f.* rattle
sonar* (**ue**) to ring, to sound
sonido *m.* sound
sonreír* (**i, i**) to smile
sonriendo (*pres. p.* **sonreír***)
  smiling
sonrió (*pret.* **sonreír***) he/she/it
  smiled
sonrisa *f.* smile
soñar to dream
  soñar con to dream of
sopa *f.* soup
soplar to blow
soportar to bear; to hold up; to
  endure, to tolerate
sórdido sordid
sordo deaf, dull
sorprender to surprise
sorpresa *f.* surprise
sorpresivo unexpected
sortija *f.* engagement ring
sostén *m.* support
sostener* to support, to hold
  up; to sustain
sostenerse* to support
soy (*pres.* **ser***) I am
  lo soy I am
suave suave, smooth, soft; gentle, mild, meek
suavemente softly
subir to raise; to lift; to carry
  up; to go up; to alight
  subirse to rise
súbito sudden
subjuntivo *m.* subjunctive
suceder to happen
sucio dirty
sudar to sweat
sudor *m.* sweat
sudoroso sweaty
suegro *m.* father-in-law
sueldo *m.* salary
suelo *m.* floor, ground
suelto loose; free
sueño *m.* sleep; dream
  tener* sueño to be
    sleepy

suerte *f.* luck; fortune;
  fate
  suerte a que lucky that
sufijo *m.* suffix
sufrimiento *m.* suffering
sufrir to suffer
sujetar to subject, to keep
sumarísimo swift, expeditious
  consejo sumarísimo court
    martial
sumir to sink
supe (*pret.* **saber***) I found out
suplicante imploring
supo (*pret. of* **saber***) he/she/it
  found out
  nunca supo he never found
    out
surcado furrowed
surcar* to furrow
surco *m.* row, furrow
suspirar to sigh
suspiro *m.* sigh
sustancioso substantial
sustantivo *m.* noun
sustituirse to be substituted
susurrar to whisper
sútil (*or* **sutil**) subtle
suyo his, hers, yours; his own;
  her own, your own (*for.*)

T

tabaco *m.* tobacco
tabla *f.* table; list; board; index
táctil tactile, relating to
  touch
tal such, so, as
  con tal que provided that
  de tal modo que so much
    so that
  tal vez perhaps
talón *m.* heel
tambaleante wavering
tambalearse to sway, to stagger
también also
tampoco neither, not either
tan so, as, so much
  tan pronto como as soon as
    possible
tanto so much, as many, so
  many, so long
  en tanto in the meantime
  por lo tanto for that reason
tapar to cover
tardarse to be delayed

tarde *f.*   afternoon; evening
  a la tarde   in the afternoon
  todas las tardes   every afternoon
tarde *adv.*   late; too late
  más tarde   later
tarea *f.*   job; task
tarjetita *f.* (*dim.* **tarjeta**)   little
  card
técnica *f.*   technique
techo *m.*   ceiling; roof
teja *f.*   tile; roof tile
tejabán *m.*   roofed house
tejado *m.*   roof
tela *f.*   cloth
telaraña *f.*   spider web
teléfono *m.*   telephone
  por teléfono   by telephone
televisión *f.*   television
tema *m.*   theme, subject
temblar* (**ie**)   to tremble, to
  shake, to quiver
  temblando una canción singing a song
temblete *m.*   aspen
temblor *m.*   tremor, shaking,
  trembling
tembloroso   trembling
temer   to fear
temor *m.*   fear
temperatura *f.*   temperature
tempestad *f.*   storm
temporada *f.*   season
tempranito (*dim.* **temprano**)
  very early
temprano   early
tenaza *f.*   tong
tender* (**ie**)   to offer; to stretch
  out
tener*   to have; to consider
  tener* . . . años   to be . . .
  years old
  tener* cuidado   to be careful
  tener* ganas de   to feel like
  tener* hambre   to be hungry
  tener* la bondad   to be so
  kind (as to), please
  tener* la culpa   to be to
  blame, to be guilty
  **tener* la edad para compren-
  der**   to be old enough to
  understand
  tener* lugar   to take place
  tener* miedo   to be afraid
  tener* que (+ *inf.*)   to have to

tener* que ver con   to have
  to do with
tener* razón   to be correct
tener* sed   to be thirsty
tener* sueño   to be sleepy
tenerse* en pie   to remain
  standing
teniente *m.*   lieutenant
tensión *f.*   tension
tentar* (**ie**)   to tempt
tercer   third
terciopelo *m.*   velvet
terminar   to finish, to end
ternura *f.*   tenderness
terrenal   earthly
terrible   terrible
terror *m.*   terror
tesoro *m.*   treasure
testarudo   obstinate, stubborn
testigo *m.*   witness
ti   thee; you
tibio   tepid, lukewarm, warmish
tiempo *m.*   time; tense;
  weather
  al mismo tiempo   at the
  same time
tienda *f.*   store
tienta *f.*   probe
  buscó a tientas   he groped for
tiento *m.*   halter, strap
tierno   soft; fresh
tierra *f.*   ground, earth, land
  tierra suelta   dirt
timbre *m.*   bell
tímidamente   timidly
tinta *f.*   ink
tío *m.*   uncle
tipo *m.*   type
tiranía *f.*   tyranny
tirar   to abandon; to throw
  away; to cast; to pull
tiro *m.*   shot
tironear   to pull, to tug
título *m.*   title; degree
tocable   relating to the sense of
  touch
tocar*   to touch, to touch on;
  to feel; to ring, to toll; to
  strike; to play an instru-
  ment; to come to know; to
  suffer
  la parte que a uno le toca   to
  pertain to, to concern; to
  fall to the lot of, to be the
  turn of

tocar el timbre   to ring the
  doorbell
tocar la mala suerte   to suffer
  bad luck
todavía   still, yet; already
  todavía no   not yet
todo   all
tolerancia *f.*   tolerance
tolerante   tolerant
tomar   to take; to get; to seize;
  to take on; to catch; to have
  (*food or drink*)
tono *m.*   tone
tonto   silly, foolish
topar (**con**)   to run into, to encounter
toque (*for. com.* **tocar***)
  knock; touch
  toque sin pena   don't hesitate to knock
torcido   twisted, bent
tormenta *f.*   storm
tornarse   to become
torpe   stupid, clumsy
torpedo *m.*   torpedo
torta *f.*   mine pit
tortilla *f.*   tortilla, omelet
tortura *f.*   torture
toser   to cough
trabajador *m.*   worker
trabajar   to work; to till
trabajo *m.*   work, job
trabajosamente   laboriously,
  with difficulty
trabar   to seize, to grab; to
  lock
tradición *f.*   tradition
traducir*   to translate
tradúzca(lo) (*for. com.* **traducir***)   translate (it)
traer*   to bring
tragar*   to swallow
trajeron (*pret.* **traer***)   they
  brought
trajinar   to traipse; to deceive;
  to poke around
trajo (*pret.* **traer***)   he/she/it
  brought
trama *f.*   plot
trance *m.*   moment
tranquilamente   tranquilly,
  calmly
tranquilidad *f.*   tranquility
tranquilo   tranquil, calm
transcurrir   to pass

transformación *f.* transformation, change
transformar to transform
  transformarse to be transformed
transparente transparent
tranvía *m.* streetcar
trapo *m.* rag
tras after
trasquila *f.* shearing
trastes *m. pl.* dishes, pots and pans
tratar to handle, to deal with; to treat
  tratar de *(+ inf.)* to try to
tratase de *(imp. subj.* **tratar)** were dealing with
  se tratase de were dealing with
través *m.* inclination to one side, bias; adversity
  a través de across, through
trazar* to trace
trecho *m.* space; lapse
  a trechos by intervals
treinta thirty
tren *m.* train
  en tren by train
treparse to climb up
tres three
tribuna *f.* tribune, platform
triste sad
tristeza *f.* sadness, gloominess
triunfador *m.* victorious, triumphant
triunfo *m.* triumph
trompeta *f.* trumpet
tropezar* **(ie)** to stumble over, to trip over; to run into, to stumble
  tropezar* **con** to bump into, to come upon
tropezón *m.* stumble
  a tropezones stumbling, falteringly
trote *m.* trot
  al trote at a trot, hastily, hurriedly
trozo *m.* piece
tú thou, you *(fam.)*
turbar to perturb; to embarrass
tuviera *(imp. subj.* **tener***)** had

tuvo *(pret.* **tener***)** he/she/it had

U

u or, either *(before words beginning with* o- *or* ho-*)*
ultimátum *m.* ultimatum
último *m.* last, latest; final; excellent; superior
ultrajar to insult; to abuse, to offend
umbral *m.* doorway, threshold
uncir* to harness
único only, unique, sole
unir to unite
universidad *f.* university
uno one
unos some; a pair of
uña *f.* fingernail
urbe *f.* metropolis, large city
urgente urgent
usar to use
usted you *(for.)*
útil useful
utilidad *f.* utility, usefulness
utilizar* to utilize
uva *f.* grape

V

vaca *f.* cow; cowhide
vacilante vacillating, hesitating
vacilar to vacillate, to hesitate
vacío *m.* emptiness
vacío empty
vagabundo *m.* vagabond
vagamente vaguely
vaina *f.* pod; husk
  es la misma vaina it's the same thing
valer* to have worth; to be worthy; to be worth; to be valuable
  valer* **la pena** to be worthwhile
valija *f.* suitcase, valise
valor *m.* value; worth; courage; price
valle *m.* valley
vario various, varied

varios several
vaso *m.* glass
vastedad *f.* vastness
vaya *(interj.)* come on!, well!, come on now!
vaya *(for. com.* **ir***)* go
  que se vaya that he go away
  vaya por la Virgen in the name of the Virgin (Mary)
veces *f.* *(pl. of* **vez)** times, occasions
  a veces sometimes
  muchas veces often
  repetidas veces repeatedly
vecino neighboring
vecino *m.* neighbor
veinte twenty
veinticinco twenty-five
vejez *f.* old age
vela *f.* candle
ven *(fam. com.* **venir***)* come
vencer* to conquer; to expire
vendedora *f.* seller
vender to sell
venir* **(ie)** to come
  vengan a come
  venir* **a que** to come with the purpose that; to come so that
  venirle* **a uno bien** to be becoming; to fit well
venta *f.* sale
  libro de ventas salesbook
ventana *f.* window
ventanal *m.* large window
ventanilla *f.* window *(of a ticket office)*
ver* to see
  a ver let's see
  al ver upon seeing
  al verlas upon seeing them
  habría que ver we would just have to see
verbo *m.* verb
verdad *f.* truth
verdaderamente truly, really
verdadero real, true
verde green
  verde olivo olive green
vergüenza *f.* shame
verídico true
vestirse* to dress
veta *f.* vein *(of a mineral)*
vete *(fam. com.* **irse***)* go away

vez *f.*   time, occasion; turn
  a la vez   at the same time
  a su vez   in turn; on his part
  a veces   sometimes
  cada vez   each time
  de una vez   in one stroke, all
    at once
  de vez en cuando   occasionally
  de vez en vez   once in a while
  otra vez   again
  por primera vez   for the first
    time
  por última vez   for the last
    time
  repetidas veces   over and
    over again
  tal vez   perhaps
  una vez   once
  una y otra vez   repeatedly
viaje *m.*   trip, journey
víctima *f.*   victim
vida *f.*   life
vidriera *f.*   glass case
vidrio *m.*   window pane; glass
viejita *f. (dim. vieja)*   dear
  woman; dear wife; older
  woman
viejo   old
viejo *m.*   old man
viento *m.*   wind
vigilar   to watch over
vinito *m. (dim. vino)*   nice wine
vino *m.*   wine

vino *(pret. venir*)*   he/she/it
  came
viña *f.*   vineyard
violencia *f.*   violence
violento   violent
virgen *f.*   virgin
  vaya por la Virgen   in the
    name of the Virgin (Mary)
virginidad *f.*   virginity,
  innocence
visión *f.*   vision
visita *f.*   visit; visitor, caller
vista *f.*   vision, sight
  punto de vista   point of view
visto *(p.p. ver*)*   seen
visual   visual
vivaces *(pl. of vivaz)*   lively
vivir   to live
vocabulario *m.*   vocabulary
vocal *f.*   vowel
voces *f. (pl. of voz)*   voices
volante *m.*   steering wheel
volar* *(ue)*   to fly
volcán *m.*   volcano
voluntad *f.*   will, determination; good will
volver* *(ue)*   to return, to
  come back
  volver* a *(+ inf.)*   to . . .
    again
  volver*se   to turn around; to
    return
vosotros *(fam. pl.)*   you

voz *f.*   voice
vuelta *f.*   turn; twirl
  dar* una vuelta   to turn
    around
  dar* vueltas   to fuss about,
    to shift back and forth
vuelto *(p.p. volver*)*   returned
vuelva *(for. com. volver*)*   return

Y

y   and
ya   already; right away; now; finally
  ya no   no longer
  ya que   inasmuch as, since
yendo *(pres. p. ir*)*   going
yerno *m.*   son-in-law
yeso *m.*   plaster
yo   I
  yo mismo   I myself

Z

zafiro *m.*   sapphire
zambullir   to dive; to duck
zapato *m.*   shoe
zarandear   to shake
zigzagueante   zigzagging
zinc *m.*   zinc
zorro *m.*   fox
zumbido *m.*   buzzing
zurrón *m.*   bag